임제열 퓨전 판타지 장편소설
WISHBOOKS FUSION FANTASY STORY

나 혼자 S급 소환수 7

임제열 퓨전 판타지 장편소설

초판 1쇄 찍은 날 | 2022년 8월 8일
초판 1쇄 펴낸 날 | 2022년 8월 8일

지은이 | 임제열
펴낸이 | 권태완 우천제

기획 | 위시북스
편집책임 | 한준만
편집 | 위시북스

펴낸곳 | ㈜케이더블유북스
등록번호 | 제25100-2015-43호
등록일자 | 2015. 5. 4
KFN | 제4-7호

주소 | 서울시 구로구 디지털로31길 38-9, 401호
전화 | 070-8892-7937 팩스 | 02-866-4627
E-mail | fantasy@kwbooks.co.kr

ⓒ임제열, 2022

ISBN 979-11-404-0767-5 04810
      979-11-293-9356-2(set)

※ 파본은 구입하신 서점에서 교환하여 드립니다.
※ 저자와 협의하여 인지를 붙이지 않습니다.
※ 이 책은 예원북스와 저작자의 계약에 의해 출판된 것이므로 무단 전재 및 유포, 공유를 금합니다.
※ 이 도서의 국립중앙도서관 출판시도서목록(CIP)은 서지정보유통지원시스템 홈페이지 (http://seoji.go.kr)와 국가자료공동목록시스템(http://www.nl.go.kr/kolisnet)에서 이용하실 수 있습니다.

나 혼자 S급 소환수

임제열 퓨전 판타지 장편소설

WISHBOOKS FUSION FANTASY STORY

7

CONTENTS

1장	7
2장	73
3장	136
4장	200
5장	260
6장	327

1장

"……?"

카프리는 등 뒤에 느껴지는 엄청난 기운에 심장이 철렁했다.

'내 속도를 따라붙었다고?'

뜀박질을 멈춘 카프리가 곧바로 등 뒤를 향해 발톱을 휘둘렀다.

최선의 방어는 공격. 본능적인 행동이었다.

그러나.

콰아아앙!

악령의 낫에 담긴 기운은 보통이 아니었다.

상처 입기 전이었다면, 가볍게 쳐냈겠지만 현재는 몸 상태가 말이 아닌 상황.

"끄악!"

카프리는 엄청난 반발력에 힘없이 날아가 바닥에 처박혔다. 다시 힘을 주어 도망가려 해봐도.

"키이이! 키이이!"

자신을 놀리듯 등 뒤에 나타나는 악령 때문에 카프리는 땀을 삐질 흘렸다.

소울 콜렉터는 악령 중의 끝판왕. 타인이 고통받는 것을 누구보다 즐기는 탓에, 현 상황을 너무도 재밌어하는 것이다.

물론, 당하는 카프리의 입장은 그렇지 않았다.

"이 괴상한 놈은 또 뭐냔 말이다!"

끓어오르는 분노를 폭발시켰지만, 할 수 있는 게 없었다. 복부에서는 계속 피가 흘러나오고 있었고, 내부 기운도 어느새 바닥을 드러내고 있었다.

이윽고, 어느새 다가온 침입자 놈의 모습이 보였다. 그리고 그의 입꼬리는 위로 말려 올라가 있었다.

그가 입을 열었다.

"내가 기회를 줄까?"

"이 빌어먹을 놈! 굳이 도망치는 것까지 쫓아온단 말이냐!"

"그건 내 맘이고. 자, 선택해. 나한테 죽을래? 아니면 남은 생을 내 부하로서 뜻깊게 살아갈래?"

"놀리지 마라!"

카프리가 진도윤을 노려봤다.

자신이 했던 말을 그대로 돌려주는 조롱. 후자를 선택한다 해도 절대 살려줄 기세는 아니었다.

이미 그의 눈빛은 살기로 가득 차 있었으니까.

'제기랄.'

카프리는 후회했다. 부에르가 '직접' 호송하라 할 때부터 위기의식을 가지고 있었어야 했는데 너무도 방심했다.

"감히 나를 상대로 막말을 했던 대가는 치러야겠지?"

진도윤은 뒤따라온 소환수들을 이끌고 카프리에게 다가갔다. 빨리 마무리 짓고 가브리엘의 봉인을 풀어야 한다. 빠른 휴식 후에, 남쪽의 라파엘도 구하러 가야 하기에.

진도윤의 눈빛에서 살벌한 기운이 흘러나왔다.

무려 100년 이상 수많은 생사를 오갔던 서머너만이 가질 수 있는 그런 눈빛이었다.

"······결국 이렇게 끝나는 건가."

카프리는 결국 온몸의 힘을 풀었다. 어차피 도망가 봐야, 저 기괴하게 웃고 있는 악령이 따라온다. 이제 자신이 할 수 있는 것은 하나도 없었다.

그렇게 생각할 찰나.

"흠, 이봐들. 거기까지 하지 않겠나?"

생소한 목소리가 들려온 것은 그때였다.

기척조차 없었던 곳에서 들려온 목소리.

"흠······?"

진도윤 역시 걸음을 멈춘 채 헛숨을 들이켰다.

온 신경을 카프리에게 집중하고 있었기에 그런 건지 아니면, 원래 기척을 잘 숨기고 다니는 자인지는 모르겠지만 분명, 누군가가 자신들을 지켜보고 있었기 때문이다.

"누구냐!"

진도윤은 서둘러 소환수들을 자신의 옆으로 회수했다. 그리고 이내, 숲길 한가운데 오롯이 서 있는 존재를 확인할 수 있었다.

핏물로 샤워한 듯 시뻘건 머릿결과 붉은 피부. 그리고 온몸에 돋아나 있는 살벌한 날의 뿔.

'저게 뭐지?'

라고 고민할 필요도 없었다. 그의 시야에 다급한 듯 떠오른 메시지가 보였으니까.

[가이아의 특별 임무가 도착합니다.]
[임무 - 동료들과 함께 도주.]
[볼란티스의 전 지배자 '아그니'를 조우했습니다. 작전을 멈추고 회피하세요.]

"아그니?"

진도윤이 눈살을 찌푸렸다.

"아그니 님?"

절망하던 카프리의 눈이 휘둥그레졌다.

아그니가 누구던가. 현재는 판데모니엄에 입성했지만, 과거엔 남쪽 화산을 다스렸던 악마 중의 악마. 그와는 몇 번 교류했기에, 그가 지닌 강함에 대해서는 카프리는 전혀 의심치 않았었다.

'실제로 판데모니엄에서도 꽤 상위권을 유지하고 있다고 하니까.'

그런데 그가 왜 서쪽 숲, 레이튼에?

"자넨 카프리 아닌가? 오랜만이군."

"아그니 님이 여긴 어쩐……?"

고개를 갸웃한 카프리의 두 눈에 멀리서 다가오는 그의 부하들이 잡혔다. 그리고 그 부하들 역시, 자신이 가지고 있는 커다란 관을 짊어지고 있었다.

"하하, 부에르 님의 명을 받고 잠깐 고향에 다녀오는 길이었지. 호송 임무도 겸할 겸."

"아!"

카프리는 손뼉을 쳤다. 그 역시 자신과 같은 대천사 호송 임무를 맡고 있었던 것이다.

어차피 남쪽 지역에서 북쪽으로 이동하려면 둘 중 한 구역을 지나쳐야 한다.

아마, 그는 경로로 레이튼의 숲길을 선택한 것 같았다.

"크하하하하하하!"

결국, 카프리는 미친 듯이 광소할 수밖에 없었다.

상황이 너무도 웃기지 않는가. 불과 몇 분 전까지 위기였는데, 또 이렇게 반전이 이루어지다니.

아그니의 힘이라면, 저 침입자 놈도 별수 없을 터였다. 게다가 이미 힘도 많이 써버린 듯했으니.

"어디 또 입을 털어보거라!"

카프리는 굳어 있는 표정의 침입자 놈을 쳐다보며 히죽거렸다.

"크하하하, 그렇게 조롱하더니. 결국, 죽는 건 네놈이 되겠구나!"

"……쩝."

진도윤은 입맛을 다셨다.

답도 없는 상황이긴 한데 저렇게 얄미운 꼴을 보니 어찌 한마디 안 해주고 배기겠는가.

"야."

"뭐, 야?"

"우리 세상에서 너 같은 놈들을 보고 뭐라 하는 줄 알아? 호가호위라 그래."

"호…… 가호위? 그게 뭐냐?"

"너 같은 ×밥이 센 놈의 위세를 믿고 설친다는 뜻이지."

"뭐라?!"

자존심 강한 카프리가 이를 갈았다. 그러고는 아그니를 쳐다봤다.

"아그니 님! 저놈이 그 침입자입니다! 대천사 우리엘의 봉인을 풀었던 그놈이요! 당장 쳐 죽여야 합니다!"

끝까지 얄미운 카프리였다.

'후우, 하필.'

진도윤은 갑자기 등장한 아그니를 바라보며 인상을 찡그렸다.

쿠구구구.

느껴지는 기운만 봐도 딱 느낌이 온다.

'절대 상대 불가.'

본래의 컨디션이었다면, 비벼볼 수도 있었겠지만 이미 카프리를 상대하면서 대다수의 감응력을 사용한 상태다.

"하아, 정말."

한숨이 절로 나왔다. 왜 남쪽에서 출발한 호송팀이 하필 이곳을 들른단 말인가.

본래였다면, 이득이라 생각할 수도 있었다. 가브리엘, 라파엘 둘을 동시에 구할 수 있으니까.

'하지만, 그건 힘이 있을 때 이야기고.'

지금은 그가 맞이할 수 있는 최악의 상황이었다.

진도윤은 고민했다.

싸워야 하나? 도망쳐야 하나? 그러나 아무리 머리를 굴려봐도 지금은 도망치는 것밖에 답이 안 나온다.

'문제는.'

동료들과 함께 도망쳐야 하는데, 그 동료들이 저 멀리 떨어져 있다는 것. 게다가 아그니가 보내오는 강력한 기운이 자신의 주변을 모두 장악하고 있다.

진도윤은 등 뒤에 흐르는 식은땀을 느끼며 입술을 달싹였다.

"그대는……."

일러바치는 카프리를 등 뒤로한 채 아그니가 다가온 것은 그때였다.

"요새 판데모니엄을 들썩이게 만든 그 인간이로군?"

아그니는 카프리처럼 경거망동하지 않았다. 오히려 일정 거리를 두며 경계하는 모습까지 보여줬다.

'신중한 성격인 것 같은데 골치 아프게 됐네.'

진도윤이 답 없이 아그니를 쳐다보자, 그의 입가에 호선이 그려졌다.

"재밌게 됐어."

"……재미?"

뭐가 재미있다는 거지?

진도윤이 고개를 갸웃하자, 아그니가 말을 이었다.

"사실, 그대와는 한번 겨뤄보고 싶었거든. 최근엔 그 루시퍼에게 한 방 먹였다지?"

"정보가 거기까지 셌어?"

"하하하, 판데모니엄의 정보력을 뭐로 보는 겐가."

아그니가 웃으며 답했다.

문득, 진도윤은 궁금했다. 그렇게 정보력이 강하면서도 왜 자신의 행보를 그대로 놔두는 거지?

게다가 아그니가 자신을 바라보는 눈빛도 적대감보다는 무언가 호기심에 가까워 보였다.

"끌끌, 어떤 표정인지 눈에 훤히 드러나는구만. 왜 판데모니엄이 그대에게 별 신경 쓰지 않는지 궁금하나 보지?"

"오, 악마는 무슨 독심술도 익히는 거야?"

"하하, 설마."

소탈하게 웃는 아그니를 바라보며 진도윤은 생각했다. 얘도 뭔가 평범한 성격은 아닌 것 같다고.

자신만 보면 득달같이 달려들던 여타 악마들과는 확실히 달랐으니까.

"그럼 왜 신경 안 쓰는데?"

"하하하, 생각해 보게. 으음, 그대 입장에서 보면…… 그래! 그대는 지나가는 개미를 보고도 신경을 쓰는가?"

"아아, 무슨 말인지 이해했다."

하긴, 악마들 입장에선 그럴 수도 있겠다.

당장의 저 아그니만 봐도 저렇게 강한데 그런 악마들 수백이 모여 있다는 곳이 판데모니엄이니 자신 따위는 언제든 처리할 수 있는 벌레 정도로 보였겠지.

"아, 물론 그대가 개미라는 말은 아니네. 그대는…… 그래, 초 왕개미 정도는 되겠지."

"그것, 참…… 고마운 말이네."

"하하하, 그래도 마르바스 님께서는 이를 갈고 계시니, 조심하게나."

누가 보면 악마와 인간의 대화라고 느낄 수 없는 장면.

이 장면이 가장 어색하면서도 어처구니가 없는 이는 다름 아닌 카프리였다.

"아그니 님! 뭐 하시는 겁니까! 그러고 있을 때가 아닙니다!"

그래서 벌떡 일어나 외쳤다.

"저놈은 그 대천사 우리엘까지 데리고 있다구요! 당장 쳐 죽여야 합니다! 분명 부에르 님께서도 경고하셨단 말입니다!"

계속되는 카프리의 외침에 아그니의 눈썹이 꿈틀거렸다.

"아까부터 쫑알쫑알 시끄럽군."

"……네?"

카프리의 두 눈이 휘둥그레졌다. 당연히 자신의 말을 받아들일 줄 알았던 아그니의 목소리가 호의적이지 않았기 때문.

"그, 그게 무슨?"

"패자는 말이 없는 법. 어찌 타계(他界)의 종족에게 악마의 수치를 보이고 있는가."

"하, 하지만!"

"닥치고 있게. 내 손에 죽기 싫으면."

"……"

아그니의 선언에 카프리는 꿀 먹은 벙어리처럼 입을 꾹 닫았다.

빙긋 미소 지은 아그니는 다시금 진도윤을 바라봤다.

"난 그대가 누군지, 판데모니엄과 어떤 이해관계로 얽혀 있는지, 그런 것 따위는 전혀 궁금하지 않네."

"그럼?"

"오직 강자를 존중할 뿐. 그래, 어디 나와 싸워보지 않겠는가?"

"흠…… 글쎄? 좀처럼 끌리진 않는 제안인데?"

진도윤은 슬쩍 발을 뺐다. 확실히 골때리는 성격의 악마라 생각하며.

"하하하, 아쉽게도 그대에겐 선택권이 없다네."

"뭐야, 그럼 왜 물어본 거야?"

"앞서 말했지 않은가. 강자를 위한 존중이라고."

"……하아, 얘도 존중이란 단어의 의미를 이상하게 받아들이는 것 같네."

진도윤은 한숨을 내쉬었다.

카프리와 달리 예의만 있을 뿐 결국, 공격하겠다는 말을 정중하게 하는 거랑 다를 게 없지 않은가.

"게다가 판데모니엄의 정보에 의하면 그대는 특별한 능력을 가지고 있더군?"

"음?"

"어디서든 공간의 제약 없이 이동할 수 있는 능력을 가진 것 같던데. 그래서 미리 선물을 준비했네."

아그니가 진도윤의 등 뒤쪽으로 턱짓했다.

무언가 불안한 느낌.

진도윤이 서둘러 몸을 돌리자 아그니의 부하들에게 잡혀 있는 우리엘과 유리아가 보였다.

"마, 마스터."

"면목 없게 됐구나……. 정신없는 와중에 갑작스러운 기습을 당하는 바람에."

진퇴양난의 상황이었다.

'미치겠네.'

혼자라면 도주할 수 있겠지만, 동료를 버릴 순 없다. 아무리 답이 없어도 싸우고 말지, 그것만큼은 절대 택할 수 없는 선택지다.

결국, 싸워야 하나?

승산은 0%에 수렴. 걸어볼 만한 건, 아그니의 저 성격이다. 혹시 아는가? 열심히 싸우면 보내주기라도 할지.

[띠링!]
[가이아의 특별 임무가 도착합니다.]
[임무 - 무조건 도주.]
[혼자라도 도주해야 합니다! 회복 후, 곧바로 추후를 도모하세요!]

눈앞에 다급한 메시지가 계속 떠올랐지만 진도윤은 무시했다.

대충 도망쳤다 며칠 후에 감응력을 다 회복한 후, 도전하라는 것 같은데 그 안에 유리아가 살아 있다고 어떻게 보장하겠는가.

이제는 어쩔 수 없다. 지금 할 수 있는 최선의 방법은 싸우다가 틈을 봐서 동료들을 구출하는 것.

"좋아."

진도윤은 고개를 끄덕였다.

"한번 붙어보자고."

진도윤이 침을 꿀꺽 삼키자, 아그니의 기세가 일변했다.

쿠구구구……

일대를 가득 채우던 공기가 아그니의 기운으로 가득 차기 시작했다. 동시에 진도윤의 전신을 옥죄여 오는 끈적한 기운.

'환장하겠네.'

진도윤 역시 소환수들을 앞세웠다. 엘라임을 통해 보호막을 두르고 소울 콜렉터에게 넣어뒀던 감응력을 회수해 고르게 분배했다.

'그나마 다행인 건.'

둠 나이트가 이곳에서 본연의 힘을 낼 수 있다는 것.

타탓!

진도윤의 컨트롤을 받지 않는 둠이 카프리를 향해 빠르게 튀어 나갔다.

"자, 잠깐? 뭐야!"

둠은 당황하는 카프리를 무시한 채, 복부에 꽂혀 있는 검의 손잡이를 잡았다.

푸확!

피 분수와 함께 뽑히는 검.

"끄아아악!"

둠 나이트는 비명 지르는 카프리를 쳐다보지도 않았다. 그의 관심은 이미 온통 아그니에게 쏠려 있었다.

감히 자신의 주인을 위협하려 하는 자 그리고…… 자신의 흥미를 끌 만큼 강력한 자.

지이잉!

손에 잡힌 검이 진동했다. 끓어오르는 기사의 혼을 느끼며, 둠 나이트는 아그니의 옆구리를 향해 돌진했다.

볼드윈의 대검이 벼락같은 속도로 휘둘러지는 순간 아그니의 몸이 엄청난 속도로 비틀렸다.

후우웅!

허공을 가르며, 실패하는 둠 나이트의 기습.

"……호오, 데스나이트인가?"

가볍게 피해낸 아그니의 표정은 굉장히 차분했다. 동시에, 그의 손에 담긴 염화가 둠을 향해 던져졌다.

기존에는 볼 수 없었던 종류의 불. 모든 것을 태울 때까지 꺼지지 않는다는 지옥 불이었다.

"어딜!"

지켜보던 엘라임이 급하게 손을 뻗었다. 진도윤의 몸을 지키던 보호막을, 둠에게도 걸어준 것이다.

치이이익!

엘의 보호막으로도 막을 수 없을 정도의 강력한 불이었지만 둠 나이트가 피할 수 있는 시간을 벌어주는 데는 충분했다.

콰아아앙!

둠을 비껴간 지옥 불이 수풀에 닿아 섬뜩한 폭발을 만들어 냈다.

"수(水) 속성, 타계의 정령인가?"

아그니의 입꼬리가 올라갔다.

오직 전투를 위해 남쪽 화산을 버리고 판데모니엄의 입성한 악마. 그에게는 이런 전투가 너무도 즐거웠다.

"좋구나!"

아그니가 가볍게 발을 굴렸다. 이번에는 그의 주먹이 진도윤의 앞을 지키는 데몰리션을 겨냥했다.

"뀨웅!"

데몰리션이 한번 붙어보자는 듯, 호기롭게 나섰지만.

콰아앙!

한 번의 부딪침에 두 발자국이나 밀렸다.

콰아앙!

두 번째 부딪힐 땐, 세 발자국이나 밀렸다.

"뀨웅! 뀨-우웅!"

자존심 상한다는 듯, 발톱을 날카롭게 세우는 녀석.

그래, 미안하다. 주인이 감응력만 많았어도 이렇게까지 밀리진 않을 일인데.

"마스터! 그냥 도망쳐!"

뒤에서 유리아의 째진 목소리가 들려왔다. 이미 페어리 킹과 아묘도 옴짝달싹 못 하게 잡혀 있는 상태. 자신은 괜찮으니

혼자서라도 살아 나가라 외치는 거다.

'헛소리.'

물론, 진도윤은 들은 체도 안 했다.

어차피 살 만큼 산 나이. 죽음에 대한 두려움보다 눈앞에서 동료를 잃는 두려움이 더욱 크게 다가오는 그였다.

'집중하자.'

진도윤은 다시 집중해 아그니를 바라봤다.

'싸움에 진심인 녀석.'

데몰리션과 둠, 엘라임, 피닉스를 동시에 상대하는 아그니의 표정은 굉장히 진지했다.

또한 카프리처럼 방심하지 않고, 전력을 다해 부딪쳐 오고 있었다.

"뀨웅!"

데몰리션의 외침이 들려온 것은 그때였다.

녀석이 보내는 감정은 꾸짖음.

주인, 뭐 하는 거냐고 상대가 진지하게 임하는 만큼 너도 잡생각 하지 말고 전투에만 임하라고.

"그래, 알겠다고. 이 녀석아."

데몰리션의 말이 백번 옳았다.

생각해 보면 자신 역시 이제껏 전투에 진심이었던 적이 없었다.

상대가 얼마나 어렵든, 어떤 방해 요소가 있든 정면으로 부딪쳐 승리를 따냈다.

부족한 감응력 따위? 그게 뭐가 대수랴. 몸을 움직일 수 있고, 스킬을 사용할 수 있으면 싸우는 거지.

 "그래, 어디 한번 죽어보자!"

 오랜만에 느껴지는 투지에, 진도윤의 눈빛이 뜨겁게 타올랐다.

 '마스터······.'

 그 시각 진도윤의 혈투를 바라보는 유리아는 죽을 맛이었다.

 방해되지 않겠다고 했는데 힐링과 버프에 집중하겠다고 했는데.

 '꼴이 이게 뭐야.'

 자신도, 우리엘도 악마들에 기습에 당해 붙잡히고 말았다. 도움이 되기는커녕, 방해만 되고 있는 것이다.

 우우웅!

 유리아는 있는 힘껏 감응력을 끌어올렸다. 아묘와 페어리 킹을 컨트롤해 어떻게라도 도움을 주기 위해서.

 하지만, 꼼짝조차 하지 못했다. 아그니 부하들이 내뿜는 무형의 기운이 그녀와 그녀의 소환수들을 속박하고 있는 것이다.

 "후우······. 아무래도 결계인 것 같구나."

 발버둥 치는 유리아를 지켜보던 우리엘이 옅은 한숨을 내쉬었다.

"결계?"

"저기 악마들을 보거라."

우리엘의 턱짓에 유리아의 시선이 돌아갔다. 자신들에게 손을 뻗은 채, 가만히 굳어 있는 20마리의 악마들.

"일종의 봉인용 악마술이니라. 자신들의 움직임을 희생하는 대신, 타인도 움직이지 못하게 하는 잡술이지. 본래였다면 절대 당하지 않을 기술이지만…… 방심했구나."

"그럼 어떡해?"

"누군가가 외부에서 타격을 줘야 하느니라. 미약한 타격이라도 줄 수 있다면 봉인은 깨지겠지."

"……후우."

방법이 없다는 말.

시야 앞, 저 멀리서 싸우는 진도윤은 아그니 하나를 상대하는 데만도 벅차 보인다.

'아냐, 분명 방법은 있어.'

답이 없다 해도, 가만히 체념하고 있을 순 없다.

마스터에게 의지하는 부분도 분명 있겠지만, 주체적으로 움직여 마스터를 도와주는 것. 그게 유리아가 마스터와 함께하며 해왔던 역할이었다.

'제발 생각해 내자, 유리아.'

유리아는 눈을 감은 채, 계속해서 머리를 굴렸다.

유리아의 머리가 미친 듯이 뜨거워졌다.

그녀의 전방에는.

콰아앙! 콰앙!

아직도 마스터가 온 힘을 다해 혈투를 벌이는 중.

"제기랄, 움직이라고! 움직여!"

그녀는 악에 받친 채, 온몸에 힘을 줬다. 어지간히 열 받았는지, 눈이 그렁그렁해진 채로.

그런 그녀의 마음이 하늘에 가닿았을까.

"냐앙……!"

그녀의 귀에 익숙한 고양이 울음이 속삭이듯 들려왔다.

흠칫!

힘을 주던 그녀의 행동이 뚝- 멈췄다.

'아묘?'

유리아의 시선이 아묘에게 향했다.

하지만 아묘는 현재 굳은 채 잠들어 있다. 옆에서 우리엘이 의아한 듯 물어왔다.

"왜 그러느냐?"

"우리엘! 무슨 소리 못 들었어?"

"무슨 소리 말이냐……? 저기 싸우는 소리 말고는 아무 소리도 안 들리는구나."

"……뭐지?"

유리아는 무언가 알지 못할 기시감을 느꼈다.

그러고 보니, 그 고양이 울음이 들린 이후부터 전방에서 뿜어내는 살 떨리는 압박감이 씻은 듯이 줄어든 상태였다.

"냐앙?"

다시 한번 들려오는 고양이 울음이 들려왔다.

하지만 이번에는 아까와 조금 달랐다. 미약했던 울음이 이번엔 귀에 대고 말하듯 또렷이 들렸다.

마치, '도와줄까?'라고 묻는 듯한 그런 느낌.

도대체 뭘까? 이 상황에 스트레스받아서 환청이라도 들리는 걸까?

아니면…… 던전에서 먹은 나이의 노화가 이제야 찾아오기라도 한 걸까?

문득, 마음 한편에 불안한 생각이 자리 잡았다.

'아니야, 노화는 무슨.'

그녀는 머리를 탈탈- 털었다. 최후의 미궁에서는 기이한 힘으로 인해, 신체의 성장과 노화가 멈췄었다.

그래놓고 이제 와서 그 시간을 받아내겠다고? 말도 안 되는 소리였다.

그래서 그녀는 속으로 외쳤다.

'응, 제발!'

그래, 환청이든 환상이든 실재든 네가 누군지는 모르겠지만, 제발 도와줘! 이렇게 무기력하게 지켜보고만 있지 않게 해줘!

유리아는 주먹을 꽉 쥔 채, 들려오는 울음에 답했다.

그리고 그 순간.

[띠링!]
[특수 조건 달성!]

"응?"
그녀의 시야에 메시지가 떠올랐다.

[숲의 고양이 '아묘'(★★★★★★)의 본체가 주인의 부름에 화답합니다.]
[특수 조건:친밀도 100 이상, 감응력 200 이상, 화신의 본체를 찾을 것.]

"아……묘라고?"
유리아의 눈이 휘둥그레졌다.
메시지에 보이는 문구 중 하나 화신의 본체를 찾을 것.
그 말은 이곳에 본래 아묘의 육신이 있다는 말?
"진짜 아묘야?"
아묘는 자신이 100년 이상 키워온, 소중한 소환수다.
과거 한 던전, 히든 장소에서 얻었던 고양인데 설마 그 본체가 이곳, 레이튼에 있었을 줄이야!
"냐아앙!"
스르륵!
이윽고 유리아는 수풀을 헤치고 나오는 영물, 아묘를 확인할 수 있었다.

동시에 돌연 악마술에 의해 굳어 있던 자신의 아묘가 마치 원래 그 자리에 없었다는 것처럼 사라졌다.

그리고.

[빠밤!]
[축하합니다!]
[A급 소환수, 숲의 고양이 '아묘'(★★★★★)가 S급 소환수로 진화됩니다.]
[S급 소환수, 숲의 고양이 '아묘'(★)의 등급이 1성으로 초기화됩니다.]
[Tip/특수 지역에서는 등급과 관계없이 본연의 힘을 활용할 수 있답니다.]

"아아아……."

아묘를 응시하는 유리아의 머릿속에 환희가 차올랐다.

이제 가능성이 보인 탓이다. 이미 기울어질 대로 기울어진 상황을 뒤집어엎을 수 있는.

자신들을 위해 눈앞에서 힘겹게 싸우고 있는 마스터를 도울 수 있는 그런 가능성!

툭!

수풀로 나온 아묘가 굳어 있는 악마들을 앞발로 건드렸다.

쨍그랑!

동시에 풀리는 악마들의 봉인술.

"우리엘!"

"어찌 된 건지 모르겠지만, 이해했느니라!"

스르릉!

어리둥절하는 20여 마리의 악마를 바라보며 우리엘이 다시 업화의 검을 뽑았다.

"크윽!"

진도윤은 누적되는 통증에 고통스러움을 표출했다.

확실히 아그니는 강했다. 자신의 기운을 압축시켜 낭비하지도 않았고, 전투 컨트롤도 수준급이었다.

데몰리션과 둠이 녀석과 부딪칠 때마다.

쿵! 쿵!

자신의 몸이 직접 타격받은 것처럼 울렸다.

"컥, 후욱, 후욱."

숨이 찼다.

강도 높은 훈련으로 단련된 체력도 점점 바닥을 보여왔다. 그런데도 진도윤은 포기하지 않았다.

여기서 포기하면 동료를 버리는 것이나 마찬가지니까.

콰아앙!

아그니의 불과 피닉스의 불이 맞닿았다.

그 여파로 이미 옆에 있는 수풀들은 전부 활활 타오르고 있는 상태였다.

식물은 시커멓게 타오르고 땅에는 용암이 흐르는 광경. 지옥도(地獄道)가 있다면 이런 모습이지 않을까?

"키이이!"

소울 콜렉터는 이미 구석에 처박힌 채로 빌빌거리고 있었다. 투지 넘치는 데몰리션도 힘이 점점 빠져가고 있었으며 둠 나이트만이 갑옷을 태워 가면서까지 혈투를 벌이고 있었다.

"진도유운! 괜찮아?"

"응, 난 괜찮으니까 집중해."

"으씨, 안 괜찮아 보이는데……."

엘라임도 인상을 꽉 주며 전투에 임하고 있었다.

진도윤은 픽 웃었다.

솔직히 포기하기는 싫은데 인정하기도 싫은데 답이 보이는 상황이긴 했다.

길어봐야 10분? 그게 버틸 수 있는 시간일 거다.

아그니는 전투에 노련한지, 동료들을 향해 달려갈 도주로까지 차단하며 공격해 왔다.

"흠, 그대가 보여줄 게 이게 다인가?"

그 모습을 만족스럽게 쳐다보던 아그니가 씩 웃었다.

진도윤이 느꼈던 것처럼 그도 느낀 것이다. 자신의 승리를.

"글쎄. 힘 다 빠진 상대를 공격해 놓고, 그렇게 자랑스러워하지 말라고."

"하하하, 승부의 세계는 냉정한 법. 비겁한 변명 하지 말게."

"꽤 승부에 진심인 것 같았는데, 그건 또 아닌가 보네?"
"그럴 리가. 다만, 컨디션 조절도 실력이라 생각할 뿐."

대답을 마친 아그니의 몸이 용수철처럼 뻗어 나갔다. 순식간에 허공을 가른 아그니의 불 주먹이 둠 나이트의 허리를 강하게 가격했다.

콰아앙!

둠이 반항하지 못한 채 튕겨 나갔다. 하지만 튕겨 나가는 와중에도 아그니의 허리를 베어내는 데 성공하는 둠이었다.

아그니는 고통에도 아랑곳하지 않고 씩 웃었다.

"게다가 그대는 여럿이서 덤비지 않는가?"
"그게 내 능력인 걸 어떡하냐, 새끼야."

진도윤은 끝까지 데몰리션을 컨트롤하며 덤벼들었다.

[파괴룡 '데몰리션'(★★★★★)이 주인의 투지를 인정합니다!]
[친밀도가 1 상승합니다.]

떠오르는 상태창 따위는 볼 여유도 없었다. 없는 감응력을 잘게 잘게 쪼개 갖가지 스킬들을 사용할 뿐이었다.

'제기랄, 여기까진가.'

진도윤의 입가에 자조 섞인 미소가 지어졌다.

역시, 괜히 가이아가 경고한 게 아니었다. 분명 계획에 없던 상황이긴 했지만, 그런 문제가 아니었다.

고작 카프리와 아그니. 둘이 연달아 나타났다고 상황이 힘들어질 정도면 나중에 10악마들은 어떻게 상대하겠는가?

진도윤은 하늘을 올려다봤다. 검은 재로 피어오르는 허공이 마치 우물 속에서 바라보는 하늘처럼 느껴졌다.

'아, 세상은 넓고도 넓구나.'

활활 타오르는 숲과 푸른색 아지랑이가 그의 씁쓸한 마음을 위로했다.

'잠깐?'

진도윤이 눈을 좁힌 것은 그때였다.

푸른색 아지랑이? 저런 게 원래 있었던가?

라고 생각할 찰나.

"마스터!"

뒤쪽에서 유리아의 외침이 들려왔다. 그리고 그녀 옆에 웅장하게 서 있는 숲의 고양이, 아묘의 모습.

[숲의 고양이 '아묘'(★)가 '골골송'을 사용합니다.]
[해당 서머너의 감응력 회복 속도가 1,000% 증가합니다.]
[숲의 고양이 '아묘'(★)가 '그루밍'을 사용합니다.]
[모든 소환수의 S급 이하 상태 이상이 해제됩니다.]
[숲의 고양이 '아묘'(★)가 '꾹꾹이'를 사용합니다.]
[해당 서머너의 체력이 완전히 회복합니다.]

"허?"

진도윤의 눈이 부릅떠졌다.

갑자기 온몸에 도는 활기와 피어오르는 감응력. 그와 동시에 아그니가 걸어뒀던 각종 상태 이상이 완벽히 사라졌다.

게다가.

[숲의 고양이 '아묘'(★)가 '눈키스'를 사용합니다.]
[해당 당사자가 가졌던 기운이 100% 회복됩니다.]

"미친?"

콸콸콸!

마치 지하 암반수가 용솟음치듯, 잃었던 감응력이 급속도로 채워지기 시작한 것이다.

"이게 뭐야?"

감응력 전체 회복 스킬이라니. 세상에 이딴 사기 스킬이 어디 있단 말인가.

그의 마음을 알아채기라도 하듯, 유리아가 외쳐왔다.

"마스터! 한 달에 한 번밖에 못 쓰는 기술이야! 이번엔 아껴 써야 해!"

"……."

어떻게 된 일인지는 모르겠다.

하지만, 한 가지 확실한 건 알았다. 눈앞에 당황하는 아그니와 지금의 자신의 상황이 불과 몇 초 전과 완전히 뒤바뀌었다는 것.

진도윤이 치아를 드러내며 아그니를 바라봤다.

"이제야 좀 공정해진 것 같은데?"

"크큼, 잠깐만, 이건 좀…… 반칙 아닌가?"

"시끄러, 아까 컨디션 운운하던 게 누구였더라?"

진도윤이 응답하는 순간, 데몰리션이 힘차게 뛰어들었다. 힘이 없었던 아까와 달리 굉장히 활기찬 움직임.

"크윽!"

아그니가 신속히 물러났지만, 갑작스러운 공격에 허리를 내어줄 수밖에 없었다. 지금껏 당한 걸 복수하기라도 하듯, 진도윤의 공격이 거세졌다.

"엘!"

"응, 포박 간다아!"

엘라임의 손에서 스킬, '물의 분노'(S급)가 펼쳐졌.

솟구치는 물기둥으로 적을 제압하는 스킬. 지금까지 것과는 비교할 수 없을 정도로 높은 순도의 물이었다.

"이런."

아그니는 당황했다.

안 그래도 불과 물은 상극인데. 그 역시 전투가 지속되면서 많은 힘을 쓴 상태였기 때문.

몸을 비틀며 기둥에서 벗어나려 할 찰나.

"너도 한번 맞아봐."

진도윤의 싸늘한 음성이 아그니의 귓가를 때렸다.

그리고 곧이어 입을 쩍- 벌리는 검은 용.

"데몰리션, 이번엔 썬더 브레스다."

"뀨웅!"

파즈즈즈즉!

강대한 전류의 힘이 데몰리션의 입에 모여들었다.

진도윤이 썬더 브레스를 택한 이유는 단순했다.

물과 전기의 조합이 좋기도 할뿐더러. 가장 강력한 브레스인 '뉴클리어 브레스'는 12시간의 쿨타임을 가지고 있다.

그렇다고 불을 다루는 아그니에게 파이어 브레스를 쏠 수는 없는 노릇이니. 썬더가 가장 적합하다 할 수 있겠다.

"무, 무슨······. 뇌전의 힘까지 다룬단 말인가?"

아그니는 경악했다.

보통의 존재는 한 가지 속성만을 다룬다. 지금껏 저 용이 너무도 튼튼해서 '대지' 속성을 다루는 줄 알았는데 입에서 전류를 뿜어댈 줄은 상상도 못 했기 때문이다.

[파괴룡 '데몰리션'(★★★★★)이 썬더 브레스를 사용합니다.]

이윽고, 모여들었던 전류가 샛노란 뇌전을 튀겨대며 앞으로 쏟아졌다.

파지지직!

강렬한 소리와 함께 순식간에 튀겨대는 번개가 아그니의 전신을 순식간에 집어삼켰다.

"크으으으!"

엘라임의 물 때문에 '감전' 효과까지 받은 아그니는 온몸을 파르르 떨어댔다.

"크아아악!"

그리고 결국 그의 입에서 시커먼 피가 뿜어져 나왔다.

"……."

아팠다. 지금껏 느꼈던 어떤 통증보다도 아팠다.

아그니는 그 통증을 이해할 수 없었다.

사실, 그가 진도윤을 상대했던 것은 온전한 재미였다. 다른 악마들이 성가셔하는 벌레를 자신 있게 때려잡는 딱 그 정도의 재미.

그렇기에 자신이 이렇게 당할 거라고는 전혀 예측하지 못했다.

"……결국, 이렇게 되는 건가?"

털썩!

브레스가 끝난 후, 힘이 풀린 아그니가 무릎을 꿇었다.

10악마가 아닌, 타 종족에게는 처음 꿇어보는 무릎.

그의 표정으로 잠깐의 억울함이 스쳐 지나갔지만 이내 그는 정말 재밌다는 듯 웃어 재꼈다.

"크, 크하하하! 쿨럭! 크하하!"

그래, 인정할 건 인정해야 했다. 눈앞의 인간은 자신보다 강했기에, 자신을 이겼던 거다.

그뿐이었다. 원래 생사를 건 싸움에 정정당당을 따지는 게 우스운 거니까.

"좋구나."

스릉!

그런 아그니의 목에 둠 나이트의 시퍼런 검이 닿았다. 주인의 명을 기다린 채, 굳건하게 서 있는 데스나이트.

"……좋은 수하를 두었어."

자신의 목에 닿은 검날을 남은 힘을 이용해 쳐낼 수도 있었다.

하지만 아그니는 그렇게 하지 않았다.

어차피, 그래 봐야 자신은 졌다. 패배의 대가는 죽음.

"그래, 내가 졌으니. 패자는 말이 없는 법. 죽이게나."

"신기하네. 내가 대천사들을 구하는 건 별 신경도 안 쓰는 느낌인데?"

"대천사들?"

진도윤의 궁금증에 아그니가 픽 웃었다.

"판데모니엄의 악마들은 강하다. 그리고 다들 전투에 미쳐 있지. 고작 봉인해 둔 대천사 몇 풀리는 거로 막힐 대계였으면, 애초에 실패하는 게 나을걸세."

"……굉장히 쿨한 성격이네."

진도윤이 고개를 끄덕였다.

그리고 둠에게 눈짓했다.

아그니와의 관계가 어떻든, 그와 자신은 적. 살려 보내는 것은 바보나 하는 짓이다.

서걱!

둠 나이트의 검격에 판데모니엄의 한 자리를 차지했던 악

마. 아그니의 머리가 바닥에 떨어졌다.

"……."

 진도윤은 그 모습을 씁쓸하게 바라봤다. 그래도 지금까지 만나왔던 적 중에서는 멋대가리 있는 놈이었다.

"……."

 아그니까지 정리했으니, 이제 남은 것은 카프리 하나뿐.

 녀석은 바닥에 주저앉은 채로 입을 떡 벌리고 있었다.

"이, 이게 대체 무슨?"

"후우……."

 카프리를 힐끔 본 진도윤은 지친 몸을 이끌며 놈을 향해 걸었다.

 주변은 이미 개판인 상태였다.

 이리저리 널브러져 있는 시체들과 활활 타오르는 숲.

'힘드네.'

 아묘 덕에 육체는 회복했지만, 정신적으로 피곤했다.

 하지만, 이곳은 타지(他地). 마무리를 짓지 않고 쉴 수는 없다.

"이놈……! 영물까지 다룰 수 있었단 말이냐?"

"이놈? 얘는 아직도 상황 파악 못 하네?"

 퍼억!

 감응력이 가득 실린 진도윤의 발길질에 카프리가 뒤로 나뒹굴었다. 이미 모든 힘을 다 쓴 카프리라, 상대하기 한결 편했다.

"비, 빌어먹을."

카프리는 자존심이 상했다. 이미 아그니까지 죽인 마당에 자신이 사는 것은 요원한 일이었고 자신 또한 여태 했던 말이 있기에, 저 침입자에게 굽히긴 싫었다.

"이노오오옴! 네놈이 이러고도 무사할 성싶으냐?"

잠깐 눈알을 굴리던 카프리는 이내 곧 진도윤에게 호통을 쳤다.

"이곳은 마계다! 나나 저기 죽은 아그니보다 강한 자들이 수두룩한 곳이란 말이다!"

"그래서?"

"다, 당장 날 살리지 않는다면, 묵사발을 만들어주겠다!"

"어떻게?"

"그, 그건……. 어쨌든, 날 죽이면 판데모니엄의 분노를 살 것이다! 미천한 인간이 위대한 10악마의 분노를 받고 살 수 있을 듯싶더냐?"

"……글쎄, 난 이미 아그니도 죽이고 대천사도 구출했거든. 네놈 하나 죽이는 건 신경도 안 쓸 것 같은데?"

"웃기지 마라. 난 무려 마계 한 구역의 통치자다! 내…… 크엑!"

진도윤이 말하던 카프리의 목을 발로 밟았다. 더는 듣기 힘들었던 탓이다.

"염소 대가리라 지능이 낮나? 왜 이리 요란해?"

"이놈! 이 더러운 발 치우지 못할…… 크에에엑!"

화르륵!

진도윤은 피닉스의 염화를 이용해 카프리의 피부를 살살 태우기 시작했다. 발바닥부터 천천히, 고통스럽게.

작열통에 카프리가 괴롭다는 듯 버둥거렸으나, 이미 힘이 빠져 있는 터.

진도윤의 속박을 풀 수는 없었다.

"크에에엑, 그만! 그만!"

"그만?"

진도윤이 잠깐 고문을 멈췄다.

"이 건방진 놈이! 감히!"

"아직도 정신 못 차렸네?"

다시 한번 꾸욱.

발로 누른 진도윤이 피닉스의 불을 피웠다. 이번엔 상반신까지 올라왔다.

"끼에에엑! 끼에에엑!"

이번엔 좀 더 오래. 어차피 아그니까지 처리한 이상, 시간은 많았다.

"내가 이런다고 굴복…… 꾸에엑!"

세 번째 꾸욱. 이번엔 엘라임을 이용해 녀석의 호흡까지 막았다. 물을 뭉쳐 녀석의 얼굴에 뒤집어씌우면 된다.

"훨씬, 조용하고 좋네. 우리 어디 끝까지 해보자?"

물에 갇혀, 꾸르륵거리는 소리만 들릴 뿐. 한창 시끄럽던 카프리의 목소리가 들리지 않자, 진도윤은 만족스럽다는 듯 고개를 끄덕였다.

확실히 세 번째 방법은 효과가 있었다. 물을 걷어내자, 카프리가 더 이상 헛소리를 지껄이지 않았기 때문.

"왜 조용해? 또 지껄여 봐."

"꾸르륵……. 꾸르……."

진도윤은 동공이 풀려 있는 염소의 뿔을 부여잡고 들어 올렸다.

"또 개길 거야?"

"꾸르……. 워, 원하는 게 뭐냐."

"그래, 이제야 대화가 좀 통하네."

진도윤이 씩 웃었다.

악마도 여타 다른 범죄자들처럼 때려서 굴복시킬 수 있다는 사실은 굉장한 소득이다. 역시, 폭력은 모든 것을 해결해 주는 것인가?

진도윤은 곧바로 원하는 바를 말했다.

"대천사 호송 계획에 대해 다 불어봐. 북쪽에 어떤 함정이 있는지, 누가 시킨 건지."

"흥, 내가 그걸 말할 듯싶으……."

진도윤이 다시 발을 들어 올렸다.

"마, 말하겠다."

"그래."

진도윤이 카프리의 옆에 털썩 주저앉았다.

염소는 축 처진 채로 순순히 사실을 토해냈다. 많은 정보를 알 수는 없었지만, 그래도 몇 가지 소득을 얻을 수 있었다.

"그래, 이 호송 작전을 10악마 중 하나인 부에르가 맡았단 거지?"

"그렇다."

"그 녀석이 북쪽 도시, 니플헤임에 있을 확률은?"

"원래라면 판데모니엄에 계시겠지만, 우리가 안 오면 그쪽으로 이동하실 거다. 굉장히 치밀하신 분이니."

"흐음. 녀석의 전력은?"

"추측 불가. 너희 따위가 아무리 나대봐야…… 꾸엑!"

진도윤이 손날로 녀석의 목을 후려치자, 카프리는 다시금 정신을 차렸다.

"그, 그냥 나로서는 추측 불가야! 싸워본 적이 없거든."

"그렇겠지."

10악마가 강하다는 건 이미 알고 있다. 굳이 녀석에게 들을 필요도 없었다. 확실히 아는 방법은 가서 부딪쳐 보는 것뿐.

"이제 더 털어놓을 건 없겠지?"

진도윤의 눈빛이 변하자, 카프리가 화들짝 놀랐다.

"서, 설마……. 지금 정보를 다 뽑았다고 죽이려는 거냐?"

"응? 내가 살려준다는 약속을 한 기억은 없었던 것 같은데?"

진도윤이 고개를 갸웃하며 말하자, 카프리가 비명을 내질렀다.

"이 간악한 놈! 악마보다 잔인한 놈!"

"그래그래, 나 그런 놈이다."

스릉!

진도윤이 손짓하자, 둠 나이트가 검을 뽑아 들었다.

번쩍!

날카로운 검날이 타오르는 불빛에 반사되어 카프리의 눈을 때렸다.

카프리는 심장이 철렁했다.

"자, 잠깐!"

"응, 잠깐은 없어. 널 살릴 생각이었으면, 차라리 아그니를 살렸겠지. 갠 좀 마음에 들었었거든."

반대로 저 녀석은 마음에 드는 구석이라고 하나 없고 살려 줘 봐야 뒤통수를 칠 놈이다.

후웅!

이윽고 둠 나이트가 검을 휘두를 때였다.

"조, 좋은 방법이 있다!"

"응?"

멈칫!

검을 휘두르던 둠의 칼이 카프리의 목 앞에서 바로 멈췄다. 진도윤이 신호한 탓이다.

"좋은 방법?"

진도윤은 일단 들어나 보기로 했다. 녀석의 눈빛에서 생존에 대한 간절함이 느껴졌기 때문.

"내, 내가 무사히 호송하고 있다는 전서를 지속해서 보내면, 부에르 님도 굳이 이동하지 않으실 거다. 심지어 니플헤임의 경계도 쉽게 뚫을 수 있겠지."

"……뭐, 위장이라도 하자는 말이야?"

진도윤의 물음에 카프리가 거칠게 고개를 끄덕였다.

"그, 그렇다!"

"와, 이거 생각보다 더 대단한 놈이네? 지금 살기 위해 자기 종족을 배신하겠다는 거지?"

"동족이고 뭐고! 죽으면 무슨 소용이냐!"

"그건 맞지."

턱을 부여잡은 진도윤이 고민했다. 확실히 녀석을 이용하면 좀 더 쉽게 갈 수 있을 것 같긴 했다.

문제는…….

"근데 내가 널 어떻게 믿어?"

진도윤의 말에 녀석이 단호한 표정을 지었다.

"대악마의 맹약과 내 이름을 걸고, 한 치의 거짓이 없음을 선언하겠다!"

"헛소리하지 마. 난 그딴 게 뭔지 모르니까."

"……쳇."

"……?"

맹약은 개뿔. 그런 게 없다는 건, 초등학생을 데려다 놔도 알 거다.

'하지만.'

확실히 나쁜 방법은 아니었다. 녀석의 목숨을 부여잡고 바로 옆에서 통제할 수 있다면? 녀석도 허튼짓은 못 할 테고.

그렇게 되면, 대놓고 쳐들어가는 것보단 나을 수도 있었다.

어차피 잘 묶어놓기만 하면, 언제든 죽일 수 있을 테니까.

"야."

"왜, 왜 그러냐."

"어디 한번 해봐라. 단, 허튼짓하다 걸리면 바로 죽음이다."

"무, 문제없다. 단, 그대도 약속하라."

"어떤?"

"도와주면 무사히 살려주겠다고."

"뭐, 그거야 어렵지 않지."

둘 다 신뢰를 보장할 수 없는 약속이다.

하지만, 녀석은 목숨이 걸려 있는 상황이고 자신은 해봐야 어차피 붙으려 했던 10악마와 붙는 것.

그 이상의 손해는 없다.

나쁘지 않은 거래.

"좋아."

진도윤은 고개를 끄덕였다.

그러고는 앞뒤에 놓여 있는 관을 바라봤다.

가브리엘과 라파엘이 봉인된 관.

이제 대천사들을 깨울 차례였다.

서머너 강국.

대한민국에는 수많은 길드가 있다. 갓 서머너가 된 인재들을 영입해 성장시키고 추후에 던전 클리어 임무를 수행토록 하는 다양한 크고 작은 집단들.

그 길드 중 대한민국 가장 위에 군림하는 세 초대형 길드가 있는데…… 대월 길드, 은하 길드, 일성 길드.

대중들은 그들을 두고 빅3라 부른다.

그들은 서로를 견제하며 새로운 길드로부터 자리와 이권을 지키기 위해 노력하는데.

"후우."

빅3 중 하나, 일성 길드의 수장이자. 일성 그룹의 오너인 회장, 정준철은 한숨을 푹 내쉴 수밖에 없었다.

최근 들어 일성의 입지가 흔들리고 있었기 때문.

'제기랄, 유아린……. 그녀만 있었어도.'

항상 표정이 차갑다 해서 붙여진 이명 얼음 공주. 일성에서 그녀의 입지는 엄청났었다. 여배우 저리 가라 할 정도의 아름다운 외모와 A급 중에서도 특출난 실력. 그 때문에 일성 내부 서머너들에게도 많은 존경을 받아왔었다.

'그뿐이야?'

그녀의 존재로 고등급 서머너들 영입도 쉬웠고 될성부른 떡잎들 대다수도 다른 빅3가 아닌 일성을 더 선호하기도 했다. 그녀는 남녀 불문하고 인기가 많았으니까.

하지만, 어느 순간 그녀는 말도 없이 서머너 마스터의 곁으로 떠났다.

정준철은 솔직히 따지고 싶은 마음이 굴뚝이었다. 계약 관계에 따르면 그녀는 아직 일성 소속이기 때문.

하지만, 차마 건들 순 없었다. 국내든, 국외든 서머너 마스터는 서머너들의 상징 그 이상의 무언가가 있다.

'그는 이미 영웅이니까.'

괜히 건드려 봐야 민심만 돌릴 게 뻔할 터 그는 아무런 입장 표명도 하지 못했다.

'하지만……'

이제는 더 이상 버틸 수 없었다.

이미 빅3 사이에서도 말단으로 밀려나고 있었다. A급 서머너들끼리 모이면, 항상 일성 얘기를 한다. 이제 빅2라 불러야 하는 것 아니냐고. 일성에 어떤 매력이 있냐고.

'일성 공방도 한몫했겠지.'

'일성 공방'은 일성 주 사업 중 하나다. 길드원들의 던전 활동으로 모은 아이템을 국내외로 저렴한 가격에 파는 사업인데 최근 혜성처럼 등장한 '천계 상점'에 무섭도록 시장 점유율을 뺏기고 있었기 때문.

정준철은 이해할 수 없었다.

'어떻게 갑자기 생겨난 공방이, 우리 아이템보다 더 상등품의 아이템을 더 저렴하게 파는 거지?'

그는 위기감을 느꼈다. 이대로 시간이 흐르면, 일성은 몰락할 게 자명했다.

발 빠르게 변화하는 사회에 대응하지 못해 사라진 길드가 몇이나 되던가?

그 길드가 자신의 길드가 되지 않으리란 보장은 없었다.

빅3 중 하나라는 찬란한 위치에서 그저 그런 대형 길드로 전락하고 말겠지.

"유아린……."

정준철이 조용히 읊조렸다.

솔직히 그는 알았다. 왜, 유아린이 자신을 떠났는지.

'프리덤 때문이겠지…….'

일성의 간부였던 그녀의 아비, 유진혁. 그가 잭 폴탄에게 죽은 이후, 일성은 이렇다 한 대처를 할 수 없었다. 그 당시에는 워낙 베일에 싸여 있었던 존재이기도 했고 유진혁도 독단적인 활동으로 길드 내부에서도 눈치를 주고 있었으니.

하지만 서머너 마스터는 달랐다. 잭 폴탄이라는 강적과 적극적으로 싸웠으며, 기자회견을 통해 전 세계적으로 프리덤과의 전쟁을 공표하기도 했다.

일성 같은 대형길드도 꺼리는 일을 고작, 일개 한 사람이 나선 것이다.

"나도 알아, 안다고."

그녀를 부를 자격이 없다는 것을.

하지만, 그렇다고 몰락하는 길드를 지켜보고만 있을 순 없는 일이다.

결국, 정준철은 직원을 불렀다.

"부르셨습니까?"

"……유아린, 그녀에게 연락을 넣어보게."

"유아린이면……. 얼음 공주 말씀이십니까?"

직원의 눈이 휘둥그레졌다.

정준철은 고개를 끄덕였다.

"응, 협회에 연락을 넣으면 될 거야. 수단과 방법을 가리지 말고…… 그녀를 일성으로 데려오게."

닉스의 은신처, 훈련실 내부.

우우웅!

여느 때와 마찬가지로 아침 일찍부터 나온 제프리와 유아린은 열심히 감응력 훈련에 임하고 있었다.

"후우."

얼마의 시간이 흐르자, 제프리가 옅은 한숨을 내뱉었다.

"이제 2만 더 올리면 되는데, 그게 힘들군. 시간이 안 가는 느낌이야."

"저도 뭔가 커다란 벽에 막힌 기분이네요."

제프리의 감응력은 193, 유아린의 감응력은 165. 이번 여정에서 빠지게 된 그들은 오직 감응력 200만을 바라보며 살았다.

식사도 최대한 간단하게, 수면 시간도 6시간에서 4시간으로 줄였다.

'그래도…… 나쁘지 않아.'

미궁의 세 영웅에 비하면 초라해 보일지 몰라도 유아린은 이 상태창이 얼마나 괴랄한 내용을 담고 있는지 스스로도 잘 알고 있었다.

165의 감응력과 보유 소환수가 셋이라는 것. 과연 서머너 마스터를 만나지 않았어도 가능한 일이었을까?

'절대.'

유아린이 고개를 절레절레 저었다. 아마 감응력 120의 벽에 막힌 채, 지금까지도 빌빌거리고 있었을 거다.

일성의 커리큘럼이 최고라 믿은 채, 얼어붙은 유물이나 캐고 다녔겠지.

사실 그녀가 열심히 하는 이유는 별다른 거 없었다.

자신에게 온 기회가 얼마나 대단한지 아니까. 그 어떤 서머너라도 부러워할 자리라는 걸 아니까.

'좋아, 이제 15만 올리면 돼.'

유아린은 품속에 있는 가이아의 환단을 소중히 어루만졌다. 무려 감응력 20을 올려주는 사기적인 영약.

그 누구도 가치를 매길 수 없을 만큼 말도 안 되는 희대의 사기 아이템이었다.

이런 귀물을 서머너 마스터는 자신에게 선뜻 건네왔다.

그뿐이랴? 주면서 어떠한 대가를 바라지도 않았다.

'나도 동료…… 라는 건가?'

그녀는 깨달을 수 있었다.

자신도 제프리나 유리아처럼 하나의 동료 취급을 받고 있다는 걸. 그게 얼마나 심리적으로 안정이 되는지, 과연 그는 알까?

유아린은 진도윤이 너무도 고마웠다. 당연히 부담되는 것도 어느 정도 있었지만, 그런 생각은 옆으로 치워뒀다.

'무조건, 어떻게든…… 도움이 될 거야.'

저벅, 저벅.

유아린은 거침없이 훈련장 구석으로 걸어갔다. 감응력 컨트롤 훈련은 어느 정도 했으니, 이제 체력단련 차례. 그녀가 구석에 놓여 있던 훈련용 쇠 주머니를 양발에 착용할 때였다.

"허허, 역시나 이곳에 있구만들?"

익숙한 목소리가 들려왔다. 협회장, 유준태였다.

그의 모습을 본 유아린이 빙그레 미소 지었다. 과거, '얼음공주'였을 당시엔 볼 수 없었던 부드러운 미소.

"오셨어요?"

"너무 무리하지 말게. 그러다 과로로 쓰러지겠어."

가벼운 인사를 전한 유준태가 그녀의 앞으로 다가왔다.

"별일은 아니고, 그 정준철이 있잖나? 일성 길드 마스터."

"아, 넵."

유아린이 다시 쇠 주머니를 내려놓으며 답했다.

"그자가 어제부터 자네를 꼭 보고 싶다고 하도 징징거려서 말이지."

"아……."

유아린이 심란한 표정으로 한숨을 내쉬었다.

사실 아직 계약상의 그녀는 일성 길드 소속이다. 그것도 간부.

장기 휴가를 낸 채, 말없이 나가지 않고 있긴 했지만 사실, 다른 집단에 소속되기 위해서는 정당한 사퇴 절차를 밟아야 했다. 그게 마음에 좀 걸리는 그녀였다.

"뭐, 뻔하지."

그러한 유아린의 반응에 유준태가 다시 말을 이었다.

"자네는 그렇다 쳐도, 진도윤 그놈도 대외적으로는 무소속이지 않나. 최근 풍운 길드도 무너졌고."

"네."

"이런 말 하긴 뭐하네만, 혈육의 정을 들먹이면서 다시 끌어들이려는 속셈일 거야. 아마 이런 생각도 했을걸? 자네를 부르면 서머너 마스터가 올 확률도 있을 거라는?"

"……."

유아린이 입술을 오물거렸다.

'오빠가 일성에 가는 건 말도 안 되는 거고.'

그것과 별개로 사실 일성 길드에 정이 없다 하면 거짓말이었다.

좀 답답하긴 했어도 그녀의 유일한 혈육, 유진혁. 아버지가 일평생 있었던 길드이니까.

"어떡하겠나. 안 내키면, 내 선에서 처리해 줄 수도 있고."

"아네요."

"음?"

"말씀은 감사하지만, 한번 가보긴 해야겠어요."

유아린이 다짐한 듯 고개를 끄덕였다.

"오, 직접 해결하려고?"

"네, 잘못은 제가 저지른 거니, 해결도 제가 해야죠."

그래도 정준철이면, 아버지가 다녔던 길드의 수장인데.

나름의 예를 지키고 싶기도 한 그녀였다.

일성 길드 본부는 가까웠다. 협회와 얼마 떨어지지 않은 동네, 송파 쪽에 있었으니까.

드르륵!

거대한 빌딩의 자동문을 지난 유아린은 크게 심호흡했다. 어렸을 적부터 자주 왔던 건물이라 크게 낯설지는 않았다.

"와, 저기 봐……. 유아린 간부님 아냐?"

"응? 에이, 설마. 그냥 비슷한 체형이겠지."

"야, 인마! 나 얼음 공주 팬클럽 골드 등급이거든? 아무리 마스크 쓰셨다 해도 내 눈은 못 속여!"

"그래, 그래. 네 말이 맞다. 근데 유아린 간부님이 웬일이시지? 언제부턴가 안 오시지 않았나?"

일성 길드원 몇 명이 알아보기도 했지만 그녀에게 딱히 다가가거나 그러진 않았다.

그녀는 얼음 공주. 인사해 봐야 환영받지 못할 것을 잘 알기 때문이다. 일성에 몇 달 동안 다니다 보면, 자연스럽게 체득되는 부분들이기도 했다.

"어?"

그러나, 이내 길드원 하나가 크게 놀랐다.

"바, 방금 나한테 가볍게 고개 끄덕이신 것 같은데?"

"잉? 유아린 간부님이?"

"……내가 잘못 본 건가?"

처음 보는 괴이한 현상에 길드원 하나가 눈을 비빌 찰나 이미 유아린은 다른 곳으로 이동하고 없었다.

길드 마스터실에 가기 전 유아린은 3층에 있는 훈련장을 둘러보며 향수를 느꼈다.

끼익! 끼익!

헬스 기구를 두고 열심히 운동 중인 서머너들. 일성의 멤버들은 시간이 남을 때 이곳에서 자율적으로 운동을 한다. 그녀도 과거엔 던전 가는 시간을 제외하곤, 이곳에서 살다시피 했었다.

'하지만, 비효율적이야.'

유아린은 고개를 흔들었다.

저들이 운동하는 이유는 몸을 가꾸기 위해서가 아니다. 오직 감응력을 올리기 위해서다.

'감응력을 올리려면 끝없는 한계를 경험하고 벽을 넘겨야 하는데…….'

일성의 훈련은 부상 방지에 더 초점을 둔다. 또한 근성장의 효율성을 위해 적당한 휴식기도 가진다.

'감응력 100 이전까지는 그게 더 좋을지 몰라도.'

그 이상부터는 자신을 혹독하게 몰아쳐야 한다.

소환수가 자신의 그릇을 깨고 진화를 하는 것처럼 서머너 역시 육체의 한계를 건너뛰어야만 한다. 그래야 성장할 수 있다.

'서머너 마스터처럼.'

그의 훈련법은 무식하다. 무거운 통나무나 모래주머니를 들고, 죽기 직전까지 뛰거나 근육이 터져서 더 이상 움직이지 않을 때까지도 근력 운동을 한다.

그러다 다치면? 엘라임이나 아묘를 통해 치료한다.

'후, 됐다.'

유아린은 이내 감흥이 식은 듯 훈련장을 지나쳤다.

저들에게 알려주고 싶기도 했지만 괜한 오지랖이라 생각했다. 알려줘도 쉽게 따라 할 수 없기도 했고.

지이잉!

그녀는 다시 엘리베이터를 타고 꼭대기 층으로 올라갔다.

열리는 문과 함께 보이는 길드 마스터실.

"간부님, 오셨습니까!"

유아린을 알아본 비서가 당차게 고개를 숙인다. 그녀는 가

법게 고개를 끄덕인 후, 문을 열고 들어섰다.

문을 열자, 꽤 많은 사람들이 보였다.

눈 익은 10명의 간부와 길드장 정준철. 게다가 일성에서 자주 사용하는 기자도 보였다.

'기자는 왜……?'

그녀는 잠시 의아했지만, 금세 답을 찾았다.

위약금 문제나, 혹시 벌어질 소란에 대비한 거겠지.

정준철은 들어온 유아린을 보자마자 환하게 미소 지었다.

"오오, 왔구나. 잘 지냈나?"

"네, 죄송해요, 길드장님. 말없이 떠나서."

"하하, 떠나길 뭘 떠나는가? 자넨 아직 일성 소속이거늘."

쾅쾅!

그가 책상 위에 올려진 문서를 손바닥으로 건드렸다. 과거, 유아린과 함께 작성했던 계약서였다.

"네, 안 그래도 그 부분 때문에 다시 찾아왔어요."

유아린의 고저 없는 목소리에 정준철은 침을 꼴깍 삼켰다. 친근하게 대해서 어떻게든 무마해 보려 했는데 역시, 그녀는 일성을 나가려 하고 있었다.

"……다시 잘 생각해 보게. 아직 계약이 3년이나 남았잖나. 자네, 위약금이 다섯 배인 건 알고 있겠지?"

결국, 정준철이 꺼내 들 수 있는 카드는 위약금뿐이다.

2년 전, 유아린은 5년 계약금 1,500억. 별개로 연 100억씩의 수익을 보장하기로 했었다. 즉, 계약을 파기하면 7,500억의 위약금을 내야 하는 것.

일개 서머너가 부담하기엔 굉장히 큰돈이었다.

"네, 당연하죠. 7,500억 낼게요. 이렇게 갑작스럽게 탈퇴하게 돼서 유감이에요, 길드장님. 제가 꼭 해야 할 일이 있는 바람에."

"……?"

정준철의 눈이 휘둥그레졌다.

'낸다고?'

그 큰돈을 어디서 나서 낸단 말인가.

심지어 고개 숙여서 사과까지 한다.

'이게 아닌데?'

그는 당황했다. 그가 생각하던 그림은 말도 안 된다고 떼쓰는 유아린을 일단 카메라로 찍어놓고 그다음 천천히 달래며 회유할 생각이었는데!

"자, 잠깐!"

"왜 그러시죠?"

"도대체 뭐가 문젠가!"

결국, 떼쓰는 것은 정준철이었다.

"……네?"

"알다시피 일성의 커리큘럼은 최강이네. 비록 그대가 따르는 서머너 마스터가 엄청난 분이라는 건 부정할 수 없어! 하지만!"

정준철은 전방에 침까지 튀겨가며 말했다.

"서머너 코치나 관리에 있어선 개인이 대형 길드를 따라갈 수 없는 것도 사실이지."

"……."

유아린이 눈살을 찌푸렸다. 자신에게 뭐라 하는 건 상관없는데 괜히 은인인 마스터가 거론되는 게 불쾌했기 때문. 게다가 내용적인 측면에서도 오류가 많았다.

그녀가 생각하기엔 현 일성의 커리큘럼은 쓰레기나 다름없었다.

"글쎄요……. 왜, 여기서 그분을 언급하시는 건지 모르겠지만."

그래서 바로 반박했다.

"그분의 가르침에 비하면, 이곳은 굉장히 형편없어요."

"……?"

그녀의 발언에 간부들의 눈이 휘둥그레졌다. 카메라를 들고 있던 기자들까지 입을 떡 벌렸다. 빅3 중 하나인 일성의 길드 마스터 앞에서 저런 직접적인 발언이라니!

그러나, 유아린은 살짝 흥분한 듯 한술 더 떴다.

"게다가 여기서 보냈던 5년보다, 그분과 함께한 1년이 수십 배는 더 뜻깊은 배움이었어요. 함부로 말하지 말아주세요."

"……그건 좀 과장 아닌가?"

옆에서 어떠한 남성이 끼어든 건 그때였다. 마치 아까부터 참고 있었다는 듯, 눈살을 찌푸리고 있는 자.

일성의 서머너 서열 1위. 몬스터 학살자, 이준혁이었다.

"그래, 유아린. 항상 무표정하던 네가 그렇게 두둔할 정도라면 그럴 수도 있겠지."

이준혁은 인정하려는 듯했으나 이내 쾅! 발을 굴렀다.

"하지만, 그 말에 책임질 수 있겠나?"

"책임이요?"

"네가 정말 비약적인 성장을 이뤘다면, 우리 간부들을 상대로 보여줄 수 있겠냔 말이다."

본래 일성에서 얼음 공주의 서열은 5위.

이준혁은 판단했다. 분명 성장이야 했겠지만, 그 짧은 시간만에 앞선 서열의 서머너를 이길 순 없을 거라고.

'그것도 상대가 나라면.'

절대 이길 수 없을 거라고 판단하는 그였다.

"왜, 네 말대로라면 혼자 간부 두 명이라도 상대할 수 있어야 하는 거 아닌가?"

이준혁은 한술 더 떴다.

승부를 가져올 수 있을 때, 확실하게 가져오는 법 그것이 일성의 방식이다.

'……두 명?'

유아린의 표정이 기괴해졌다.

'그건 너무 쉬운데…….'

루시퍼나 다른 차원의 존재들과 놀아왔던 그녀에겐 여기 있는 서머너들이 그냥 소환수라는 장난감을 다루는 아가들처럼 느껴졌기 때문이다.

"하하, 같은 간부끼리 너무 각 세우지 말게나!"

정준철이 이준혁에게 눈짓하며 말했다. 대충 '잘했어, 짜샤!'라는 뜻을 담아서.

그 후, 머뭇거리는 유아린을 보고 자신감이 꺾인 거로 판단한 그는 더 센 수를 뒀다.

"으음, 그럼 내기를 하는 건 어떤가?"

"내기요?"

유아린이 고개를 갸웃했다.

"준혁이 말대로 한번 대결해 보잔 말이야. 만약, 우리가 이긴다면 자네가 다시 일성으로 돌아오는 거로 하고. 우리가 지면, 위약금 없이 이 계약서는 바로 파기하겠네. 어떤가?"

정준철이 씨익- 웃었다.

기자들도 있겠다, 공증인도 확보해 둔 상태였고 만약, 이 제안을 거절하면 그녀는 자신이 했던 말을 철회하는 꼴이 된다. 평소 자존심에 셌던 그녀에겐 굉장히 힘든 선택이 될 일.

'흐흐흐, 이준혁……. 이 녀석 좀 치는구나.'

정준철이 만족스럽게 고개를 끄덕일 찰나.

"좋아요."

유아린이 대수롭지 않게 답했다.

"대신, 저도 제안 하나 할게요."

"제안?"

떨떠름하게 답하는 정준철을 보며 유아린은 피식 웃었다.

사실 아까부터 참아왔다. 게다가 골방에서 수련만 하고 있는 터라 스트레스도 어느 정도 쌓인 상태.

"두 명 말고, 그냥…… 여기 있는 간부들 전부 덤벼주세요. 그래야 그나마 균형이 좀 맞을 거 같아서요."

"……!"

그녀의 발언에 방 안 모든 이들이 경악했다. 간부들의 눈살은 찌푸려졌으며, 기자들의 눈빛은 호기심으로 물들었다. 정준철 역시 황당한 표정이었다.

이곳에 있는 간부들은 유아린을 포함해 총 10명. 그것도 전부 난다 긴다 하는 빅3의 A급 서머너들이다.

그런 자들을 상대로 고작 일개 A급 서머너가 저런 말을 한다고?

'……얘가 무슨 생각이지?'

정준철은 잠깐 벙찐 상태로 그녀를 쳐다봤다. 표정만 봐서는 다른 꿍꿍이는 없어 보이는데…….

'그 말은…… 정말 자신이 있다는 건가?'

정준철이 이해할 수 없다는 듯 턱을 괬다.

아무리 요즘 다른 길드에 밀린다 해도 자신이 일궈온 일성은 국내를 넘어, 세계에서 알아주는 최강 길드다. 아무리 서머너 마스터와 함께 있었다 해도, 일개 서머너에게 무시 받을 정도로 약한 길드가 아니었다.

'하지만.'

정준철은 이내 정신을 차렸다.

생각해 보면, 나쁘지 않은 상황이었다.

'본인이 알아서 페널티를 먹는다 하면 좋은 일이지.'

자존심 상할 필요 없었다.

그녀는 분명 내기에 승낙했고 이기기만 하면, 걱정했던 모든 것이 해결된다. 일부 간부들이 말도 안 되는 대결에 불만을 가질 수도 있을 테지만.

어쩌겠는가? 길드장이 까라면 까야지.

"하하하, 정말 전부 덤벼도 상관없다는 거지?"

"길드장님!"

간부 중 하나가 자존심 상한다는 듯 외쳤지만 정준철은 고개를 저었다.

"잊었나? 승부를 가져올 수 있을 때, 확실하게 가져오는 게 우리 일성의 방식이다. 제안은 아린이가 먼저 했어."

그러고는 다시 유아린에게 시선을 돌렸다.

"우리 간부는 자네 빼고 총 9명이다. 정말 9:1로 붙어도 상관없다는 거냐?"

"네, 뭐…… 문제없어요."

유아린이 대수롭지 않게 말하자, 정준철이 자리에서 일어났다.

"굉장한 자신감이로군. 좋다, 그럼 대결 장소로 이동하지."

그들이 한창 준비하고 있을 때, 기자들은 정신이 없었다.

"이게 도대체 무슨 상황이죠?"

"무슨 상황이긴. 엄청난 특종을 날로 먹은 상황이지."

"얼음 공주랑 일성 간부들의 한판 승부라니……. 근데 특종이면 뭐 한답니까? 혹시라도 유아린이 이기면 기사도 못 내지 않습니까."

"유아린이 이기긴 뭘 이겨? 넌 이게 말이 되는 게임 같냐?"

"그래도…… 혹시나요."

이곳, 기자들은 각자의 방송국이 있긴 했지만 엄밀히 말하면 일성의 직원이나 마찬가지다. 일정의 보수를 받고 일성 소식을 유리하게 전달해 주는 역할을 하는 자들.

하지만 그들도 이번 특종은 꽤나 욕심이 났다.

"선배님."

"왜."

"그냥 한번 제안해 보는 건 어떨까요?"

"뭘?"

"우리 회사 너튜브 채널에 생중계하는 거로요. 유입 엄청날 거 같은데……."

"흐음, 아냐. 욕심부리지 말자. 본래 충성스러운 개는 주는 밥만 잘 받아먹으면서 시키는 대로만 하면 되는 거야."

"하지만……."

"시끄러, 얼른 카메라 설치나 도와줘."

철컥!

선배 기자는 후배의 말을 무시하며 삼각대를 펼쳤다.

이곳은 일성 길드 지하 3층. 온 벽이 강철로 이루어진 일성만의 대결 및 실험 장소였다.

"흐음."

그리고 그들과 어느 정도 떨어진 거리에서 정준철이 턱을 잡은 채 고심하고 있었다.

'생중계?'

그 역시 A급 서머너. 이미 평범한 인간을 넘어선 청력 덕에 기자들이 하는 말을 들을 수밖에 없었다.

'나쁘지 않은데?'

9:1로 싸우는 게 조금 비겁해 보이긴 하지만 그걸 제외하고는 얻는 게 더 많다.

첫째, 이길 경우 여론을 통해 유아린을 굳건한 일성 멤버로 확정시킬 수 있고 둘째, 어그로를 통해 일성에 대한 관심을 더욱 끌 수 있다.

또한, 일성 간부 하나하나의 무력을 송출함으로써 일종의 홍보 효과를 누릴 수도 있다.

"어떤가? 자네도 들었을 텐데."

정준철이 맞은 편에 서 있는 유아린에게 물었다.

그녀는 현재 여유롭게 펜-리르의 머리털을 쓰다듬는 중. 말도 안 되는 대련을 앞둔 서머너의 모습으로는 보이지 않았다.

"나도 좀 불안해서 말이지. 자네가 니기에서 진 다음 떙깡 부리면, 서로 피곤해지지 않겠는가?"

"……전 상관없는데, 괜찮으시겠어요?"

"뭐가 말인가?"

"지시면 타격이 꽤 클 거 같은데……."

유아린의 걱정스러운 표정에 정준철이 호탕하게 웃었다.

"크하하하. 패기가 많이 늘었구나."

어렸을 적부터 유아린을 봐왔던 그였다.

아비를 닮아 항상 신중하고 생각이 깊었던 그녀. 비록 그 사건 이후, 웃음을 잃긴 했지만 그래도 무얼 하든 조심성이 강했던 그녀였다.

'사람이 사람을 바꾼 게지.'

서머너 마스터의 성격이야 전 세계적으로 유명하다. 앞뒤 가리지 않으며, 항상 무모한 도전을 일삼는 남자.

그런 자와 같이 붙어 다니니, 자연스럽게 성격도 변한 것일 터.

"어쨌든 승낙했으니, 나중에 딴소리하기 없기다?"

"네, 마음대로 하세요."

당돌한 그녀의 대답에 정준철의 입가에 미소가 지어졌다.

준비는 빠르게 진행됐다.

대결장 중앙에 유아린이 위치했고 나머지 아홉 간부들이 각자의 소환수를 소환한 채, 그녀를 둘러쌌다.

유아린은 이프리트를 꺼내지도 않은 채, 오연하게 서 있는 상태.

"크르르."

그리고 그녀의 앞에는 대결을 앞두고 낮게 울부짖는 펜-리르가 있었다.

"와, 긴장되네요. 누가 이길까요?"

그 모습을 카메라로 담고 있던 후배 기자가 침을 꼴깍 삼키며 물었다.

"……난 일성에 한 표. 아무리 얼음 공주가 강하다 해도 아홉 명은 무리지 않을까?"

"여론도 그런 분위기 같네요."

[제목: 일성 간부 vs 얼음 공주, 길드 위약금을 걸고 한판 승부!]

이미 현장은 이러한 제목으로 생중계되고 있었다. 첫 시청자 수는 몇백이었지만, 시간이 흐를수록 계속 늘어나는 중.

본래 대중들의 최고 관심사는 '과연 어떤 서머너가 가장 강할까?'이다.

서머너 마스터가 최강이라는 사실에는 아무도 이견이 없지만 유아린에 대해서는 말이 많아 왔기 때문.

-서머너 마스터는 왜 그녀를 데리고 다닐까? 얼음 공주 실력이야 알아주긴 해도 미궁 3인방에 비하면 몇 수 아래 아니냐?
-그냥, 예쁘니까?
-하긴, 외모로는 1티어긴 하지.
-인마, 이해해 줘야지. 서머너 마스터도 남자잖아.

이게 평소 대중들의 시선이었다. 그저 평범한 A급인 그녀가 외모로 좋은 자리를 차지했다는 식의 반응.

그 반응은 생중계되고 있는 댓글 창에서도 우세를 점했다.

-말도 안 되는 일이지. A급 서머너 하나가 아홉 명을 상대한다고?

-말이 안 되는 건 아냐. 서머너 마스터도 혼자 여러 명 상대하곤 했었잖아.

-그건, 서머너 마스터고;;

-근데 왜 9:1 함? 일성도 한물갔나 보네.

-듣기로는 유아린 측에서 먼저 제안했다던데?

-진짜?

소문은 소문을 낳고 기자들은 특종을 놓치지 않는다.

유아린과 일성의 대결은 점점 더 뜨거워졌고 어느새 중계 채널엔 수만 명의 시청자가 들어와 있었다.

"자, 어느 정도 모였으니 시작해 볼까?"

먼저 나선 것은 서열 1위, 이준혁이었다.

"먼저, 서머너 터치 금지. 각자의 소환수는 제압만 하되 죽이진 않을 것. 동의하나?"

"그러죠."

일성 내부의 서머너 대결 방식이었다.

생사를 거는 전투가 아니기에 오히려 소수가 더 불리하다. 본래 죽이는 것보다, 제압이 더 힘든 법이니.

하지만 유아린은 상관없다는 듯 고개를 끄덕였다.

그녀의 동의를 끝으로, 이준혁이 움직였다.

-끼아아아!

그가 사용하는 소환수는 A급 황금 독수리. 허공에 날아 날카로운 부리와 발톱으로 근접전을 펼치는 영물 중 하나다.

우우웅!

그에 맞춰, 유아린도 감응력을 끌어올렸다.

화아악!

일순간, 공기가 돌변했다. 마치 던전에서 보스급 몬스터를 만났을 때의 그런 압도적인 기운.

"……."

일순간 놀란 간부들이었지만 그들도 베테랑 서머너. 빠르게 정신을 차렸다.

"다들 공격해!"

-끼아아!

펜-리르에게 먼저 달려든 것은 이준혁의 '황금 독수리'(★★★★★★)였다.

후웅!

날개를 이용한 빠른 기동력으로 허공으로부터 내리찍는 부리 공격.

'너무 느리고 단순해.'

유아린은 살짝 하품하며, 공격을 슬쩍 피해냈다. 그 후 펜-리르의 뭉툭한 발등으로 가볍게 툭- 후려쳤다.

콰아아앙!

그 한 번의 공격으로 균형을 잃은 독수리는 저 멀리 날아가 벽에 처박혔다.

"……?!"

달려들던 서머너들의 안색이 굳었다.

이준혁의 독수리가 어떤 존재던가. 암만 자신들이 노력해도 닿지 않을 정도로 빠른 스피드를 지닌 존재였다.

'그런 독수리가 한 방에?'

'보이지도 않았어.'

'과연, 그만큼의 실력이 있었다는 건가?'

'조심해서 다 같이 들어가자. 여기서 지면 진짜 개 쪽이다.'

간부들은 서로 눈짓했다. 서포트 포지션을 맡은 간부는 재빠르게 황금 독수리에게 힐링을 넣었다.

누가 보면 치사하다고 할 수 있는 수. 하지만, 유아린은 상관없다는 듯 펜-리르를 컨트롤했다.

'빨리 끝내 버리자.'

-키에엑!

-크르릉!

이번엔 각종 소환수들이 사방으로 동시에 치고 들어왔다. 그러나 그들의 공격은 펜-리르에게 닿을 수 없었다.

어떤 공격이든 아슬아슬하게 닿지 않는 효율적인 컨트롤.

"크앙!"

펜-리르가 울음을 한 번 터뜨리더니 이리저리 날뛰기 시작했다.

어느 스킬도 쓰지 않았다. 그저 유아린이 제공해 주는 폭발적인 감응력을 이용해서.

콰앙! 콰앙! 콰앙!

발등으로 보이는 대로 후려칠 뿐이었다.

"펜-리르 실수하지 말고 살살 쳐야 해."

팔짱을 낀 유아린은 오히려 힘 조절을 해야 했다. 혹여나 실수로 발톱을 사용했다간, 상대 소환수의 목숨이 위험해질 수도 있기에.

일성 소환수들과 싸우는 펜-리르의 위력은 엄청났다.

한 방에 한 마리씩. 맞아 나가떨어진 소환수들은 의욕을 상실한 채 빌빌거리며 기어 다닐 뿐이었다.

"……."

그 모습을 바라보던 간부들의 눈빛에 당혹감이 서렸다.

"우, 움직여!"

"뭐 해! 왜 한 방 맞고 힘을 못 쓰는 거야!"

점점 정리되는 아홉 간부들. 그 모습을 지켜보던 정준철은 넋 나간 표정으로 입을 벌리고 있었다.

-미친! 이게 뭐야? 저거 일성 간부들 맞아? 신입들 아냐?

-신입은 절대 아냐, 이준혁도 있고 성지범도 있잖아. 디 돌 일성 네임드들이라고.

-그럼 뭐야, 저게 말이 됨? 짜고 치는 거 아님?

-설마 짜고 치겠냐? 그래서 일성한테 득이 될 게 뭔데.

-얼음 공주 ㄹㅇ 미쳤네;;

-괜히 서머너 마스터가 데리고 다니는 게 아니었나?

-그럼 서머너 마스터는 얼마나 괴물인 거?

생중계로 지켜보던 대중들도 난리가 났다. 유아린이 압도적으로 우승할 거라고는 그들도 전혀 예측 못 했기 때문.

콰앙! 콰앙!

치열하게 싸우는 것도 아니었다.

그저 무미건조하게 앞발을 휘두르면 상대가 피하든 반격하든 귀신같이 급소에 명중한다. 그렇게 모든 소환수가 전투 불능 상태로 눕는 데는 채 1분도 걸리지 않았다.

"……."

결투장에 적막이 흘렀다. 간부들은 꿈이라도 꾼 듯, 인지 부조화를 겪고 있었으며.

정준철은 두 눈을 꾹 감았다.

'내가 뭔 짓을 저지른 거지?'

그의 시야에 기자들이 찍고 있는 카메라가 보였다. 자신의 휴대폰에도 켜져 있는 너튜브 시청자들의 폭발적인 반응은 차마 볼 수가 없었다.

스르륵!

유아린은 임무를 마친 펜-리르를 역소환했다. 그 후, 숨 하나 헐떡거리지 않는 여유로운 표정으로 정준철에게 걸어갔다.

"……."

말없이 그녀를 보고 있는 정준철을 상대로 유아린이 입을 열었다.

"약속은 꼭 지켜주세요, 길드장님."

일성의 완벽한 패배였다.

2장

레이튼 숲 북부.

진도윤은 나란히 정렬시켜 놓은 관 내부를 안타까운 눈빛으로 훑었다.

온몸에 상처를 입은 채, 쇠사슬에 이리저리 엮인 두 대천사 가브리엘과 라파엘의 모습이었다.

얼마나 고통스러운지, 의식이 없는 와중에도 미간이 찌푸려져 있는 존재들.

가만히 서 있는 진도윤 옆으로 우리엘이 다가왔다.

"과정은…… 내 봉인을 풀었을 때와 똑같느니라."

"응, 알지."

그녀의 말에 진도윤이 고개를 끄덕였다.

감응력이 가진 멸마(滅魔)의 힘. 그것으로 강력한 봉인에 일종의 틈을 만드는 방법이다.

우우웅!

진도윤은 거침없이 감응력을 끌어올렸다. 그 후, 양손에 한가득 담은 감응력을 두 존재에게 동시에 가져다 댔다.

파즉! 파즈즉!

쇠사슬에 전류가 튀기기 시작했다. 족쇄에 깃들어 있는 악마의 힘을 가이아의 기운이 먹어치우는 과정이었다.

"끄으으……."

"아아아아……."

미동이 없던 두 존재에게 반응이 보이기 시작했다.

"된 건가?"

진도윤이 가볍게 손을 떼며 말했다. 어깨가 살짝 뻐근할 뿐, 그 이상 힘든 점은 없었다.

"그렇느니라. 그대는 그저 틈만 만들어준 것일 뿐. 나머지는 이제 저들이 알아서 해야 할 일이지. 비록, 본래 가지고 있던 힘의 일부를 까먹어야 할 정도로 힘든 싸움이겠지만."

"봉인을 풀면서 힘이 약해진다고?"

"악마들이 온 힘을 다해 세팅해 둔 봉인이 그렇게 간단한 건 줄 알았느냐?"

"하긴."

우리엘의 말도 일리가 있었다.

무려 대천사를 봉인하는 힘인데 고작 자신의 감응력 조금으로 풀리는 것도 말이 안 되는 일이지. 타칭 '파괴의 천사'라는 우리엘이 아직 제힘을 발휘하지 못하는 것도 그 이유일 터였다.

"어쨌든…… 그대에겐 항상 고마운 일뿐이로구나."

"고마우면 뭐, 나중에 그만큼 열심히 도와주면 되는 거지."

"물론! 그대는 천계의 은인이다. 내 생이 다하는 순간까지, 어떠한 일이라도 난 그대의 편이 될 것이다."

"오호, 그래? 내가 악마 편에 선다 해도?"

"……?"

그건 생각지도 못했다는 듯, 우리엘의 눈동자가 휘둥그레졌다.

"으음……."

잠깐 고민하던 그녀가 조심스럽게 말을 이었다.

"그, 그대가 그럴 리 없지 않겠느냐?"

"응? 그건 모르는 일이지."

천연덕스럽게 답하는 진도윤의 눈빛에는 장난기가 섞여 있었다. 살짝 허당 끼가 있는 우리엘은 역시 놀리는 맛이 있다.

"쩝, 뭐야?"

이어지는 진도윤의 반응에 우리엘이 화들짝 놀랐다.

"무, 무엇이 말이더냐."

"대천사의 약속이란 것도 별거 없나 보네. 아깐 어떠한 일이라도 내 편이라면서."

"……그, 그렇지. 그렇게 되면 천신께는 죄송하겠지만……. 으으으……."

안절부절못하는 우리엘을 보던 진도윤이 픽 웃었다. 그 소리에 이제야 장난임을 깨달은 우리엘이 빽! 외쳤다.

"지, 짓궂지 않으냐!"

"그냥, 너무 진지하게 고맙다고 하길래. 어쨌든! 대충 정리는 된 거 같으니, 이제 차후 계획을 짜보자고."

사실, 첫 시작은 장난이었으나 이어지는 반응에 놀란 건 진도윤도 마찬가지였다.

'천신께는 죄송하다고?'

자신을 위해 천계까지 배신할 수 있다는 말 아니던가.

확실히 그건 좀 의외긴 했다. 물론, 자신이 마계 편에 설 일은 절대 없겠지만 그래도 우리엘의 진심을 확인할 수 있었던 건 굉장한 수확이었다.

나름 목숨을 걸고 돕고 있는 상황에서, 조금 보람을 느끼기도 했다.

"자자, 다들 모여봐."

진도윤은 일행들을 전부 끌어모았다.

유리아, 우리엘, 그리고 카프리까지. 카프리는 악마를 이용해 전령이랍시고 판데모니엄에 무언가를 보낸 후였다.

아마 아그니와 합류해서 무시히 북쪽으로 호송 중이라는 내용일 터. 물론, 그에게 어떤 꿍꿍이가 없다는 전제가 깔려 있어야 한다.

"일단, 염소. 잘 보낸 거 맞지?"

눈을 살짝 좁힌 진도윤이 물었다.

"그, 그럼! 대악마의 맹약과 내 이름을 걸고 말하지 않았나!"

"그런 거 안 믿는다니까. 하긴, 뭐, 상관없어. 구라치다 걸리면 뒤지게 맞으면 되는 거니까."

싱긋.

미소 짓는 진도윤에 카프리가 침을 꼴깍 넘겼다.

'저 악마 같은 놈.'

피닉스와 엘라임의 고문에 이미 치가 떨릴 정도로 당한 그였다.

'그래, 일단 뭐든 도와주자.'

카프리는 굳게 다짐했다. 일단, 저 괴물 같은 놈에게 벗어나기 전까지는 최선을 다해 도와보기로.

괜히 나대다가 걸리면 자신만 손해 아니겠는가? 판데모니엄의 대계보다 자신의 목숨이 더 중하기에 할 수 있는 결정이기도 했다.

"우선, 어떻게 할 건지 네 계획부터 들어보자."

진도윤의 말에 카프리가 고개를 끄덕였다.

"원래 계획은 봉인 장소로 가기 전에 니플헤임 중앙 도시에 들를 생각이었다."

"그런데?"

"그렇게 되면 그대들의 신분을 속일 방법이 없어."

"그럼?"

"어차피 봉인 장소는 중앙 도시 뒤에 존재하는 거대한 설산. 그쪽으로 바로 이동할 생각이다."

"호오, 미카엘이 중앙 도시에 없다는 말이지?"

"그렇다."

진도윤과 카프리는 남는 시간 동안 세부적인 계획을 짰다. 어떻게 이동할 것이며, 이동 간 새로운 부하들은 어떻게 충당할 건지 가는 도중에 만나는 악마들은 어떻게 처리할 것인지 등등.

그렇게 몇 분이 지났을까.

부스럭.

놓여 있던 관에서 인기척이 들려온 것은 그때였다.

"……여기는 마계로군. 끄으으……. 루시퍼 이 더러운 놈."

"인간, 고맙구나. 덕분에 봉인을 해제할 수 있었다."

어느새 봉인을 푼 채로 다가온 가브리엘과 라파엘이었다.

가브리엘은 우리엘과 반대로 남성체였다.

천계에서 그의 주된 임무는 예언 또는 계시.

동쪽 도시 가드이스트를 통치하던 대천사로 전투력은 미카엘이나 우리엘에 비하면 살짝 아래라 했다.

"젠장, 루시퍼…… 그놈이 비겁하게 세계수만 공격하지 않았어도."

녀석은 뒤통수를 맞은 게 굉장히 분한 듯했다. 능력이 예언이면서, 왜 배신은 예상 못 했는지가 의문이었지만.

진도윤은 옆을 바라봤다. 우리엘과 대화를 나누는 라파엘이 보인다.

타칭 치유의 천사, 라파엘. 우리엘과 비슷한 느낌의 여성체로 전투력보다는 치유에 특화되어 있다고 들었다.

'완전 유리아 천사 판이구만?'

하긴, 천사에게 서포팅 능력이 있는 것도 굉장히 중요하다. 안정적인 힐러는 딜러의 능력을 몇 배나 더 증폭시켜 주기도 하니까.

봉인이 풀린 가브리엘과 라파엘은 진도윤에게 지속해서 감사를 표했다. 우리엘과 마찬가지로 은을 입었다느니. 생이 다하는 순간까지 잊지 않겠다느니.

진도윤은 대충 고개를 끄덕이며 인사를 받아줬다.

'어쨌든, 지금까지는 굉장히 순조롭게 풀리고 있어.'

벌써 넷의 대천사 중 셋을 구했다. 걱정하던 가이아를 생각하면, 이렇게 쉬워도 되나? 싶을 정도.

물론, 그 덕이 유리아의 '아묘'에 있다지만 뭐, 결과만 좋으면 되는 거 아니겠는가?

"자, 그럼 다들 미카엘 구하러 갈 준비는 된 거겠지?"

진도윤의 말에 가브리엘이 고개를 끄덕였다.

"그대가 도와준다면, 우리로선 무조건 찬성이다."

잠깐 담소를 나누던 라파엘 역시 다가왔다.

"저 역시 최선을 다해 도울 거예요."

"그럼 다들 손잡자고."

이미 목적지는 정해졌다.

카프리가 말했던 니플헤임의 설산.

판데모니엄에게 언제 들킬지 모르는 상황이었다. 최대한 빨리 이동하는 게 맞았다.

우리엘과 유리아가 자연스럽게 달라붙자, 카프리가 일순간 당황했다.

"그, 그 순간 이동기를 사용할 셈이냐?"

"응, 왜? 설마 무슨 꿍꿍이라도 있어?"

"아, 아니, 그냥……. 그게 꼭 손을 잡아야 하는 거냐? 천사의 손을 잡는 게 처음이라 말이지."

"시끄러. 이게 무슨 포로 주제에 찬밥 더운밥 가리고 있어."

진도윤이 눈을 부릅뜨자, 카프리가 우물쭈물 가브리엘의 손을 잡았다.

자, 이제 준비는 끝났다.

'설산……'

그곳엔 또 어떤 위험이 도사리고 있을지 모른다.

이곳에서 만났던 카프리도, 아그니도 그저 연습 게임일 수도 있을 거다. 북쪽의 경계가 가장 삼엄하다는 것이 가이아 피셜이니.

하지만 형형하게 빛나는 진도윤의 눈빛에는 두려움이 없어 보였다.

'그래, 어디 한번 해보지고.'

목표가 정해졌으면 거침없이 움직일 뿐.

이윽고 신비로운 빛이 그들의 육신을 부드럽게 감쌌다.

그 시각.

대한민국은 유례없는 대결의 결과에 한바탕 난리가 난 상태였다.

[마침내 얼굴 보인 유아린! 빅3를 뒤집어놓다!]
[9:1이라고 볼 수 없는 허무한 결투. 조작? 아니면 진짜?]
[일성 길드장 정준철, '일성의 패배 인정, 세상은 넓고 고수는 많았다. 다시 초심으로 돌아가겠다.' 입장 발표.]
[빅3, 혹시 거품은 아닐까?]
…….

뉴스 방송, 인터넷 커뮤니티 등등. 너 나 할 것 없이 생중계됐었던 유아린의 전투 영상을 보고 시끌벅적 떠들어댔다.

-저게 말이 되냐? A급 9명을 무슨 서머너 지망생 대하듯 상대해?
-100% 조작이지. 일종의 쇼맨십이야. 유아린 띄워주기. 아마 유아린도 계속 일성에 있을걸?
-ㄴㄴ 서머너 마스터 따라다녔으면 가능성 있어. 기억 안 나냐? 잭폴탄 잡을 당시 서머너 마스터는 A급 100여 명을 홀로 상대했었대.
-엥? 그거 미국 협회랑 한국 협회랑 콜라보해서 친 거 아니었음?
-그건 맞긴 한데, 대부분 서머너 마스터 혼자 상대했다 들음.
-ㅇㅇ, 내 아는 형 A급 서머넌데. A급끼리는 원래 실력 차 심해서 간혹가다 저런 상황 나올 수도 있다더라.

대중들의 반응은 크게 두 가지였다. 첫째는 영상이 조작이냐? 아니면 진짜냐.

이 부분은 대다수가 진짜를 점쳤다. 모든 상황이 조작이 힘든 생중계 상황에서 벌어졌기 때문. 게다가 정준철이 패배를 시인하면서, 조작이라는 여론은 서서히 사라져갔다.

둘째는 빅3가 거품일까? 아닐까. 세계에서 워낙 크게 위명을 떨쳤던 '일성'이기에, 대중들은 궁금해했다.

빅3라는 이름을 붙인 지도 시간이 꽤 흘렀다. 너무 오랫동안 고여 있었으니 더 강한 길드가 있을 수도 있다는 논리였다.

"이놈의 기자들이 미쳤나!"

쾅!

한 중년의 남성이 거칠게 책상을 내려쳤다. 은하 길드의 수장, 박재웅이었다.

그는 어처구니가 없었다.

"빅3의 이름을 무슨 똥으로 아나!"

그가 화난 이유는 하나였다. 일성이 졌다는 이유로 대월이나 자신의 길드까지 그 불똥이 튀다는 점.

그의 옆에 있던 서머너도 맞장구쳤다. 풍기는 기세만 봐도, 굉장한 실력을 갖추고 있어 보이는 자였다.

"맞습니다. 심지어 일성은 요즘 한물간 길드지 않습니까? 감히 은하 길드에 비교한다는 게 어불성설이지요."

"대월 반응은 어떤데?"

박재웅이 물었다.

"유중원, 그놈 말씀이시죠?"

"엉, 그놈."

대월과 은하는 사이가 좋지 않다. 과거 은하 길드는 프리덤 소속 서머너를 간부 자리에 앉히는 과오를 범했고 그로 인한 협회의 조사를 받으며, 대월에게 막대한 보상금을 내줬다. 서머너 페스티벌 당시 대월 주도하에 테러를 막았기 때문.

물론 자신이 잘못한 건 맞지만, 그 과정에서 앙금이 남을 수밖에 없었다.

'특히 유민정 그년······.'

협상 자리에서 보상 내놓으라고 빡빡 우기던 유민정이 떠올랐는지, 박재웅이 미간이 찌푸려졌다.

"오, 방금 대월도 입장 발표했는데요?"

휴대폰을 끄적이던 서머너가 답한 것은 그때였다.

"응? 뭐라고?"

"잠시만요, 읽어볼게요. 큼큼."

잠깐 목을 축인 서머너가 말을 이었다.

"일성이 약한 게 아니라, 얼음 공주가 강한 거다! 대월은 유아린과 그의 스승, 서머너 마스터를 존경하며 얼음 공주의 실력에 추호도 의심이 없음을 밝힌다!"

"쯧, 누가 개새끼 아니랄까 봐 꼬리 내렸네."

"뭐, 대월 놈들이 항상 그렇죠. 그나저나 어찌시럽니까?"

"뭐가."

"대중들이 저 난리인데, 저희도 입장 발표문 내야 하지 않겠습니까?"

"흐음……."

박재웅의 골이 파였다.

솔직히 자신은 인정하기 싫었다. 영상이 진짜인지도 의심스러웠고.

그것과 별개로 누군가에게 지고 들어가는 건 자신의 성격과도 어울리지 않았다.

"넌 어떻게 생각하는데. 이길 수 있을 거 같냐?"

"얼음 공주 말입니까?"

"응."

"솔직히 서머너 마스터면 몰라도, 얼음 공주는……. 흠, 어렵네요. 실제로 몇 번 부딪치긴 했었는데."

"뭐? 네가? 얼음 공주랑?"

박재웅의 눈이 커졌다.

"네, 몇 년 전에요. 그때는 확실히 제 아래였죠. 근데…… 영상이 진짜라면 솔직히 모르겠습니다. 일성의 이준혁이나 성지벆이나 제 아래긴 해도 나름 괜찮은 애들이었는데. 저길 어떻게 저렇게 잡지? 후, 아무리 봐도 말이 안 되는데요."

"그래서 조작이라는 거냐?"

"조작은 아닐 텐데 분명 모종의 뭔가가 있을 겁니다."

"모종의 뭔가?"

"페널티를 받고 한다든가, 아니면 감응력을 쓰지 않고 한다든가 등등의 것들이요."

"흐음……."

"어쨌든 싸우면 자신은 있습니다. 알잖아요. 저 누구한테도 안 빼는 거."

서머너가 어깨를 으쓱이며 답했다.

박재웅은 푹- 한숨을 내쉬었다.

하긴, 저놈 별명이 길드 내에서 '짝퉁, 서머너 마스터'다. 줄여서 짝마.

그래도 실력은 대단한 게 은하에서도 서열 1위 포지션을 맡고 있다.

"아무래도…… 굽히진 못하겠다, 나는."

잠깐 고심하던 박재웅이 주먹을 꽉 쥐며 말했다.

"……그럼 어떡합니까?"

"고작 일성 하나 발라놓고 빅3를 잡았다느니 뭐니 하는 기사들 다 치우라 해. 그리고 얼음 공주도 아직 은하한테는 안 된다고 해."

"오, 싸움을 거시는 겁니까?"

"빅3가 괜히 빅3가 아님을 보여줘야지."

"호호, 역시 길드장님다운 선택입니다."

물론, 곧 일성이 빠지고 빅2가 되겠지만 굳이 뒷말은 삼키는 박재웅이었다.

닉스의 은신처 내부.

"……."

"……."

유아린과 제프리, 두 남녀가 눈을 감은 채 명상에 잠겨 있었다.

갑자기 웬 명상? 이라고 할 수 있겠지만 둘은 현재 엄청난 수 싸움을 벌이고 있었다.

유아린이 고안해 낸 일종의 게임이었다. 먼저 각자의 시야를 제한한 상태로 서로에게 감응력을 쏜다.

퍼엉! 퍼엉!

하나가 아니라 수십 개를.

서로 맞닿은 감응력은 허공에서 터져 나가게 되지만 닿지 못한 감응력은 상대의 몸에 부딪히게 된다. 이때, 먼저 자신의 몸에 닿는 사람이 패배다.

감응력 컨트롤은 둘째 치고, 상대의 기운을 정밀하게 파악할 수 있어야 가능한 고난도의 훈련이었다.

그리고 방금 처음으로.

투욱!

유아린의 몸에 제프리의 감응력이 닿았다.

"후."

제프리의 입에서 옅은 한숨이 흘러나왔다.

"……왜 그러나? 평소답지 않은 움직임이군."

첫 승리임에도 제프리는 그다지 기쁘지 않았다. 자신이 딱히 잘한 게 없었으니까. 평소처럼 실수투성이였는데도, 유아린은 혼이 빠진 것마냥 속수무책으로 당했다.

"으, 죄송해요. 집중해야 하는데."

"흠, 고민이 많아 보이는데. 은하 길드 때문에 그러나?"

"앗, 들켰나요?"

유아린이 씁쓸하게 웃으며 답했다.

사실, 일성 길드와 싸운 것은 홧김이었다.

위약금 문제도 있긴 했지만 일성 길드장 정준철이 서머너 마스터의 교육 커리큘럼을 지적했었으니까. 자신을 건드는 건 참을 수 있어도 진도윤을 거론하는 건 왠지 참기 힘든 그녀였다.

거기까진 좋았다. 하지만 그 이후 반응들이 문제였다.

[빅3, 은하 길드 충격 발언! 짜고 치는 놀이에 속지 말 것!]
[박재웅 길드장, '얼음 공주는 은하 길드의 밥.']
[은하 길드 도발에 유아린, 깜깜무소식.]
…….

대놓고 어그로를 끄는 은하 길드.

하지만, 유아린은 굳이 싸울 마음이 없었다.

감응력 올리기에도 바쁠뿐더러 괜히 계속 들쑤셨다간 열심히 작전 수행 중인 진도윤에게 피해가 갈까 봐서였다. 원래 길드 간 싸움이란 게 붙으면 붙을수록 커지고 귀찮아지는 게 현실이니까.

"근데, 마음은 붙고 싶어 안달이 나 있다는 거지? 딱 봐도 한 주먹거리도 안 되는 것들이 설치니까?"

제프리가 씨익 미소 지으며 물었다.

"그래도 절 무시하는 발언들인데…… 신경이 안 쓰일 순 없겠더라고요."

"그럼 뭐가 문젠가? 가서 쓸어버리면 되지."

"하지만……."

"왜, 마스터에게 피해가 갈까 봐 그러나?"

"……."

입을 꾹 다무는 유아린을 제프리는 귀엽다는 듯 쳐다봤다. 과거, 서머너 마스터의 모습이 떠올랐기 때문.

잠깐 침묵을 지키던 제프리의 입이 다시 열렸다.

"참, 웃기지. 지금까지 그 누구도 서머너 마스터는 못 건드는 게 신기하지 않나? 세월이 이렇게 흘렀는데 말이지."

"으음, 미궁 3인방은 전설이니까요?"

"아니, 그것 때문이 아니다."

"……그럼?"

"옛날에도 저런 어그로 끄는 길드들이 많았다. 보통 높은 위치에 있다 보면 자신들의 실력에 괜한 자부심이 붙게 마련이니까. 대놓고 욕하는 놈들부터, 거품이라고 깔보는 이들까지 다양했지."

"그랬군요."

유아린이 의외라는 듯 눈을 크게 떴다. 그러면서도 이해했다.

원래 서머너 세계가 그렇다. 워낙 과장된 소문들이 많기에, 거품 낀 서머너들이 많은 것도 사실이다.

특히, 서머너 마스터는 이명부터가 광오하니 많은 이들의 시비를 샀을 게 분명하겠지.

"그래서 오빠는 어떻게 했나요?"

"어떻게 하긴 뭘 어떻게 하나."

제프리가 픽 웃으며 말을 이었다.

"그냥 다 가서 때려 부쉈지."

"……네?"

"그냥 때려 부순 것도 아니야. 절대 못 개기도록 철저히 짓밟았어."

"으아?"

"네가 잘못 생각하는 게 있다, 유아린."

유아린은 눈을 끔뻑끔뻑 뜨며, 제프리를 쳐다봤다. 그와 상담하니, 무언가 속에 막혀 있던 게 뻥- 뚫리는 느낌이었다.

"자신의 이명과 실력은 자신이 지키는 거야. 아마 마스터도 네가 가만히 있는 걸 안다면 한소리 할 거다."

"아……."

자신은 피해 준다고 생각했는데, 그게 아니었다. 오히려 여기서 가만히 있는 게 마스터에게 피해를 주는 거였다.

그의 저서, 「최고의 서머너가 되는 법」에도 나오지 않았던가. 서머너 활동 이후, 시비 거는 놈들의 도발을 피해본 적이 없다고.

"저번 전투에서 펜-리르만 사용하던데, 괜히 사정 봐준다고 그럴 필요도 없다."

"그냥…… 도발엔 시원하게 응하란 말이군요?"

"그렇지, 다시는 건들지 못하도록 화끈하게. 이래도 되나 싶을 정도로 온 힘으로 박살 내버려. 그게 마스터의 방식이다."

"……!"

유아린은 그제야 굳어 있던 표정을 풀 수 있었다. 체한 듯 답답했던 속이 시원해지는 느낌이었다.

"알겠어요!"

그러고는 결심했다. 계속 여론몰이로 자신을 괴롭히는 은하 길드를 철저히 응징하기로.

그런 그녀의 표정을 보던 제프리가 피식 웃었다.

"왜, 내가 좋은 방법 알려줄까? 옛날 마스터가 쓰던 방식인데."

"뭔데요?"

유아린의 두 눈이 유난히 반짝였다.

대한민국 언론계는 또 한 번 들썩였다. 답이 없던 얼음 공주가 견해를 밝혔기 때문.

[깜깜무소식이던 얼음 공주, 마침내 은하 길드에 선전 포고!]
[유아린, '이번 주 토요일 20시에 은하 길드 길드장실 문을 '혼.자.서' 박살 내겠다!']
[도발에 마침내 화답한 얼음 공주, 과거 서머너 마스터와 비슷한 방식?]
…….

갑작스럽게 등장한 기사들에 누리꾼들 반응 역시 폭발적이었다.

-크, 이거지. 답답했었다고!!
-와, 이러면 그때 그 중계 조작이 아니었단 거네?
-근데, 저번처럼 서머너끼리 대결도 아니고, 개인 vs 길드 구도로 간다고?
-그러게, 아무리 얼음 공주라 해도 저건 좀 무리수 아냐? 상대가 어중이떠중이도 아니고 빅3인데.

당연히, 소식은 은하 길드에도 전해졌다.
"얘, 지금 뭐라는 거냐?"
길드장실 내부, 박재웅이 얼굴을 일그러뜨렸다.
은하 길드 서열 1위. 짝퉁 서머너 마스터, 짝마도 눈살을 찌푸렸다.

"지가 무슨 서머너 마스터라도 된 것마냥 착각하는 것 같은데요?"

"여기 대문을 부수겠다고? 이거 아주 우리를 우습게 본 모양이구만."

"거절할까요? 어차피 우리 쪽에서 거절하면 불법 아닙니까."

"미쳤어? 거절을 왜 해?"

박재웅이 고개를 흔들었다. 이런 방식이 오히려 자신에겐 더 좋았다. 괜히 자존심 세우겠다고 1:1로 붙었다가 지면, 그게 더 쪽팔린 거 아니겠는가?

"차라리 잘된 거지. 우리가 얼음 공주의 예고 테러를 막을 확률이 몇이나 되겠나."

"당연 100%죠. 분명 혼자서 오겠다 했으니까요."

"크하하, 쪼그마한 게 서머너 마스터랑 같이 다닌다고 아주 오만방자해졌어."

박재웅이 시원하게 웃어 재꼈다.

설마 자신의 도발을 저런 식으로 받아칠 줄은 꿈에도 몰랐다.

'과거 서머너 마스터가 저런 식으로 몇몇 길드를 박살 내긴 했지만.'

그건 아직 서머너학이 제대로 발전하기 전이다. 서머너들의 컨트롤도 미숙했고, 감응력 100 이상의 A급 서머너도 얼마 없을 때였다.

'하지만 지금은 다르지.'

나름 서머너계가 고인물화 되었다. A급 서머너들도 폭증했고, 수백 가지 전략들도 나온 상황이다.

솔직히 박재웅은 생각했다. 서머너 마스터가 직접 온다 해도 은하 길드의 전력을 뚫을 순 없을 거라고.

이건 1:1의 문제가 아니었다. 길드의 자존심이 걸린 문제였다.

쾅!

박재웅이 책상을 내려쳤다. 평소 얼마나 많이 내려쳤는지, 몇몇 부분이 이미 움푹 파여 있는 상태.

"토요일이면 내일이지? 길드 내부 모든 길드원들 다 출근하라 해라. 이건 전쟁이야. 절대 지면 안 되는 전쟁."

"아무렴요. 아예 오늘부터 철저히 준비시키겠습니다."

"기사도 내라. 어디 한번 뚫을 수 있으면 뚫어보라고."

"알겠습니다."

고개를 숙이고 나가는 짝마를 보며, 박재웅은 비릿한 미소를 지었다.

얼음 공주, 유아린. 이제 갓 25살 먹은 서머너였나?

그녀는 이제 곧 대가를 치르게 될 거다. 그리고 빅3가 왜 빅3였는지 깨닫게 되겠지.

시간은 빠르게 흘렀다. 유아린은 별다른 준비 없이 훈련을 마무리했다.

확실히 도발에 응하니, 막혀 있던 훈련도 잘 풀리는 기분이었다. 그 이후, 감응력 컨트롤에서 제프리에게 진 적이 없으니까.

우우웅!

현재 시각, 오후 19:00.

닉스의 은신처를 나온 그녀는 마지막으로 소환수들을 점검했다.

펜-리르, 이프리트, 그리고 자락서스까지. 그녀는 오늘 세상에 세 마리의 소환수를 보여줄 생각이었다.

'박살 내려면 화끈하게. 다시는 누구도 도발 못 하도록.'

1년 전에도 자신이 듀얼 서머너라는 걸 아는 자는 극소수였다. 일성 간부 몇몇만 알고 있었고, 심지어 길드장 정준철도 몰랐다. 프리덤을 상대하기 위해 철저하게 숨겨왔으니까.

'하지만 이젠 숨길 필요 없어.'

어차피 프리덤을 상대함에 있어, 자신의 힘은 미약하다. 게다가 그들에겐 더 이상 듀얼이나 트리플 서머너가 숨은 복병이 아니다.

그 정도로 강하다. 그들은 무려 10악마를 길들이려 하고 있으니까.

활동하기 편하게 머리를 동여 묶은 유아린은 은하 길드 방향으로 천천히 걸었다.

'과연 나 혼자 길드 하나를 상대할 수 있을까?'

제프리의 제안을 들었을 땐 조금은 걱정되던 것도 사실이었다. 물론, 이어지는 제프리의 말에 눈 녹듯 사라진 걱정이었지만.

'네 감응력이 165였나? 그럼 걱정할 필요 없다. 은하 내부에 프리덤의 간부가 있지 않은 이상 말이야.'

감응력 165. 미궁 3인방과 함께 다니다 보니 낮아 보이는 거지 사실은 엄청난 수치다.

1년 전, 자신의 감응력이 120이었고 그것만으로도 세계권에서 놀았었다. 6년 전, 서머너 마스터가 미궁에 들어갔을 당시 감응력이 130대였다 했으니 말 다 했지.

그렇게 잡생각을 하며 걷자, 어느새 커다란 빌딩을 눈에 담을 수 있었다.

'저곳이 은하 길드 본부.'

강남역에 있는 은하의 건물.

그리고 그곳엔 수많은 사람이 깔려 있었다. 궁금증에 나선 대중들과 특종에 목마른 기자들임이 분명했다.

물론, 그들은 건물 내부에 들어서지 못했다. 입구부터 은하 길드의 서머너들이 철통같이 지키고 있었으니까.

멀찍이 떨어진 유아린은 자신의 손목시계를 바라봤다.

19:50 PM. 이제 딱 10분 남았다.

'정면으로 들어갈까? 창문으로 급습할까?'

잠깐 고민했지만, 답은 정해져 있었다.

'무조건 정면이지.'

제프리가 말했다. 박살 낼 땐 확실히 박살 내라고.

유아린은 이번 기회를 마지막으로 대중들에게 자신의 위력을 가감 없이 선보일 예정이었다.

혹여 실패하더라도 상관없었다. 그 위력만 제대로 보여준다면, 다시는 이런 섣부른 도발 따위 하지 못하겠지.

"크르릉!"

주인의 투지를 느꼈을까. 펜-리르가 빌딩을 바라보며 낮게 울부짖었다.

그녀는 나머지 두 소환수도 바라봤다.

"이프리트, 자락서스."

"불렀는가, 계약자."

"그어어, 부르셨습니까?"

믿음직스럽게 답하는 소환수들 덕에 그녀는 마음이 편해지는 걸 느꼈다.

"슬슬, 가볼까?"

자신이 언제 올지 시끌거리며 기다리는 대중들. 그녀는 그들이 있는 방향으로 당당하게 걸음을 옮겼다.

[19:57 PM]

"참, 많이들 모였구만. 이게 뭐라고."

유아린의 테러 예고 시간까지 3분 전. 박재웅은 길드장실 창밖으로 아래를 내려다보고 있었다.

카메라를 든 수많은 기자와 웅성거리는 누리꾼들을 보니 박재웅은 점점 몸이 근질근질 달아오르는 것을 느꼈다.

"……과연, 기대되는구나."

"어떤 게 말입니까?"

그의 중얼거림에 뒤에 서 있던 짝마가 물어왔다.

"이 자존심을 건 대결의 승자가 누가 될지 말이야."

"에이, 길드장님. 그걸 말이라고 하십니까? 당연히 우리가 이기겠죠."

"흐음, 그렇게 쉽게 생각할 문제는 아닌 것 같다."

문득, 박재웅의 눈빛이 차분하게 가라앉았다.

"유아린이 바보도 아니고. 이렇게 많은 관심을 받는 도중에 무리수를 둔다? 그것도 예전 서머너 마스터가 쓰던 수법으로?"

무언가 믿는 구석이 있을 터인데 그게 도저히 뭔지 감이 안 잡히는 박재웅이었다.

분명 혼자서 오겠다 했으니, 서머너 마스터의 도움을 받는 건 아닐 테고. 그렇다고 얼음 공주 개인의 실력을 빅3 길드 하나와 맞먹는 수준이라 생각하긴 싫다.

"뭔가 꼼수를 부릴 거 같긴 한데, 그걸 모르겠단 말이지."

갑자기 진지해진 그를 바라보던 짝마가 픽 웃었다.

"너무 어렵게 생각하지 마십쇼, 길드장님."

"……어렵게 생각한다고?"

"유아린은 태생이 우리 같은 서머너랑 좀 다르지 않습니까."

"갑자기 그게 뭔 소리냐?"

"옛날 생각 안 나십니까? 유아린 F급 때부터, 매스컴 타면서 거의 연예인처럼 활동했던 거요."

"그랬었지, 평범한 외모는 아닌 데다 아빠가 빅3 간부였으니."

"아마 유아린에겐 대중들의 관심이 일상일 겁니다. 그렇기에 이렇게 무리한 도전도 아무런 거리낌 없이 할 수 있는 거겠죠."

"흐음……."

박재웅이 천천히 고개를 끄덕였다.

하긴, 그 말도 일리가 있었다. 애초에 얼음 공주란 이명도 그녀의 무관심 속에서 생기지 않았던가.

그녀는 방송 활동 이후, 단 한 번도 미소를 지은 적이 없었다.

-예의 없다.
-싸가지없다.
-가정 교육을 못 받았다.

등등의 수많은 악플들이 오갔어도, 유아린은 꿋꿋하게 그것을 무시했다.

'물론, 지금은 다들 컨셉으로 받아들이는 것 같지만.'

대중의 관심에 무심한 성격.

그런 그녀라면, 설사 패배할 게임이라 해도 과감하게 도전할 가능성이 있지 않겠는가?

"또 생각해 보세요. 왜, 유아린이 굳이 은하 전체를 상대하겠다는 카드를 꺼내 들었을까요?"

"왜?"

"불가능하니까요."

짝마의 말에 박재웅이 눈살을 찌푸렸다.

"이 자식이, 아까부터 말을 왜 이리 어렵게 해?"

"후, 길드장님. 그러니까 유아린이 져도 아무런 손해 볼 게 없다는 거죠. 어차피 그 누구도 유아린이 이길 거라 생각하지 않으니까."

"아?"

박재웅이 입을 살짝 벌렸다.

서머너가 자신의 존재를 가장 확실히 알리는 법. 그것은 현재 대한민국의 박힌 돌, 빅3를 건드는 거다. 빅3가 최고라는 건 그 누구도 부정할 수 없는 사실이니까.

즉, 유아린은 자신의 존재를 확실하게 알리기 위해 도발에 응했다는 말.

"그럼 우리만 손해네? 이기면 당연하고, 지면 × 되는 거잖아."

"네네, 그러니까 너무 걱정할 필요 없다는 거죠. 어차피 이길 거니까. 우리는 그저 일성 사건 가지고 빅3 거품설 운운하는 대중들에게 확실히 보여주기만 하면 되는 겁니다. 우린 건재하다고."

"그렇군. 이 녀석 똑똑인데?"

그제야 굳어 있던 박재웅의 얼굴이 풀어졌다.

[19:59 PM]

이제 약속된 시간까지 딱 1분. 박재웅이 무언가 위화감을 느낀 것은 그때였다.

"근데…… 너, 왜 여기 있냐? 저 밑에 안 지켜?"

"네? 전 여기 지켜야죠. 애초에 유아린 목적지가 저 문이잖아요."

짝마가 어깨를 으쓱이며, 길드장실 문을 가리켰다.

"아무리 그래도……."

"이미 나머지 간부들과 길드원들이 1, 2층에 고르게 분배된 상태입니다. 서머너 마스터가 아니라 서머너 갓이 와도 못 뚫을 거예요."

"만약, 뚫리면?"

"그래도 이곳 문은 무사할 겁니다."

짝마는 자신감 있게 새하얀 이를 드러냈다.

"여긴 제가 있으니까요. 지쳐 있는 얼음 공주 정도야 식은 죽 먹기 아니겠습니까? 흐흐."

"……그러냐?"

박재웅이 마지못해 고개를 끄덕였다.

사실, 자신이 길드장이라지만 실력으로 따지면, 짝마의 한참 아래다. 던전 경험도 많고 감응력도 높은 짝마가 적어도 이런 싸움에 있어선 자신보다 훨씬 판단력이 좋았다.

웅성웅성.

갑자기 창밖 소리가 더욱 커진 것은 그때였다.

그와 동시에 가리키는 시각.

[20:00 PM]

"왔나 보군."

박재웅이 다시 창밖을 바라봤다.

카메라 셔터 소리와 박수 소리. 그리고 그 한가운데서 당당하게 걸어오고 있는 얼음 공주의 모습이 보인다.

"정말 혼자서…… 어?"

그리고 그 순간 박재웅의 시야에 유아린의 소환수들이 잡혔다.

그녀의 상징이라 할 수 있는 펜-리르와 처음 보는 소환수 둘.

둘?

"……근데 쟤, 원래 소환수가 셋이었나?"

"셋이요?"

뒤에서 살짝 당황한 듯한 짝마의 소리가 들려왔다.

은하 길드 정문을 목전에 둔 유아린은 무덤덤하게 걸었다.

"우, 우와! 소환수가 셋이야!"

"세상에, 얼음 공주도 트리플 서머너였어?"

"과연……. 서머너 마스터가 선택한 데에는 이유가 있었단 말인가! 미궁의 전설들 전부 트리플 이상이었지?"

"그, 그럼 그때 일성 길드 중계 영상도 진짜?"

"얼음 공주 파이팅! 유아린 파이팅! 함 보여주라!"

수많은 사람들의 시선이 느껴졌고 자신을 두고 하는 말들이 들려왔지만 그녀는 그것들을 가볍게 무시했다.

그러고는 속으로 중얼거렸다.

'다시는 건들지 못하도록 화끈하게. 이래도 되나 싶을 정도로 철저하게 박살 내라. 그것이 마스터의 방식이다.'

불과 하루 전 제프리가 해줬던 충고를 떠올리며, 유아린은 다시 한번 마음을 다잡았다.

'봐주지 말자.'

어찌 보면 유치할 수도 있는 사건이었다.

은하 길드의 도발과 자신의 응수.

마치 학창 시절에나 볼 법한 애들 싸움 느낌이 들지 않은가.

'……아직 애인가 보지, 뭐.'

솔직히 말해서 자존심이 상했다. 대중들이 자신을 두고 외모 때문에 서머너 마스터가 데리고 다닌다 평가하는 것도 피와 땀을 흘려가며 이뤄낸 성과를 무시당하는 것도.

저벅, 저벅.

그녀는 계속해서 걸어 나갔다. 이윽고 눈을 부릅뜬 채 정문을 지키는 은하 길드원들이 보였다.

얼추 봐도 감응력 100이 안 되는 자들.

'왜 굳이 저런 자들까지 끼워놓았는지는 모르겠지만……'

자신의 목적지는 이곳 건물 꼭대기 층. 길을 막는 자는 그 대가를 치르게 해주면 될 뿐.

"어, 얼음 공주다!"

"마, 막자!"

"어차피 우리 소환수 못 죽여! 우린 최대한 힘만 빼면 돼!"

약 10명의 B급 서머너들이 각자의 소환수들을 컨트롤했다. 곧 이어질 충돌에 기자들과 시민들은 '오오오오!'를 외치며 뒤로 빠졌다.

'저런 이유였구나.'

그녀는 피식 실소했다.

어차피 서로의 목숨을 취하려 하는 싸움이 아니다.

대중들이 보고 있을뿐더러 과거 이력이 있다지만, 은하 길드가 범죄자 집단도 아니니까.

저들은 생사를 걸고 싸우는 게 아니란 걸 전제하고 나서는 것이다.

'뭐, 나쁘지 않지.'

단순한 게임이라 생각하면.

이 역시 전략적 판단일 수도 있었다.

'물론, 그게 나한테 통할 일은 없겠지만.'

그 순간, 유아린의 눈이 번뜩였다. 동시에, 전방으로 튀어 나간 펜리르가 한 번 튀어 오르더니 막혀 있던 은하 길드의 정문을 향해 그대로 낙하했다.

콰아아아앙!

그 속도가 얼마나 빠른지, 또한 그 충격파가 얼마나 거센지 달려들던 은하 길드의 소환수들은 그 자세 그대로 멈칫할 수밖에 없었다.

"으어어……?"

"자, 잠깐. 이거 장난이 아닌데?"

"괜히 힘 뺀다고 막았다간 진짜 죽을 수도 있겠어."

단 한 번의 움직임으로 완전히 기선 제압당한 은하 길드원들.

물론, 시민들과 기자들도 입을 떡 벌렸다.

후우웅!

바람이 먼지를 걷어내니 마치 건물 정면에 커다란 돌이라도 떨어진 듯, 크레이터가 나 있었기 때문이었다.

"마, 말도 안 돼!"

"저게 그냥 스킬도 아니고 물리 공격인 거지?"

"그 유명한 은하 길드가 미동도 않고 있잖아? 완전히 쫀 거 같은데?"

유리로 되어 있던 정문이 박살 난 것은 당연했고 그 밑을 이루는 대리석 바닥까지 완전히 개박살이 나버린 상태.

화면을 찍던 기자들도 그저 동네라고 놀러 온 시민들도 넋을 놓은 상태로 현장을 바라보고 있었다.

"후."

가볍게 호흡한 유아린은 원래 걷던 그 속도로 계속해서 걸어 나갔다. 그런 그녀를 선두에서 지키던 B급 서머너들은 감히 잡을 수 없었다.

그렇게 정문으로 들어서자, 적개심 가득한 소환수들의 울음소리가 들려왔다.

으르르…….

크르르릉…….

1층에 깔린 은하 길드의 것들. 이에 유아린이 인상을 잔뜩 일그러뜨리며 중얼거렸다.

"……많이도 있네."

대충 봐도 약 3~40마리 정도의 소환수들이었다. 그리고 그중에는 분명, A급 이상의 소환수들도 존재했다.

'그래도 뭐, 이젠 봐줄 필요 없으니까…….'

1층 중앙에 도착한 유아린은 주변을 둘러봤다.

멈춰 있는 엘리베이터를 타고 갈 수는 없는 노릇이고.

비상계단을 찾아야 한다.

'그전에.'

우·우·웅!

유아린은 다시금 감응력을 힘껏 끌어올렸다.

'이곳부터 처리하자.'

후웅! 슈우웅!

누군가의 신호에 은하 길드원들이 한꺼번에 덤벼들기 시작했다. 하지만 그 순간, 유아린은 쫓기는커녕 앞으로 나섰다.

화르륵!

간혹 위험할 수도 있는 눈먼 공격들은 이프리트가 펼쳐놓은 화염 장막에 막혔다. 그리고 그녀의 앞, 펜-리르를 향해 달려오는 가지 각종의 소환수들…….

그래도 불문율이라고 서머너를 직접 타격하지는 않는다.

"부탁해, 펜-리르."

유아린의 읊조림에 늑대가 천장으로 튀어 올랐다. 그러고는 다가오는 소환수들을 향해 발톱을 내지르며 내리찍는다.

스킬, '섬광낙하'(閃光落下). 두 발톱을 하늘로 들어 섬광처럼 내리꽂는 펜-리르의 절기였다.

콰가가가강!

펜-리르는 사정을 봐주지 않았다. 주인의 단호한 의지를 느꼈기 때문.

펑! 펑! 콰앙!

강력한 스킬에 돌격하던 소환수들이 죄다 바깥으로 튕겨나갔다. 로비의 안내실, 벽, 바닥을 부수며 처참하게 처박히는 소환수들. 나름 어디 가서 이름 좀 날렸을 법한 A급 소환수들도 예외는 없었다.

"제, 제기랄!"

"저게 뭐야! 어떻게 고작 소환수 한 마리가 저런 힘을?"

몇몇 간부로 보이는 자들이 허탈한 듯 외쳤다.

콰앙! 콰앙! 콰가가가강!

펜-리르의 움직임은 거침없었다.

한바탕 쓸어낸 후, 머뭇거리는 소환수들까지 전부 달려가 발등으로 몸통을 후려갈겼다.

한 마리당 한 방.

비록 소멸할 정도로 감응력을 쏟아부은 건 아니지만 적어도 며칠간은 고생할 정도의 힘이 담기긴 했다.

'1층은 겨우 이게 끝인가?'

유아린은 문득, 왜 진도윤이 과거 모든 도발에 철저하게 응징했는지 그 상황이 이해가 갔다.

'고작 이 정도 실력으로, 도발했던 거야?'

얼마나 귀찮고, 하찮았을까? 그게 반복되느니, 그냥 다시는 못 건들도록 박살을 내놓기로 한 거겠지.

소환수 셋을 꺼냈지만 지금까지 전투에 쓴 소환수는 펜-리르뿐이었다. 이들의 실력은 그것만으로도 충분했다.

"으아아…… 아아……."

"끄으으, 아파! 아프다고!"

소환수로 인해 간접 타격을 입은 서머너들은 쓰러진 채, 고통을 호소하고 있었다. 공포에 질려 근처 책상 밑으로 기어들어 가는 자들도 있었다.

"빨리 끝내자……."

그래, 저들이 무슨 잘못이 있겠는가? 있다면 굳이 도발한 은하 길드장에게 있겠지.

유아린은 처음 들어올 때 그 속도로 계속해서 2층으로 이동했다.

"흐음."

비상계단을 오르던 유아린은 뚱한 표정을 지었다. 정문과 1층 싸움에서 무려 20%의 감응력을 썼기 때문.

보이기엔 간단하게 처리하는 것 같지만 그 원천은 역시 감응력에 있다. 상대보다 압도적인 감응력을 소유하고 있기에 할 수 있었던 연출이란 뜻이다.

물론, 시원시원하게 깨부수는 건 좋다. 애초에 그녀가 목표했던 것도 그거였으니. 하지만, 그게 실패로 끝나면 아무런 의미가 없다.

'좀 아껴 써야겠어. 또 어떤 게 기다리고 있을지 모르잖아.'

상대는 빅3다. 수많은 전투를 치르고, 수많은 경험을 해왔던 대형 길드.

자신감을 가지는 것은 좋지만, 그렇다고 방심하면 안 될 일이다.

속으로 다짐한 유아린은 비상계단에 선 채로 감응력을 넓게 펼쳤다.

우-우-웅!

그녀에게서 뿜어져 나온 기운들이 얇게 퍼져 은하 길드 전체를 관조하기 시작했다. 훈련장에서 수없이 연습했던 감응력 컨트롤의 효과였다.

'서머너들은 2층에 제일 많이 있어. 그리고…… 3층부터는.'

비상계단마다 설치된 무언가의 기운이 느껴졌다.

"트랩입니다."

옆에 있던 자락서스가 나선 것은 그때였다.

"트랩?"

"마계에서 쓰는 것과 비교하면 굉장히 조잡하고 볼품없는 트랩이지요. 아마 제가 간단히 해체할 수 있을 겁니다."

"아, 그렇구나."

유아린은 가볍게 감탄했다. 본격적으로 키운 지는 얼마 안 됐지만, 그래도 굉장히 듬직한 포지션을 차지하고 있는 자락서스였다.

고개를 끄덕인 그녀는 입술을 살짝 깨물었다.

오빠의 방법으로 도발에 응수한 이상 그녀는 죽어도 실패할 생각이 없었다. 그렇다고 상대가 준비해 놓은 것들을 피해 갈 생각도 없다. 이건 그녀만의 자존심이다.

저벅, 저벅.

2층에 도착하자 역시 은하 길드원들이 진을 친 채 대기 중이었다.

수량은 대충 1층이랑 비슷한 정도. 실력도 별다른 거 없었다.

"유, 유아린이다! 다들 막아!"

"빌어먹을, 시간이 몇 시라고 벌써 1층을 뚫어?"
"뭐 하고 있어? 준비했던 거 갈겨!"
"알겠습니다!"

슈우웅!

몇몇 이들이 저주 등의 디버프를 쏟아부었지만.

띠링!]
[서머너에게 상태 이상 효과가 들어옵니다.]
['악마술·단체 면역'(A급) 효과가 발동합니다.]
[상태 이상 효과를 걷어냅니다.]

파사삭!

자락서스의 패시브에 의해 자동으로 막혔다. 무조건적인 방어는 아니고, 상대와의 격차가 심할 때만 발동하는 양학용 패시브였다.

"디, 디버프가 통하지 않습니다!"
"고등급의 방어 스킬이 있는 것 같아요!"
"그럼 뭐 해! 탱커 앞세워! 딜러들 공격 준비하고!"
"얼음 공주, 괜히 다치지 말고 돌아가는 게 좋을 거다. 여기엔 은하 간부들도 있다고."

은하 길드원들의 위협적인 말에도 유아린은 아랑곳하지 않고 앞으로 걸었다.

"……."

이윽고 그녀의 감응력이 유려하게 움직이기 시작했다.

"자락서스."

"네."

"전부 묶어버려."

"명 받들겠습니다."

벌떡 일어선 자락서스의 눈동자가 붉게 물드는 순간 엄청난 마력의 파동이 2층 전체를 휘감기 시작했다.

그가 가진 최고의 군중 제어기 '악마술:단체 포박'(A급)의 발현이었다.

"어?"

"무, 무슨?"

은하 길드 소환수들 발밑에 정체 모를 상형문자가 새겨졌다. 강력한 마기로 잠깐동안 움직임을 봉쇄하는 스킬.

"뭐, 뭐야! 움직여! 움직이라고!"

"내 소환수한테 무슨 짓을 한 거야?"

일대가 소란스러워졌지만.

유아린은 그들을 무시한 채, 다시 비상계단을 향해 걸음을 옮겼다.

'때로는…… 아무것도 못 하고 가만히 있어야 하는 게 더 치욕적인 경우도 있는 법이지.'

아마 저들은 길드장실 문을 박살 낼 때까지 봉인되어 있을 터.

밤새 세웠을 전략도, 몸으로 익혔을 전술도 아무것도 펼쳐

보지 못한 채, 저 자리에 박혀 있어야 할 거다.

감응력을 아끼면서, 저들이 준비해 놓은 걸 피하지 않는 가장 효율적인 방법이었다.

저벅, 저벅.

그녀는 계속 계단을 올랐다.

그렇게 3층 중간쯤을 오르는 순간.

푸스스스…….

벽 사이에 먼지가 일어났다. 숨겨져 있던 트랩이 발동된 것이다.

"문제없습니다."

허리춤에 묶어놓은 주술봉을 빼 든 자락서스가 주문을 외웠다.

[자락서스가 '악마술:트랩 해제'(A급)를 사용합니다.]
[근처에 존재하던 특수한 아이템이 효력을 잃습니다.]

"나 역시. 이 정도는 손쉽게 태울 수 있겠군."

이프리트도 가만있지 않았다. 트랩을 해제하는 게 아닌, 압도적인 화력으로 날려 버리는 것.

1티어 소환수, 불의 정령왕이기에 할 수 있는 일이기도 했다.

유아린은 든든한 소환수들을 바라보며 생각했다.

'빅3라더니……. 너무 쉽게 느껴지는데…….'

과거 일성에 있었던 자신이었다면 어땠을까?

어렵게 생각할 필요도 없었다. 장애물은커녕, 1층도 못 뚫었을 테니까.

'이게…… 서머너 마스터의 힘이구나.'

유아린은 진도윤의 커리큘럼에 다시 한번 감탄했다.

그녀가 딱히 했던 건 없었다. 그저 그가 시키는 대로 열심히 따라갔을 뿐. 그 결과가 현재 눈앞에 보이고 있었다.

'165의 감응력으로도 이 정돈데…….'

그렇다면 이제 200 전후인 유리아나 제프리. 또 230을 넘어선 서머너 마스터는 얼마나 강하단 말일까?

'……괴물들이지, 뭐.'

그녀는 잡생각을 하며 계속 올랐다.

그 행보는 거침없었다. 자신의 길을 방해하는 트랩을, 서머너들은 거침없이 파괴하거나 속박했다.

그리고 이내.

덜컹!

건물의 끝인 10층에 다다른 그녀는 자신을 기다리는 두 명의 서머너를 만날 수 있었다.

"……."

"……."

짝마와 박재웅은 계단을 통해 올라온 유아린을 멍하니 바라봤다.

힘든 기색도 없이, 제집 안방 들어오듯 여유롭게 들어온 그녀.

박재웅의 입이 천천히 벌어졌다.

"이, 이게 말이 되냐? 우리 은하가 이렇게 쉽게 뚫렸다고?"

그는 벽면에 달린 시계를 힐끗 바라봤다.

[20:05 PM]

고작 5분. 유아린은 고작 5분 만에 준비했던 모든 계획을 깨부수고 이곳에 도달했다.

비상계단을 이용한 걸 감안하면 그냥 정문부터 천천히 걸어왔을 때 도착할 만한 속도이기도 했다.

"……."

항상 자신감 넘쳐 있던 짝마도 식은땀을 흘리고 있었다. 눈앞, 어린 여자애가 풍기는 기운이 보통이 아님을 단박에 느낀 탓이었다.

'어떻게…… 이렇게 압도적인 기운을…….'

싸워볼 필요도 없었다. 본능적으로 깨달았으니까.

그녀가 마음먹는 순간, 길드장실 문은 둘째 치고 자신들의 목숨까지 앗아갈 수 있다는 걸.

"야, 뭐 해? 여기까지 올라오면 네가 처리한다며!"

"길드장님⋯⋯. 제발 얌전히 좀 계십쇼."
"뭐야?!"
박재웅의 이마에 힘줄이 돋았다.
"저거⋯⋯ 못 막습다."
"⋯⋯?"
그가 입을 떡 벌렸다.
짝마가 어떤 인물이던가? 짝퉁 서머너 마스터라 불렸던 것도, 그 누구에게도 굽히지 않는 그의 성격 때문이었다.
'그런 녀석이⋯⋯.'
고작 25살짜리 여자애한테 겁내고 있다고?
"아무래도 일성 길드 그 영상, 조작은 맞는 거 같습니다."
"그게 뭔 소리냐?"
"제기랄, 일성 길드도 얼음 공주가 봐주고 있었던 거라고요."
"⋯⋯."
그렇게 떠드는 둘 사이로.
저벅, 저벅.
유아린은 아무 말 없이, 무표정한 얼굴로 다가섰다.
그들을 지나쳐 길드장실 문 앞으로 가는데도.
"흐읍!"
둘은 헛숨을 들이켠 채, 아무 행동도 하지 못했다. 완전히 기운에 압도당한 것이다.
이윽고, 문 앞에 선 그녀의 입이 벌어진 것은 그때였다.

"······실망이네요."

"······?"

"빅3라 해서, 뭐라도 있을까 봐 힘도 아끼면서 왔는데······. 상대도 안 하고 포기하시는 거예요?"

"······."

입이 열 개라도 할 말이 없는 상황. 박재웅은 몰아치는 무력감과 치욕감에 정신이 혼미해짐을 느꼈다.

이 얼마나 웃긴 상황인가?

도발한 것은 자신이면서 아무런 대응도 하지 못한 채, 가만히 있는다는 게.

'말도 안 돼······.'

그제야 현실이 보이기 시작했다.

얼음 공주는 괴물이었다. 그럴 만한 실력이 있었기에, 서머너 마스터가 픽한 거였고.

혼자서 충분히 상대할 수 있기에 도발에 응한 거였다.

"이 문이네요."

길드장실 앞에선 그녀는 옆에서 으르렁거리는 펜-리르에게 눈짓했다. 가차 없이 부수라는 뜻.

"자, 잠깐!"

결국, 박재웅이 두 손을 들었다. 자신의 외침에 멈칫하는 유아린을 확인한 박재웅은 빠르게 머리를 굴렸다.

수년간 대형 길드를 운영했던 짬밥으로, 이건 이런 식으로 넘어가선 안 됐다.

'내가 실수했어.'

오늘로써 유아린의 실력을 확실히 알았다.

그렇다면 그녀와 함께 다니는 서머너 마스터나 그의 동료들은 얼마나 강할까? 아마 천외천의 경지일 것이다.

'이런 자들이랑 척 지고 지내봐야 은하에 득 될 게 없어.'

대형 길드의 길드장으로서 끊을 땐 끊을 줄 알아야 했다. 힘없는 자존심의 말로는 몰락일 뿐이다.

"미, 미안하네. 우리가 자네의 실력을 몰라봤어. 은하가 졌으니…… 그 문은 그대로 놔둬 줄 수 있겠나?"

"……뭐라고요?"

유아린은 황당하다는 듯, 박재웅을 쳐다봤다. 마치 이렇게 쉽게 항복할 거면 왜 칼을 들었는지 이해하지 못하겠다는 표정.

"늙은이 노망이라고 생각해 주게. 대중들에게 우리가 졌음을 공표하고 사과문도 게시할 테니, 부디 노여움을 풀어줄 수 있겠나?"

"……"

박재웅의 사과에 유아린은 김이 빠지는 걸 느꼈다. 동시에 마음도 약해졌다.

'오빠였다면 가차 없이 깨부쉈겠지만.'

두 손 들고 항복한 사람을 짓밟는 건, 역시 자신과 어울리지 않는다고 생각했다.

"후."

유아린이 한숨을 내쉬자, 박재웅이 다시 치고 들어왔다.

"그뿐 아니라, 앞으로 자네에게 또 도발하는 무리가 있다면, 은하가 앞장서서 옹호하고 싸워주겠네."

얼음 공주는 이미 은하를 이겼다. 그런 그녀를 도발하는 건, 은하 길드도 아래로 본다는 뜻. 그녀에게 도발하고 싶으면 은하부터 넘고 도발하라는 의미에서 하는 말이었다.

"뭐, 노여움이라 표현하셨는데……. 사실, 화난 건 딱히 없었어요."

그냥 좀 우스웠을 뿐.

동네 힘 좀 쓰던 꼬마가 격투기 선수에게 도발한다고 화나겠는가?

그저 필요에 의해서 은하를 제물 삼아 서머너 세상에 자신의 위치를 알려준 것뿐이다.

박재웅은 그녀의 말뜻을 단박에 캐치했다.

"알지, 알지. 그래, 우리가 완벽히 졌네. 섣부른 도발에 대해서는 다시 한번 사과하겠네."

"……뭐, 그거면 됐어요."

유아린은 고개를 끄덕였다.

세간에 폭발적인 관심을 끌었던 얼음 공주대 은하 길드 사건. 그 사건은 이렇게 유아린의 압도적인 승리로 종결됐다.

그 시각.

후우우웅!

차디찬 바람을 맞으며 설산을 걷던 진도윤이 읊조렸다.

"후, 갑자기 뭔가 뿌듯한 기분이 드는데."

"응?"

옆에 있던 유리아가 갑자기 무슨 말을 하냐는 듯 반응했지만.

진도윤은 고개를 절레절레 저었다.

"아냐, 그냥 해본 말이야."

"뭐야, 싱겁긴."

니플헤임의 중앙 도시를 지나친 진도윤 일행은 어느덧 설산 9부 능선까지 올라온 상태였다.

잠깐을 더 걷던 진도윤이 선두에 걷고 있는 카프리에게 달라붙었다.

"카프리."

"왜."

"얼마나 남았어?"

"……이 부근일 거다. 음, 마침 저기 보이는군."

카프리가 어딘가를 가리킨 것은 그때였다.

침엽수림 사이로 간신히 보이는 자그마한 동굴.

"저 동굴?"

"……가본 적은 없지만, 서신에 의하면 저기가 미카엘이 봉인된 곳이다."

"그래?"

마침내 목적지를 눈앞에 둔 진도윤. 그의 눈이 주변처럼 차갑게 가라앉았다.

동굴 주변에는 핏빛 안개가 자욱하게 깔려 있었다.

가까이 갈수록 서늘한 기운 역시 느껴졌다.

[띠링!]
[가이아의 특별 임무가 도착합니다.]
[임무 - 미카엘 구출.]
[마침내 접전 지역에 다다랐습니다. 동료를 위하는 그대의 여정에 무운이 깃들길.]
[ps. 이전 임무는 실패로 취소됩니다.]

'……임무 실패라니.'

진도윤은 걸으며, 시야 구석에 뜬 메시지를 확인했다.

이전 가이아의 임무는 무조건적인 도주. 하지만 그는 아그니와 카프리를 전부 이긴 데다가 현재 뒤에서 조심히 따라오는 라파엘과 가브리엘도 구해냈다.

'살짝 아쉽긴 하네.'

분명 성공보다 더 성과가 좋은 실패였다. 그런데도 보상 하나 없이 취소 처리된다니.

'뭐, 상관없지.'

명확히 따지면 실패가 맞긴 하니까. 특히 이번 임무는 자신이 강하게 주장해서 나선 것이고.

가이아가 이 정도 편의를 봐주는 것만 해도 감사하게 생각할 뿐이었다.

"……저기."

한참 경계하며 걷고 있을 때, 카프리가 조심스레 말을 꺼내 왔다. 멈칫, 걸음을 멈춘 진도윤이 뒤를 돌아봤다.

"왜?"

"이 정도 안내했으면 할 만큼 한 거 같은데……. 난 그만 빠져도 될까?"

몇 분 전부터 카프리는 안절부절못하고 있는 상태였다. 혹여 다른 고위 악마들에게 들킬까 걱정되는 거겠지.

"……흐음."

진도윤의 눈매가 가늘어졌다.

애를 어찌해야 할까.

확실히 카프리가 도움 되긴 했다. 비록, 설산까지 이동한 건 자신의 능력이었지만, 세부적인 길 안내는 그가 다 했으니까.

'하지만.'

지금은 보낼 수 없는 이유가 있다.

"아직 안 돼."

"히엑?"

단호한 진도윤의 답에 카프리가 황당한 표정을 지었다.

"아니, 약속하지 않았나! 분명 도와주면 무사히 살려 보내주겠다고……!"

"네가 서신을 정확히 보냈다는 증거가 없잖아? 약속은 미카엘의 봉인을 무사히 해제한 후에 지켜질 거야."

녀석은 간악한 악마. 서신을 보냈다지만, 완전히 믿을 순 없었다.

"뭣?!"

"혹시 아냐? 당했다는 소식을 들은 판데모니엄 소속 악마가 신명 나게 달려오고 있을지."

"제대로 속였다니까?"

"그 증거는?"

"즈, 증거?"

카프리의 눈이 휘둥그레졌다. 이미 보낸 서신에 어떻게 증거를 댄단 말인가?

하나 있는 거라곤.

"……들어가 보면 될 거 아니야?"

"그치? 증거가 안에 있으면 같이 들어가 봐야겠네. 물론, 확인하기 전까진 못 보내주니까, 너도 같이."

"제기랄. 이 간악한 놈!"

"시끄럽고, 잔말 말고 따라와. 죽기 싫으면."

"……!"

갑의 횡포에 말문이 막힌 카프리였지만, 어쩔 수 없었다.

딱히 반박할 말도 떠오르지 않을뿐더러, 생사여탈권이 상대에게 있으니까.

"호오, 악마를 다루는 솜씨가 일품이구나."

"놀라운 인간이로군."

라파엘과 가브리엘은 악마를 저런 식으로 이용할 수 있다는 것에 큰 충격을 받은 모습이었다. 여태껏 그들에게 악마란 이유 불문 척결대상, 그 이상 그 이하도 아니었기 때문.

"그렇지, 확실히 대단한 자이니라."

반면에 우리엘은 익숙하다는 듯 고개를 끄덕였다.

왜인지는 모르겠지만, 다른 대천사들의 평가에 자부심도 느끼는 듯했다. 천사들의 감탄을 지켜보던 진도윤은 문득, 가브리엘을 바라봤다.

장신의 남성형 천사.

'그러고 보니, 저 녀석 능력이 예언이랬지?'

첫 만남 때부터 궁금하긴 했다. 예언은 도대체 어떤 능력일까? 정말 말뜻처럼 미래 일을 예측할 수 있는 걸까?

"가브리엘."

"불렀나, 인간."

"능력이 예언이라 들었는데, 동굴에 들어가기 전에 뭐 보이는 거라도 있나?"

"예언이라……."

진도윤의 물음에 가브리엘이 쓴웃음을 지었다.

"그래, 거스를 수 없는 운명을 어렴풋이 볼 수 있는 게 바로 예언이다. 실제로 난 두 눈에 상대의 과거와 현재, 미래를 담을 수 있지."

"오오, 그래?"

"하지만."

진도윤의 감탄을, 가브리엘은 바로 끊었다.

"요새 들어 그 운명이 뒤틀리고 있다. 정확히 판단할 수가 없어."

"그게 뭐야."

진도윤이 실망한 표정을 지었다. 거창하게 설명해 놓고, 결국은 아무것도 모른단 말 아니던가.

"난 그 원인을 그대라 생각하고 있다."

"엥? 그건 또 무슨 소리냐? 갑자기 내 탓을 한다고?"

진도윤의 눈이 커지자, 가브리엘은 이내 옅은 한숨을 내쉬었다. 그러고는 살짝 목을 풀더니, 말을 잇기 시작했다.

"그대에게 비치는 과거와 미래는 어두컴컴해. 그 앞길을 알 수가 없지. 그뿐만이 아니다. 그대에겐 정해진 운명을 비트는 힘이 있어. 실제로도 우린 수천 년간 봉인되었어야 할 운명이었다. 그런 우리의 운명을 그대가 비틀었고."

"……내가 개입하는 바람에?"

"루시퍼가 배신했을 때도, 우린 누군가의 배신이 있을 거란 사실을 알았어. 거스를 수 없지만 그래도 나름 대비했었지. 설마 세계수를 직접 타격할 줄은 몰랐지만."

"잠깐, 잠깐만."

진도윤이 혼란스러운 듯 말을 끊었다.

가브리엘의 말은 충격이었다.

'그러니까.'

악마들의 배신도 맞춘 그 예언이 자신에게만 통하지 않는 거라고? 또한 상대의 미래를 볼 수 있다는 놈이 하필 내 미래만 캄캄하다고?

진도윤이 눈살을 찌푸렸지만, 가브리엘은 말을 멈추지 않았다.

"내게 예언을 바란다면, 굳이 대답해 줄 수 있는 건 하나다."

"……뭔데."

"미카엘은 구할 수 없다. 그게 원래 정해진 길이야."

"……."

예언의 대천사, 가브리엘의 충격적인 선포였다.

잠깐의 소란이 끝나고 소강상태에 접어들 즈음.

"……어쨌든 나로 인해 그 운명이 바뀔 수 있다는 거잖아?"

오랫동안 상념에 빠져 있던 진도윤의 입이 열렸다. 가브리엘이 답했다.

"지금까지는 그랬었지."

"그럼 됐어. 준비하자."

진도윤이 다시 벌떡 일어섰다. 많은 생각을 해봤지만, 역시 결론은 하나였다. 미카엘을 구하는 것.

'운명? 그딴 게 어딨어?'

세상엔 수많은 선택이 있고, 그 선택에 따라 모든 결과가 뒤바뀐다는 게 그의 생각이었다. 정해진 운명이 있다는 말은 선뜻 다가오지 않았다. 실제로 자신에겐 그 운명이 통하지 않는다고도 했고.

'몇몇 물리학자들이 실제로 운명론을 펼치고 있는 건 알지만.'

상위 차원이니 다중 우주니, 그런 걸 이해할 머리도 안 된다.

'그저 내가 구하고 싶으니 구하는 것일 뿐.'

우우웅!

진도윤은 감응력을 끌어올린 채, 전투 준비를 했다.

"준비됐어? 시간이 많이 지체됐어. 빨리 가보자."

"응, 구해야지……. 미카엘."

유리아도 눈을 번뜩였다. 마침내 미카엘의 본체를 볼 수 있다는 생각에, 그녀도 설렘과 긴장이 공존하는 표정이었다.

대열은 간단했다. 카프리와 진도윤이 선두, 유리아가 중앙, 나머지 세 대천사가 후미에 섰다.

전투태세를 갖춘 그들은 천천히 동굴 속으로 들어섰다.

'흠, 내부에 딱히 이렇다 할 감응력은 안 느껴지는데.'

동굴 초입부에 입장한 진도윤은 무언가 기시감을 느꼈다.

과거 우리엘을 구했을 당시엔 '지룡'(地龍)의 엄청난 힘이 느껴졌었다. 하지만, 지금은 그냥 텅- 빈 공간처럼 공허한 감각뿐이었다.

"야, 카프리. 제대로 데려온 거 맞냐?"

"그, 그럼! 난 결백하다고!"

"근데 왜 아무 기운도 안 느껴져?"

"나야 모르지……. 근데 진짜 여기였다고."

"……그래, 꼭 결백하길 바라는 게 좋을 거다."

기운이 느껴지지 않는다고 방심할 수는 없다. 진도윤은 감응력을 얇게 퍼뜨린 채, 천천히 걸음을 지속했다.

그렇게 자욱하게 깔려 있던 핏빛 안개가 서서히 걷어질 즈음.

"……!"

그들은 널따란 공터를 발견할 수 있었다.

바닥에 새겨진 이상한 문양의 글귀와 그림 그리고 가운데 놓여 있는 관.

"……저 악마의 말이 맞구나. 저 안에 미카엘의 기운이 느껴져."

뒤에서 라파엘이 중얼거렸다.

"저기에 미카엘이 있다고……?"

유리아의 목소리도 떨려왔다.

"잠깐."

그러나, 진도윤은 일행들의 걸음을 멈춰 세웠다. 관 뒤에 놓여 있는 커다란 동상을 발견한 탓이다.

"저게 뭐지?"

진도윤이 눈을 가늘게 뜨고 쳐다봤다.

칠흑의 강철로 이루어진 장신의 인간형 기사 뿔이 돋아 있는 투구와 짙은 녹색의 검을 보니, 절로 등골이 서늘해지는 기분이었다.

"······딱히 느껴지는 기운도 없고 그냥 동상 같은데."

하지만, 섣불리 다가갈 수 없는 이유는 분명하다. 판데모니엄의 악마들이 미카엘을 지키고 있는 장소에 아무런 함정도 깔아놓지 않을 리 없으니까.

"어떡할까?"

유리아가 혼란스러운 표정을 지으며 물어왔다.

"흐음."

진도윤은 고민했다.

'일단 10악마가 없다는 건 희소식이야.'

카프리는 거짓말을 하지 않았다. 만약, 수작을 부렸다면 적어도 10악마 중 하나가 이곳에 있었을 테니까.

"뭐, 부딪쳐 봐야지."

원래라면 제프리가 의견을 줬을 테지만 지금은 제프리가 없다. 오직, 자신의 감대로 행동해야 할 뿐.

"일단, 나 먼저 가볼게."

저벅, 저벅.

진도윤은 소환수들과 함께 관 앞으로 천천히 걸어 나갔다. 나머지 일행들은 혹시 모를 상황에 대비해 전투 준비를 마친 상태였다. 아무런 방해 없이 관 앞에 도착한 진도윤이 손을 뻗으려 할 찰나.

"이, 이봐! 잠깐! 건들지 말아봐!"

카프리의 째진 외침이 들려왔다.

그러나.

툭!

진도윤의 손은 이미 관 위에 올려져 있었다.

5분 전.

카프리는 불안한 눈동자로 주변을 훑으며 동굴을 걷고 있었다.

'제길, 다른 악마들한테 들키면 개 쪽인데.'

개 쪽만 당하면 다행이지. 천사 쪽에 붙었다는 이유로 즉결 처형당할 수 있는 상황이기도 했다.

'하지만, 어쩔 수 없잖아?'

저 빌어먹을 인간이 마음만 먹으면 죽을 수밖에 없는 상황인데.

혹여 다른 악마들을 만난다면, 저 인간이 그 악마를 죽여주길 바라야 한다. 자신의 비루한 모습을 들키는 것보단 동족이 살해당하는 게 나은 카프리였다.

솔직히 10악마가 나서지 않는 이상, 그게 더 나은 상황이기도 했다.

'저 인간은 아그니 님을 이기는 놈이니까.'

그렇게 카프리는 계속 선두에서 길을 안내했다.

"야, 카프리. 제대로 데려온 거 맞냐?"

그가 이렇게 물었을 땐 카프리도 미치고 환장할 지경이었다.

'왜 아무것도 없지?'

동시에 슬금슬금 불안감도 치솟아 올랐다.

그가 아는 10악마들은 굉장히 치밀하면서도 간악한 존재들이다. 무한 경쟁 끝에 서열 10위 안에 든 자들이니, 그럴 수밖에 없었다.

'그런 자들이 여기에 아무것도 배치 안 했을 리 없잖아?'

뭘까? 도대체 어떤 함정을 파놨을까?

그렇게 고민할 찰나, 공터에 도착했고 카프리 역시 거대한 철갑으로 이루어진 동상을 바라봤다.

'저게 뭐지?'

그는 눈살을 찌푸렸다.

딱 봐도 위협적인 게, 어떠한 장치 같은데 레이튼 숲에서만 살던 그의 지식으로는 알 수 있는 게 없었다.

그러던 순간 그의 머릿속에 번갯불 튀듯 무언가 떠올랐다.

판데모니엄의 악마들이 천계에 대항하기 위해 전략 병기를 준비하고 있다. 무려 수천 년간 진행된 프로젝트로, 죽은 악마들의 영혼들을 강제로 묶어 마기를 충당하는 식의 잔혹한 악마술을 이용한다. 단단한 강철을 니플헤임 뒤 설산에 천 년간 얼리면, 그 혹한의 냉기가 영혼을 구속하니. 수만의 영혼이 모이면 그 힘만으로 세계수를 뒤

집지 않겠는가?

과거, 아그니와 교류할 때 그에게 들었던 구절이었다.

비록 시간은 오래 걸리지만, 만들기만 한다면 그 힘이 거의 10악마에 필적한다는 판데모니엄의 전략 병기! 게다가 그 외형이 철갑에 옥빛의 검을 들고 있다 하니.

"이, 이봐! 잠깐! 건들지 말아봐!"

카프리는 눈앞에 관을 만지려 하는 빌어먹을 인간을 향해 외쳤다.

저게 깨어나는 순간 여기 있는 이들은 둘째 치고 자신 역시 여파에 휘말려 죽을 수도 있지 않겠는가?

그것만은 절대 싫은 염소였다.

타르타로스의 하얀 홀 내부.

홀로그램을 바라보던 한 존재가 머리를 부여잡았다.

"으아아, 언니! 저, 저거. 마계 전략 병기 아냐? 천 년 전, 부에르가 개발했다던?"

밤의 여신이라 불리는 그녀, 닉스였다. 그녀가 바라보는 커다란 영상 속에는 니플헤임 설산에 도착한 진도윤의 모습이 담겨 있었다.

"······맞아."

옆에 있던 가이아가 답했다. 목소리에 힘이 없는 게, 굉장히 생각이 복잡해 보였다.

"그럼 어떡해? 빨리 퀘스트 보내야 하는 거 아냐? 도망치라고?"

"흥, 그놈이 퍽이나 말을 듣겠군."

닉스의 걱정스러운 물음에 에레보스가 코웃음 쳤다. 그러고는 말을 이었다.

"아그니와 조우했을 때도 끝까지 도주 임무를 무시했던 녀석이다. 이제 저 아이를 통제하는 건 불가능해."

그는 팔짱을 낀 채 냉소적인 표정으로 화면을 바라보고 있었다. 무심한 그의 대꾸에 닉스는 답답한 듯 가슴을 쳤다.

"아무리 그래도……. 전략 병기는 지금까지 만났던 애들이랑 급이 다르잖아!"

판데모니엄이 야심 차게 개발한 무기. 그 이름하여 강철의 망령, '아세브라도'.

아세브라도는 만드는 데 천 년이라는 시간이 소요될 만큼 끔찍한 철갑 기사다. 제작 방법 또한 무척이나 사악하다. 마계 전역에서 죽어 나가던 악마의 영혼들을 악마술로 모아 니플헤임의 특산품인 '천년한철'(千年寒鐵)로 제작한 갑옷 안에 꾸역꾸역 담는 식이다.

본질이 흉악한 악마들만이 할 수 있는 방법이기도 했다.

"차라리 잘됐어. 이번 기회에 저 아이가 정말 마계의 흉계를 막을 수 있는 영웅인지 파악해 보는 것도 나쁘지 않겠지."

"아니……. 오빠는 무슨 말을 그렇게 해?"

"무슨 말을 그렇게 하긴. 저번에 가이아가 했던 말은 기억 안 나? 그 아이의 도전적인 정신이 마음에 쏙 든다고 했었지. 게다가 지금 이 상황을 우리가 만든 건가? 말려도 꿋꿋이 가겠다고 한 저놈 탓 아니던가?"

에레보스가 가이아를 힐끗 쳐다보며 말했다.

저번에 한 번 혼난 이후 어느 정도 눈치는 보지만, 할 말은 꿋꿋이 하는 그였다.

"……."

눈을 감은 채 고민하던 가이아의 눈이 살짝 반개한 건 그때였다.

"네, 에레보스 말이 맞아요."

"언니?"

"지금 도주 요청을 보내봤자, 그 아이는 말을 듣지 않을 거예요."

"간만에 생각이 일치하는군."

가이아가 고개를 끄덕이는 에레보스를 빤히 응시했다.

"그대는 어떻게 생각하시나요?"

"뭘?"

"저 아이가 아세브라도를 처리할 수 있다고 생각하시나요?"

"……."

갑작스러운 가이아의 질문에 에레보스가 눈살을 찌푸렸다.

'……강철의 망령이라.'

최근에 만들어진 터라, 직접 싸워본 적은 없지만 아세브라도의 능력치는 굉장히 흉포하다고 들었다.

힘만으로 봤을 땐, 거의 10악마에 필적할 정도?

'하지만, 단점도 그만큼 명확하다고 전해지지.'

강철의 망령은 지능이 딸린다. 애초에 갑옷을 통제하는 망령들이 여럿이기에, 오류도 잦은 편이다.

뭐, 지능이 딸리는 만큼 전투 본능과 감각은 엄청나다고 하지만 그건 경험해 보지 않았으니 모르는 일이다.

"그건 나야 모르지?"

에레보스는 솔직히 답했다. 사실 며칠 전에 진도윤이 아그니를 처리했을 때도 놀랐던 그였다.

'그 녀석…… 인정할 건 인정해야 해.'

아무리 가이아의 힘을 빌리고 있는 인간이라 해도 인간의 육체가 가진 태생적인 한계가 있다. 하지만 녀석은 그 한계를 무시하기라도 하는 듯, 엄청난 성과를 지속해서 내고 있었다. 프리덤을 상대하고, 루시퍼와 대적했을 뿐 아니라, 대천사들도 하나하나 구하고 있다.

그뿐이랴? 자신 역시 끔찍하게 생각하는 파괴의 힘까지 다루고 있다.

"하지만, 나 역시 기대하고 있는 건 사실이야."

"……오?"

의외의 대답이었는지, 닉스의 눈이 휘둥그레졌다. 항상, 부정적인 견해로 가이아와 대치하던 게 에레보스였으니까.

"가이아."

이번엔 에레보스가 먼저 가이아를 불렀다.

"네."

그녀가 부드럽게 고개를 끄덕였다.

"이번 임무는 내가 걸어도 되겠나?"

"에레보스가요?"

"그래, 만약 정말로…… 녀석이 아세브라도를 처치할 수 있다면."

답하는 에레보스의 눈빛에서 단호한 의지가 엿보였다.

"나 역시, 너처럼 내 모든 힘을 녀석에게 걸어볼 생각이다."

항상 혼자 모든 짐을 부담하는 가이아. 에레보스는 처음으로 그녀에게 먼저 손을 내밀었다.

3장

"이, 이봐! 잠깐! 건들지 말아봐!"

카프리의 외침이 들렸으나.

툭!

이미 진도윤의 손은 미카엘의 관에 닿은 뒤였다.

'뭐가 됐든, 어차피 부딪치긴 해야 하니까.'

염소의 다급한 외침에도 진도윤의 표정은 변화가 없었다.

그리고 이상한 점을 눈치 못 챘을까?

가이아의 경고. 악마들이 생각하는 미카엘의 위치 등등을 종합해 볼 때 어떠한 함정도 없이, 관을 방치해 두진 않았을 터.

쿠구궁……!

관에 손이 닿는 즉시, 전방에 미증유의 힘이 증폭되기 시작했다. 동시에 천천히 일어서는 철갑 기사.

"……!"

진도윤은 순간 등골이 서늘해짐을 느꼈다.

[주의! 주의! 주의!]
[강철의 망령, '아세브라도'(★★★★★)가 깨어납니다.]

'아세브라도?'

처음 듣는 이름이었다. 대천사들이 설명했던 10악마에 포함되는 존재도 아니었다.

대충, 우리엘을 구할 때 처치했던 '지룡'(地龍)처럼 악마들이 가져다 놓은 몬스터 중 하나겠지.

크기는 대충 둠 나이트 정도.

"제, 제기랄! 이 망할 놈이! 자살하려면 혼자 할 것이지!"

"저게 뭔 줄 알고 있나 보네?"

입술이 창백하게 질린 카프리에게 진도윤이 물었다.

"나도 정확히는 몰라! 근데 딱 보면 모르냐? 엄청 세 보이잖아!"

"……."

맞는 말이긴 했다. 느껴지는 기운만으로 봤을 때 카프리나 아그니 따위와는 비교도 안 될 정도의 강력하고도 끈적한 기운이 피어오르고 있었으니까.

[띠링!]

[에레보스의 특별 임무가 도착합니다.]

[임무 - 아세브라도 처치.]

[어둠의 신이 그대의 운명에 베팅합니다. 마계의 전략 병기, 아세브라도를 처치하세요.]

'음?'

갑자기 떠오르는 메시지에 진도윤이 고개를 갸웃했다.

'에레보스?'

가이아가 아닌 다른 존재에게 임무를 받는 것은 처음이었기 때문.

'게다가 에레보스라면?'

[징표:에레보스의 인장]

[등급:無]

[어둠의 신이 사용하던 인장, 부착된 대상의 힘을 왜곡하여 숨겨줍니다.]

진도윤은 과거 루시퍼와 싸우러 갈 때를 떠올렸다.

그때 인장을 받은 기억이 있기에, 익숙한 이름이긴 했다.

누군지는 정확히 몰랐지만.

'어쨌든 임무 중복이라는 거지?'

현재 그에게 걸려 있는 임무는 두 개였다.

하나는 가이아의 미카엘 구출, 나머지 하나는 에레보스의 아세브라도 처치.

'개 이득이네.'

진도윤의 입꼬리가 올라갔다.

그는 낙관적으로 생각하기로 했다. 가이아가 별다른 메시지를 보내지 않는 걸 보니, 해볼 만한 녀석이란 뜻이고 어차피 저지른 거, 무를 수도 없는 일이지 않은가? 게다가 해결할 수만 있다면, 보상도 두 배로 떨어질 것이다.

"다들 준비해."

진도윤의 읊조림에 천사들과 유리아가 신속하게 그에게 붙었다.

번쩍!

아세브라도의 눈이 번쩍 떠진 것은 그때였다. 땅이 들썩임과 함께, 녀석은 옥빛 칼을 천장으로 힘껏 들어 올렸다.

"시작인가?"

우-우-웅!

신속하게 감응력을 끌어올린 진도윤은 먼저 데몰리션을 선두로 보냈다.

"뀨-웅!"

엄청난 힘의 격차임에도 데몰리션은 상관없다는 듯 당당하게 앞으로 나섰다. 과연 전투에 미친 소환수.

후-우-웅!

판단이 채 끝나기도 전에 아세브라도의 칼이 데몰리션을 내려찍었다.

-그어어어어어!

그와 동시에 퍼지는 끔찍한 악령들의 울음소리.

"뀨, 뀨웅?"

데몰리션은 처음으로 당황했다. 페어리킹의 버프, 엘라임의 실드를 단박에 부수고 들어오는 칼 때문.

콰앙!

한 방 맞은 데몰리션은 눈동자를 거칠게 흔들며 나동그라졌다.

"뀨웅!"

단단한 용의 피부를 뚫고 들어오는 힘에 온 장기가 짓이겨지는 느낌을 받았다.

"……."

공격을 성공한 아세브라도는 말없이 데몰리션을 노려보고 있었다.

"데몰리션 괜찮아?"

"뀨웅……."

'이게 맞나?'라는 의미로 살짝 고개를 갸웃하는 데몰리션. 그런 녀석의 등 뒤로는 이번에 진화한 아묘가 빠르게 힐링 중이었다.

"후, 탱커로 쓰면 안 되겠는데?"

진도윤이 나직이 중얼거리며, 다시 컨트롤을 시작했다. 그러자 그의 소환수 다섯이 사방으로 흩어지며 아세브라도에게 달려들었다.

"나도 돕지."

"함께 싸우자꾸나!"

셋의 대천사 역시 각자 판단대로 움직였다. 신비한 힘을 쓰는 가브리엘은 멀찍이 떨어져 주문을 외웠고 라파엘은 보조 힐링을, 우리엘은 업화의 검을 뽑아 들었다.

후우웅!

다시 한번 격렬한 바람이 귓가를 스쳤다. 아세브라도의 공격이 재개된 것이다.

콰앙! 콰앙!

녀석의 검이 사정없이 떨어지기 시작했다. 바닥이나 벽면에 닿은 것들이 순식간에 먼지로 화할 정도로 강력한 힘. 멀찍이 물러난 진도윤은 땀을 흘리며 소환수를 컨트롤했다.

'절대 부딪히면 안 돼.'

데몰리션이 한 대 맞고 고통스러워할 정도면 다른 소환수들은 거의 전투 불능 상태로 치달을 수 있다.

"마, 마스터. 저게 보여?"

엄청난 속도의 검을 아슬아슬하게 피하는 진도윤의 환상적인 컨트롤을 보고 유리아가 황당한 듯 물어왔지만, 진도윤은 대답할 수 없었다. 머리에 식은땀이 날 정도로 급박한 순간들의 연속이었으니까.

'혹한의 지배자, 플레임 노바, 화염 돌풍, 둠! 검뢰!'

진도윤이 네 소환수들의 스킬을 신속하게 연계했지만.

콰아아앙!

아세브라도의 대응 역시 그만큼 빨랐다. 심지어 방어하는 방법도 간단했다. 검을 가볍게 휘둘러 모든 공격들을 쳐냈으니까.

진도윤의 낯이 일그러졌다.

'젠장.'

급박한 전투 속에서도 그의 머리는 빠르게 굴러갔다. 마음이 급해졌지만, 냉정함을 잃지 않으려 노력했다.

'침착하자, 흥분하면 될 것도 안 돼.'

그의 필살기는 크게 두 가지로 나뉜다.

데몰리션의 브레스, 아니면 정령계 소환.

하지만 이번엔 첫째는 사용하기 힘들다. 꽤나 지능적인 건지, 아니면 본능적으로 움직이는 건진 모르겠지만 아세브라도는 데몰리션이 거리를 벌릴 때마다 땅을 박차며 신속하게 붙었다.

'그럼 남은 것은……'

스르륵!

의식의 흐름과 함께, 소울 콜렉터가 진도윤 곁으로 다가왔다. 그러고는 가방을 내밀었다.

"오케이."

진도윤은 그곳에서 '정령왕의 돌'을 꺼내 들었다. 생각보다 컨트롤이 먼저 반응하는 경지.

"엘!"

"응, 진도유운! 준비됐어! 소환해 줘!"

"오케이."

진도윤이 계속 컨트롤하며 돌에 감응력을 냅다 들이부으려 할 때였다.

-그어어!

도망치는 데몰리션을 내려치던 아세브라도가 행동을 멈췄다.

번쩍!

그러고는 시뻘건 눈으로 진도윤이 있는 방향을 응시했다.

[띠링!]
[미증유의 힘이 그대를 속박합니다.]
[10분간 움직임이 제한됩니다.]

"……?"

돌을 든 그 상태로 온몸이 굳었다. 동료들이 데몰리션의 봉인기를 맞았을 때 기분이 이러했을까?

감응력을 움직일 수도, 소환수를 컨트롤할 수도 없이 온몸의 기능이 멈춰 버렸다.

'미친?'

당황스러웠다. 서머너를 직접 봉인하는 스킬이라니. 그보다 자신의 위기를 정확히 판단하는 저 본능은 도대체 어디서 나온단 말인가?

'× 된 건가?'

진도윤이 눈을 질끈 감으려 했으나 눈꺼풀 역시 꼼짝할 수 없는 그였다.

"마, 마스터 갑자기 왜 이래?"

무언가 이상함을 느낀 유리아가 신속하게 다가왔다.

"뭐야! 저주라도 걸린 거야? 왜, 안 움직여? 마스터? 마스터!"

그녀가 미동조차 하지 않는 진도윤의 어깨를 이리저리 두들 겼다.

"제기랄, 아묘! 페어리킹!"

그녀는 필드에 나가 있던 자신의 소환수들을 급히 불러들였다. 진도윤이 멈춤으로 인해 통제를 잃은 데몰리션 이하 그의 소환수들이 날뛰고 있었지만 제 주인에게 다가오는 소환수는 없었다. 정확히 말하자면, 다가오지 못하는 것이리라.

콰앙! 콰아앙!

철갑 기사의 검격을 피하기 벅차 보이는 건 둘째 치고 이곳으로 오면 주인이 위험할 수도 있다는 걸 아는 거겠지.

'당장 서포트가 필요한 건 저들일지 몰라. 하지만.'

그녀에겐 마스터가 더 중요했다. 결국, 저들에게 나오는 힘도 마스터의 감응력 덕 아니던가? 계속 이렇게 내버려 뒀다가는 전투에 패배할 거다.

"냥!"

그녀의 부름에 아묘와 페어리킹이 달려왔다. 그러고는 진도윤에게 '면역'(A급)과 '그루밍'(S급)을 난사했다.

우우웅!

푸르스름한 빛무리가 그를 덮었지만.

"……."

그런데도 그의 움직임은 변화가 없었다.

"……소용없을 거다."

그런 그녀의 곁으로 라파엘이 다가온 것은 그때였다. 나름 무리하고 있는지, 온 육체가 땀으로 번들거리는 그녀.

"라파엘?"

"단순한 상태이상이 아니거든."

"어떤 상황인지 아는 거야?"

유리아의 다급한 물음에 그녀가 고개를 끄덕였다.

"영혼의 힘으로 영혼을 묶는 악마술이야. 저길 봐."

라파엘의 답에 유리아가 신속히 고개를 돌렸다.

콰아아앙!

힘차게 휘둘러진 옥색 칼이 데몰리션을 아슬아슬하게 스쳐 벽면을 박살 냈다.

"어?"

문득, 유리아의 표정이 의아해졌다. 분명 몇 분 전까지만 해도 거의 볼 수조차 없이 빨랐던 철갑 기사였는데 이제는 그래도 움직임이 훤히 읽히지 않는가!

"굉장히 느려졌지? 그럴 수밖에. 저 철갑 속에 들어 있는 영혼의 힘 거의 절반 정도가 저 인간을 묶는 데 사용되고 있으니까."

"……굳이? 마스터를 묶는 데 그 많은 힘을 사용한다고?

왜?"

"저 인간이 그대에겐 '굳이'라 표현할 정도밖에 안 되는 거냐?"

"아……? 아니지, 마스터가 핵심이긴 한데……. 그니까 내 말은……!"

그녀의 요지는 저 고철 덩어리가 그걸 어떻게 알았냐는 거였다. 심지어 마스터가 '정령왕의 돌'을 꺼내려 할 타이밍도 딱 맞추지 않았던가.

"아마 녀석은 본능적으로 '판단'한 걸 거야. 자신의 힘 절반을 봉인해서라도 저 인간을 묶어둬야 승산이 있을 거라고."

"미친."

"실로 무서운 놈이지. 저런 끔찍한 기운을 가진 것도 모자라 저런 전투 감각이라니. 마계가 정말로 준비를 단단히 하고 있었던 모양이구나."

라파엘이 한탄했다.

강철의 망령, '아세브라도'에 대해서는 그녀도 어렴풋이 들어봤었다.

'지능이 딸리는 게 단점이라 들었었는데…… 지금 보니 그것도 아니네.'

어차피 목적이 전투 병기면 전투 감각이 뛰어난 게 곧 지능 아니겠는가? 녀석은 굉장히 똑똑하고 영리하게 싸웠다.

"그래서 어떻게 해야 하는데!"

유리아가 답답하다는 듯 외쳤다.

"아마 그렇게 오래 봉인하진 못할 거야. 저 인간도 내부에 엄청난 기운을 담고 있으니까."

"……그럼?"

"버텨야지."

단호하게 답하는 라파엘이었지만, 그녀 역시 눈동자가 흔들리는 상태였다. 아무리 깨어난 지 얼마 지나지 않아 본 힘을 다하지 못한다지만, 무려 대천사 셋이 동원된 상태다.

그뿐이랴? 저 인간이 지닌 소환수 하나하나의 힘 역시 굉장히 강력하다. 그런 무리를 고작 절반의 힘으로 몰아붙이는 괴물이 바로 아세브라도였다.

"이러고 있을 때가 아니다, 인간. 빨리 서포트를……!"

"꺄아악!"

그때였다. 옥빛 칼을 맞받아친 우리엘의 깨진 비명이 들려온 것은.

콰아앙!

온 힘을 다해 막았음에도 그 힘을 버티지 못한 그녀는 종잇장처럼 날아가 벽면에 처박혔다.

"우, 우리엘?"

유리아의 몸이 움찔거렸다.

화르륵! 츄아아!

피닉스와 엘라임 역시 온갖 스킬을 동원해 공격을 가했지만.

-그어어어어!

아세브라도는 '이게 공격이냐?'는 듯, 검을 휘둘러왔다. 원래 '불사'인 피닉스나, 육체를 물로 변형할 수 있는 엘라임은 쉽게 피한다지만 데몰리션이나, 둠은 그러지 못했다.

"뀨웅!"

"……."

점점 피하는 속도가 느려지는 두 소환수.

진도윤이 멈춘 탓에, 더 이상 감응력을 보충받지 못하는 상황이었다.

'아.'

불현듯 유리아의 눈빛에 절망의 감정이 언뜻 스쳤다.

'이건…… 아닌데.'

이대로 상황이 흘러가면, 모두 죽음을 면치 못할 일. 하지만 뭘, 어떻게 할 수 있는 방법이 전혀 떠오르지 않는다. 답이 없는 난제를 풀어야 하는 느낌.

일단, 소환수들과 대천사들에게 힐링과 버프를 넣어주고 있긴 한데…….

이대로는 안 된다.

적어도 2분? 그 안에 전부 다 정리당할 느낌이었다.

'제기랄, 너무 우습게 봤어.'

유리아는 자책했다.

결국, 마스터가 이곳에 온 것도 자신 때문 아니던가? 자신의 소환수, 미카엘을 구하기 위해서.

처음, 카프리와 아그니를 처리했을 땐 그래도 희망을 품었었다. 아묘가 진화했을 땐, 그녀 역시 기뻤다. 역시, 오길 잘했다고 생각했었다. 자신이 강해질수록, 마스터에게 더욱 큰 도움이 될 수 있을 테니까.

'하지만.'

자신의 그 선택이 결국 마스터를 죽였다.

초월 된 존재, 악마들이 진도윤의 횡포에도 가만히 자신들의 대계에 힘썼던 이유.

'저런 병기들을 가진 존재들인데. 얼마나 우스워 보였을까……?'

그것은 압도적인 힘의 격차에 있었다.

이번에 확실히 느꼈다. 아그니의 말마따나, 정말 인간은 그들 앞에 개미에 불과할 뿐이었다.

질끈.

눈을 감은 채, 고개를 떨구려 할 때였다.

"키이이이!"

익숙한 소리가 들려 눈을 떴다.

"……소울 콜렉터?"

마스터의 소환수, 악령이 낫을 든 채 울부짖으며 랜턴으로 자신을 툭툭- 건드리고 있었다.

"키이이!"

소울 콜렉터가 울부짖었다.

사실, 그는 이곳에 들어올 때부터 무언가 익숙한 느낌을 받았었다.

'악령들······.'

자신과 동류의 힘을 뿜어내는 존재들. 하지만 자신과 자라 온 환경은 분명히 다른 자들이다.

"키이, 키이이!"

타인이 고통받는 것을 즐기며, 가학 행위를 하던 자신과는 다르게 저 철갑 속의 존재들은 분명 고통받고 있었다.

마치, 자신의 랜턴 속에 존재하던 영혼들처럼.

'그럴 수밖에.'

소울 콜렉터의 입이 기괴하게 비틀렸다. 저들이 고통받는 이유를, 같은 악령인 소울 콜렉터는 백분 이해했다.

악령의 기본적인 욕망은 살아 있는 존재들에게 고통을 주는 것에 있다.

'하지만 저들은······.'

오랫동안 한 곳에 억압된 채, 누군가의 통제를 받아왔다. 저들을 옭아맬 정도로 강한 힘을 가진 존재겠지. 게다가 누구 하나가 나서 통제할 수 있는 상황도 아니었다.

수많은 악령들이 배배 꼬여진 채로 그저 파괴 본능만을 표출하고 있었으니까.

'가여운 것들이구나.'

소울 콜렉터는 전투에 참여하면서, 저들의 절규를 즐겼다.

-새로운 생물이다! 죽이자!

-맨날 지키기만 해서 답답했는데!

-키이이이, 이게 몇 년 만에 온 기회더냐?

-벌써 죽여? 좀 천천히 가지고 노는 게 낫지 않을까?

-까아아아아! 시끄럽다! 당장 다 쳐 죽이지 못하면 답답해 죽고 말 거야!

등등…….

소울 콜렉터에겐 모든 악령들의 소리가 들려왔다. 그는 본디 악령 중 끝판왕이라 불리는 존재였으니까.

'신기해.'

나름 오랜 기간 존재했던 자신이 생전 처음 보는 현상.

콰아앙!

무겁게 떨어지는 옥빛 검 속에서도 그는 호기심을 가지고 아세브라도를 지켜봤다.

그러고는 깨달았다. 그들은 본래 자신이 낼 수 있는 에너지를 조금도 활용하지 못하고 있었다.

파괴 본능에 이끌려 무언가 공격하고는 있는데 뭉쳐 있는 녀석들의 의지들이 각각 다른 바람에, 정작 최대 효율은 내고 있지 못하는 탓이다.

물론, 강하다는 건 부정할 수 없는 사실이다. 하나하나 상대하면, 다 이길 자신 있었지만 그게 수억이 모이니, 그 힘이 어떻게 해보지도 못할 정도로 엄청난 탓이다.

전투가 얼마나 흘렀을까? 또 소리가 들려왔다.

-저놈! 위험하다!

-누구? 어떤 놈?

-저기 멀리 떨어져서 이상한 기운을 내뿜는 놈!

-그럼 걔부터 죽이면 되는 거 아냐?

-안 돼! 달려가기엔 늦어!

-그럼?

-잠깐, 묶어놓자! 묶어놓고 다 정리한 다음에 패면 쉬울 거야, 킬킬!

-난…… 좀 더 파괴하고 싶은데?

-그럼 동의하는 사람만 해!

'감히?'

소울 콜렉터의 눈살이 찌푸려졌다. 이제 자신한테 좀 관심을 주는 주인인데 주인을 묶는다고?

"키이이이!"

한껏 외친 소울 콜렉터가 주인에게 달려갔지만, 주인은 여전히 바빴다. 그 검은 용과 정령들을 컨트롤하느라 바쁜 듯했다.

그리고 이내 악령들의 가벼운 수에 주인이 당해 버리고 말았다.

"키이이!"

소울 콜렉터는 자존심이 상했다.

어딜 감히 조잡한 악령들 따위가 이 몸의 주인을 건드리는가!

자신은 모든 소울 리퍼 위에 군림하는 존재. 악령에도 급이 있다는 걸 보여주고 싶었다.

　'하지만.'

　저들과 대화를 나누기 위해서는 저 철갑을 뚫고 속으로 들어가야 한다. 그러기 위해서는 어느 정도 감응력이 필요한데……

　보다시피 주인은 이미 굳어버린 채로, 악령들에게 농락당하고 있다.

　'지금 힘으로는 살짝 부족한데.'

　심지어 주인 옆에 붙어 다니는 여자는 자신에게 힐링도 걸어주지 않는다. 효율성을 따지는 거겠지.

　데몰리션, 둠 나이트, 엘라임, 피닉스. 주인의 소환수들은 다 괴물들이니까.

　자존심이 상했지만, 소울 콜렉터는 인정했다.

　"키이이!"

　하지만 이번 건은 달랐다.

　저들은 결국, 악령들. 악령들을 상대할 땐, 자신을 이용하는 게 맞았다.

　"키이이이!"

　결국, 소울 콜렉터는 유리아에게 다가왔다. 그러고는 랜턴으로 그녀의 발을 계속 건드렸다.

　빨리 버프를 내놓으라는 뜻.

　"뭐야? 얘는 갑자기 왜 이래?"

"키이이이!"

"너도 살고 싶다고? 하…… 기다려 봐. 생각 중이니까."

"키이! 키이이!"

그게 아니라고!

소울 콜렉터는 답답하다는 듯 땅을 두들기며 이내 아묘를 랜턴으로 가리켰다.

"냥?"

"키이이이!"

"냐아앙!"

육체에 굉장히 신비로운 힘을 담은 고양이가 곧이어 주인에게 냥냥거렸다.

"뭐? 너한테도 힐링해 달라고? 저놈한테 다가가는 동안만?"

"키이……! 키이! 키이!"

소울 콜렉터는 당당하게 고개를 끄덕였다.

"……뭐, 일단은 마스터의 소환수니까."

살짝 못 미더워하는 유리아였지만, 이내 수긍했다.

어차피 밀릴 대로 밀리고 있는 상황. 감응력을 아낄 때가 아니었다. 잠깐만 집중하는 거면, 그렇게 손해 볼 상황도 아니었고.

"그래, 어디 한번 해보렴."

유리아의 답에 소울 콜렉터가 즉각 낫을 들었다. 그리고는 결연한 눈빛으로 강철의 망령, 아세브라도를 노려봤다.

씨익.

절로 지어지는 미소.

주인도, 주인을 따르는 여자도 이번 사건으로 자신을 제대로 평가하리라.

강철의 망령, 아세브라도의 전투 방식은 굉장히 단순하다. 먼저 눈앞에 움직이는 생명체를 감지한 다음, 재빨리 다가가 칼을 휘두른다.

그게 끝. 회피? 페이크 모션? 컨트롤? 아세브라도에게 그런 수준 높은 기술은 없었다. 그저 내부에 뭉쳐 있는 망령들의 파괴 본능에 의해 움직일 뿐.

콰아앙! 콰앙!

지금도 끔찍한 철갑 기사는 옥빛 칼을 마구잡이로 휘두르고 있었다.

"끄응……."

그런 녀석을 보며 엘라임은 낮은 신음을 냈다.

"이제 더는 무린데."

촤아악!

손을 떨쳐, 데몰리션에게 실드를 한 번 더 사용한 그녀는 주변을 둘러봤다.

한 대씩 맞았는지, 피를 철철 흘리고 있는 대천사들. 번갈아 가며 아세브라도를 따돌리는 둠과 데몰리션. 그리고 가만히 굳어 있는 진도윤.

그야말로 꼴이 말도 아니었다.

"데몰아!"

"뀨웅?"

온 피부에 먼지를 뒤집어쓴 채, 도망 다니던 데몰리션이 반응했다.

"힘 좀 아껴 써! 네가 진도윤 올 때까지 최대한 시간을 벌어 줘야 해!"

"뀨웅……."

"그렇다고 진도윤 쪽으로 튀면 안 되는 거 알지?"

"뀨웅!"

데몰리션의 대답을 들은 엘라임은 이번엔 시선을 둠 나이트 쪽으로 돌렸다.

"데나, 아니, 둠! 너도 너무 부딪히려 하지 말고 최대한 회피만 해! 실드 아껴야 해!"

서머너의 컨트롤이 사라진 소환수들은 각자 자의에 의해 움직인다. 진도윤은 혹시 모를 사태를 대비해 세미-컨트롤을 엘라임이 하도록 지시해 뒀었다. 즉, 진도윤이 없는 지금은 엘라임이 대장인 셈.

"으씨, 진도유운……. 빨리 돌아오라고."

엘라임은 점점 자신의 기운이 사라져 감을 느꼈다.

소환수가 가진 힘의 원천은 서머너의 감응력에서 나오니. 주인이 돌아오지 않으면, 다시 그 힘을 보충받을 수 없다.

"미치겠네. 여태 이런 경우는 없었는데."

처음 겪는 상황에 엘라임이 골머리를 앓고 있을 찰나였다.

"키이이!"

그녀의 곁으로 랜턴 든 악령이 다가왔다.

"막내?"

"키이!"

"넌 또 왜?"

"키이! 키이이! 키이이이!"

엘라임은 바쁜 와중에도 소울 콜렉터의 말을 들어줬다. 대충, 자신이 해결할 수 있으니, 빈틈을 만들어달라는 듯했는데.

그 빈틈을 만드는 방식이 굉장히 위험했다. 한 대만 맞아도 치명적인 상황에서, 다 같이 돌진하자고 했으니까.

"흐음."

대장으로서 고민이 될 수밖에 없는 상황.

"자신 있어?"

"키이!"

"네가 실패하면 시간도 못 벌어. 다 죽을 거야. 우리도, 주인도."

"키이! 키이이이!"

랜턴을 땅에 쾅쾅 내리찍는 소울 콜렉터. 자신 있고 말고를 떠나, 어차피 지금도 답이 없다는 말이었다.

그리고 소울 콜렉터의 입장에 엘라임도 동의했다.

"후우, 알겠어. 방법이 있으면 뭐라도 시도해 봐야지. 한 번에 가보자."

"키이!"

"뀨웅!"

"끼루루루······."

악령의 말을 전부 듣고 있던 소환수들이 일제히 답했다.

대장이 결정을 내리면, 군말 없이 따른다. 서머너인 진도윤이 내렸던 명령이기에, 그들은 불만이 없었다.

"뀨우웅!"

먼저, 도망치던 데몰리션이 그대로 방향을 틀어, 아세브라도를 향해 질주했다. 마치 여태 도망만 다니던 게 마음에 들지 않았다는 듯.

촤르륵!

동시에 엘라임의 '물의 방패'(S급)가 데몰리션의 몸 전체를 겹겹이 감싼다.

"나머지도 뛰어!"

엘라임의 명에 둠과 피닉스, 소울 콜렉터도 동시에 내달렸다.

-그어어어!

도망만 치던 존재들이 갑자기 자신에게 다가오자, 아세브라도는 흥분하며 검을 치켜올렸다.

후우웅!

그러고는 가장 먼저 달려온 데몰리션을 향해 엄청난 속도로 내려찍었다.

"뀨웅!"

데몰리션은 그 검격에 용감하게 발톱을 내밀었고 콰앙! 엄청난 폭음과 함께 허무하게 튕겨 나가버렸다.

엘라임의 실드량을 한꺼번에 뚫고 들어올 정도로 엄청난 힘이었다.

"계속 돌진해!"

그녀의 외침은 멈추지 않았다. 데몰리션의 희생을 통해, 처음으로 녀석의 후미를 점령할 수 있었기 때문.

-그어어?

하지만, 아세브라도는 만만치 않았다.

후웅! 후웅!

순차적으로 강한 둠 나이트, 피닉스 순서로 다가오는 자들에게 차례차례 응징을 가했다.

콰앙! 콰아앙!

데몰리션과 마찬가지로 망연자실한 표정으로 튕겨 나가는 소환수들.

"……완전 괴물."

엘라임은 한탄했다. 그래도 어느 정도는 버텨줄 줄 알았는데 고작 1초 만에 셋이 튕겨 나가버릴 정도라니.

'이러면……'

소울 콜렉터에게 빈틈을 마련해 줄 수 없게 된다.

"소울아! 그냥 도망……"

작전 실패로 바로 후퇴 명령을 내리려는 그녀였으나 이미 소울 콜렉터 역시 철갑 기사 근처까지 붙은 상태.

한참 늦은 상태였다.

"이런……!"

엘라임은 눈을 질끈 감았다.

소울 콜렉터는 다른 소환수들에 비해 약한 편이다. 아세브라도의 일격에 소멸할 수도 있는 상황.

'오랜만에 들어와 점점 정을 쌓아가는 막내였는데…….'

후웅!

녀석이 마지막 남은 소울 콜렉터를 향해 힘껏 검을 휘둘렀고 엘라임은 차마 못 보겠다는 듯 고개를 돌려 버렸다.

"키이이!"

소울 콜렉터는 결연한 표정으로 내달렸다.

선배 소환수들이 자신을 믿고 온몸을 바쳐 기회를 만들어 줬다. 한 번 실패하면 모두가 죽는 상황.

낫을 든 소울 콜렉터는 달리면서도 오직 한 곳만을 쳐다봤다.

'영혼들의 소리가 새어 나오는 곳.'

철갑 기사의 투구 밑 부분. 그쪽이 자신이 찾은 아세브라도의 틈이었다.

-어?

-쟤는 누구지? 언제부터 있었지?

-글쎄? 존재감이 약해서 나도 이제 봤는데.

-우리랑 같은 냄새가 난다!

-어떡하지?

-어떡하긴 뭘 어떡해? 죽이면 되지!

-킬킬킬! 원래 보이는 건 다 죽이는 거야!

"……."

소울 콜렉터가 낫든 손에 힘을 꽉 쥐었다. 존재감이 약하다는 말에 자존심이 상한 탓이다.

'하지만, 맞는 말이기도 하지.'

과연, 아세브라도는 막강했다.

콰앙! 콰앙! 콰앙!

막내인 자신보다 엄청나게 강한 선배들을 단순히 검을 휘둘러 쳐내 버릴 정도였으니.

그리고 이제는 자신 차례였다.

서슬 퍼렇게 빛나는 옥빛 칼날이 하늘 위로 솟구쳤다. 소울 콜렉터는 본능적으로 깨달았다.

'저곳에 스치기만 해도, 소멸을 면치 못할 거야.'

하지만, 이미 들어온 이상 멈출 순 없었다. 그저, 달릴 뿐.

파직! 빠직!

그냥 아세브라도가 내뿜는 기운만으로 낫이 녹슬고 랜턴에 금이 가기 시작했다. 실로 엄청난 힘의 격차.

우우웅!

그러나 피해 입은 만큼, 신묘한 힘이 자신을 회복시키기에 괜찮다. 아묘의 지원 힐링 효과였다.

후웅!

그렇게 아세브라도의 칼이 자신을 향해 떨어질 찰나 소울 콜렉터의 눈이 번뜩였다.

[스킬, 기습 베기(A급)를 사용합니다.]

순식간에 적의 후미로 이동하는 기술.
번쩍!
시야가 뒤바뀜과 동시에, 아세브라도의 투구가 보였다.
-어?
-순간 이동? 뒤로 갔는데?
-굉장히 빠르네.
-그럼 뭐 해? 약해 빠졌는데. 바로 죽이자!
지속해서 영혼의 소리가 들려왔고 다시 한번 칼이 올라갔지만.
처억!
아세브라도와 접촉에 성공한 소울 콜렉터는 이미 녀석의 빈틈을 향해 머리를 들이민 상태였다.
-뭐야?
-누군가 들어왔는데?
-너도 망령이야?
-쯧쯧, 들어와도 하필 이런 곳에 들어오다니. 이 빌어먹을 갑옷은 한 번 들어오면 나갈 수 없다고.
시커먼 공간. 소울 콜렉터는 망령들이 자신을 향해 말을 거는 걸 느꼈다.

'성공했구나.'

다행히 예상했던 대로 결과가 나왔다. 그 빈틈은 영혼만이 들어갈 수 있는 통로였던 것이다.

오랜만에 영혼의 상태로 돌아온 소울 콜렉터는 수많은 망령들의 기운을 파악했다.

'클클, 역시 한참이나 어린 것들이었군.'

가장 오래 산 녀석이 고작 천 년. 소울 리퍼로 치면 이제 막 형체가 만들어지기 시작할 정도의 시간이다.

그리고 자신은 그 소울 리퍼들의 왕.

언제 생겨났는지 기억도 안 날 정도로 오래된 악령이다.

"클클, 반갑다. 이 어린 것들아."

여유로운 미소를 지은 소울 콜렉터가 자신의 기운을 내뿜기 시작했다. 과거, 소울 리퍼들을 통제할 때 썼던 영혼 고유의 힘을.

-커헉?

-뭐, 뭐야!

-엄청 오랜 세월의 힘이 느껴진다!

-넌 누군데 우릴 통제하려 하느냐?

낯선 힘에 망령들이 반발하기 시작했다. 하지만, 소울 콜렉터의 여유는 변치 않았다.

"반항하지 말고 받아들여라. 난 너희를 통제하려는 게 아니야."

오히려 망령들을 회유하려 들었다.

-그게 무슨 소리냐!

-갑자기 들어와서 우리의 행동을 막는 게 통제가 아니고 뭐야?

-네가 아무리 오래 살았다 해도 우리 전부를 통제할 수 있을 거 같으냐?

망령들의 주장에 소울 콜렉터는 코웃음 쳤다.

"흥, 통제는 여태 너희들이 당했던 게 통제고. 난 너희에게 자유를 주기 위해 왔다."

그의 말에 몇몇 망령들이 반응했다.

-자유?

-자유를 준다고?

-어떻게?

-우릴 이곳에서 내보내 줄 수 있는 거냐?

"그건 아니다. 하지만, 날 따른다면…… 너희가 원하는 파괴 행동은 지금보다 더욱더 자주 할 수 있겠지."

망령들에게 기운을 내뿜으며, 소울 콜렉터는 자신의 의지를 이미지로 전달했다. 주인과 함께했던 인간 사냥과 레벨 업 하는 동안 수많은 몬스터를 처치했던 그 기억을 보냈다.

"어떠냐. 재밌어 보이지 않느냐? 적어도 이런 동굴에서 기약 없이 갇혀 있는 것보다는 훨씬 나아 보일 텐데."

-……흐음.

-이런 동굴에 박혀 있는 것보단 재밌어 보이긴 하는데?

-답답해, 이곳에서 나가고 싶어.

-난 뭐든 상관없어! 뭔가 부술 수만 있다면!

-하긴, 지금이나, 저 녀석을 따르는 거나. 답답한 건 매한가지긴 하지.

-정말…… 우리에게 저런 전투를 약속할 수 있는 거냐?

몇몇 망령들이 동조하기 시작하자, 소울 콜렉터의 통제권이 점점 가속화됐다.

하나, 둘, 셋…… 백, 이백, 삼백……. 점점 더 많은 망령이 소울 콜렉터의 기운을 받아들이기 시작한 것이다.

"클클, 좋은 선택이다. 어차피 시간 지나면 못 버틸 거 자진해서 들어오도록."

소울 콜렉터의 미소가 짙어졌다.

'클클, 자유는 개뿔.'

사실, 앞서 했던 말들은 다 거짓말이다.

자신의 기운을 받아들이는 순간 과거, 자신의 랜턴 속에 있던 그 영혼들처럼 오직 자신만의 꼭두각시가 되어버린다. 마구 괴롭혀도 꼼짝도 못 하고 당해야만 하는 그런 주종관계가 형성되는 것이다.

'역시 주인을 따라다니길 잘했어.'

아무리 자신이 소울 리퍼의 왕이라 하더라도 언제 이렇게 많은 영혼을 거느려 보겠는가?

스릅.

입맛을 다신 소울 콜렉터는 계속해서 기운을 내뿜었다.

[띠링!]
[속박하던 미증유의 힘이 사라집니다.]
[다시 움직일 수 있습니다.]

"허억, 허억."

메시지와 함께 몸이 다시 정상으로 돌아온 진도윤이 숨을 헐떡였다.

"크윽."

동시에 몸을 웅크리며 털썩, 주저앉았다. 소환수들이 많이 맞은 터라, 그 여파가 한 번에 몰려온 탓이다.

"진도유운! 괜찮아?"

"마스터!"

근처에 있던 엘라임과 유리아가 달려왔다.

동시에 들어오는 힐링. 조금 괜찮아지는 것을 느끼며, 진도윤은 전방을 확인했다.

"……"

상황은 나쁘지 않았다. 아세브라도가 고장 난 듯 멈춰 서 움찔거리고 있었고 나머지 대천사들과 소환수들은 그런 녀석을 둘러싼 채로 경계하는 중.

"후……. 소울 콜렉터가 일낸 건가?"

진도윤이 혼란스러운 표정으로 머리를 부여잡았다. 몸은 굳어 있었지만, 시야는 보였기에 대충 정황은 알 수 있었다. 하지만, 소울 콜렉터가 무슨 짓을 벌인 건지는 정확히 몰랐다.

"히잉, 어떡해, 진도유운! 막내가 죽은 거 같아!"

엘라임이 울상을 지은 채, 아세브라도 쪽을 가리킨 것은 그때였다.

"……소울 콜렉터."

녀석 앞에 힘없이 쓰러져 있는 소울 콜렉터의 본체는 처참했다.

막바지에 검에 베였는지 두 조각이 나 있었고 랜턴과 낫은 바닥에 떨어져 뒹굴고 있었다. 누가 봐도 죽은 것 같은 상황.

"아직 죽지는 않은 거 같은데."

[서머너:진도윤]
[나이:133]
[감응력:233]
[보유 소환수:5/5]

상태창을 힐끔 바라본 진도윤이 답했다. 원래 소멸하게 되면 보유 소환수 칸에서 이름이 빠져야 한다.

하지만, 소울 콜렉터의 이름은 그대로.

"으음……."

어떻게 된 걸까?

눈살을 찌푸릴 찰나였다.

[띠링!]
[특수 조건 달성!]

"응?"
진도윤의 눈앞에 메시지가 떠올랐다.

잿빛 하늘의 어두운 공터.
"……."
총 6명의 서머너가 뒷짐을 진 채, 누군가를 기다리고 있었다. 긴장했는지 서로의 숨소리마저 죽인 채, 그저 대기하고 있는 이들. 그들은 다름 아닌 프리덤의 예비 간부들이었다.
'진짜…… 이렇게 쉽게 간부가 된다고?'
그들 중 가장 키가 작은 꼬마, 한만식은 조심스럽게 주변을 둘러봤다. 자신과 함께 간부로 올라갈 인원들을 파악하기 위함이었다.
'다들 보통이 아니야.'
꼬마는 침을 꿀꺽 삼켰다.
눈빛만 봐도 안다. 평범함과 거리가 멀어 보이는 자들. 하나같이 최소 사람 수백은 죽였을 법한 기세였다.
'……난 운이 좋았지.'
원래는 간부 후보를 뽑아 일종의 테스트를 거쳤다고 한다.

1간부 더 문(The moon)이 2명. 2간부 요미가 2명.

3간부 서동희가 2명. 그게 현 간부들에게 주어진 최종 T.O였고 서동희는 그 테스트가 귀찮다는 이유로 그냥 입맛대로 뽑아버린 거다. 덕분에 꼬마는 어떠한 테스트도 없이 손쉽게 이곳까지 올 수 있었다.

저벅저벅.

시간이 얼마나 흘렀을까. 그들의 앞으로 시커먼 외투를 입은 덩치의 남성이 걸어왔다.

'……저자가.'

꼬마는 두 주먹을 불끈 쥐었다.

1간부, 더 문. 현 프리덤에서 노야를 제외하고 가장 높은 위치에 있는 자. 과거 5간부 잭 폴탄이나 4간부 리처드 브레드와는 달리 대중들에겐 알려지지 않은 자였다.

대중들뿐이랴? 프리덤 소속 서머너들도 그가 정확히 어떤 사람인지 아는 자는 드물었다.

이윽고, 덩치의 남성에게서 중저음의 목소리가 흘러나왔다.

"다들 반갑군."

휘이잉.

서늘하게 부는 바람처럼 싸늘해 보이는 목소리.

"알겠지만, 나는 1간부다. 이름은 알 거 없고, 그냥 더 문이라 부르면 된다."

사내의 인사에 일곱 명의 서머너들이 각자 고개를 숙이며 답했다.

"반갑습니다!"

"바, 반갑습니다!"

분위기에 맞춰, 인사에 동참하는 꼬마의 눈빛은 차갑게 가라앉고 있었다.

'언젠가 내 손으로 죽여야 할 자.'

만식이는 잊지 않았다. 비록 운 좋게 간부가 됐다지만, 프리덤은 언제나 자신의 주적이라는 것을.

"좋군. 다들 프리덤의 대계에 한 발짝 다가온 것을 축하한다."

고개를 끄덕인 더 문은 소매에서 무언가를 주섬주섬 꺼냈다.

"이제부터 그대들은 간부가 되기에 앞서, 한 존재를 만나게 될 것이다."

툭.

더 문이 꺼낸 무언가를 바닥에 던지자, 우-우-웅! 소리와 함께 빛무리가 올라오기 시작했다.

"곧 생길 포탈을 탄 후에, 백발의 노인을 찾아라. 우리 프리덤의 주인이시자, 그 근원을 알 수 없는 분. 너희도 알다시피, 우리는 그분을 노야라 부른다."

노야(老爺). 노인을 높여 부르는 말로 보통 무협지에 은거 기인으로 많이 등장한다.

"……."

두근두근.

꼬마의 심장이 빠르게 뛰기 시작했다. 이제부터 봐야 할 존재가 자신의 인생을 걸고 싸워야 할 집단의 끝판왕이기에.

"자, 그럼. 무운을 빌지. 천천히 한 명씩 들어가도록."

우우웅!

어느덧 포탈이 완성되었고 말을 마친 더 문은 다시 등을 돌려, 어둠 속으로 사라졌다.

번쩍!

점철된 시야가 돌아오자 보이는 것은.

"……꽃밭?"

포탈 속으로 들어온 꼬마의 첫마디였다.

다른 예비 간부들과 함께 들어온 꼬마는 경계심 어린 표정으로 주변을 살폈다. 백의 공간에 커다란 정원이 보였고 만개한 꽃들이 사방에 널려 있다.

"흐음, 웬 꽃밭이죠?"

"조심하세요. 테스트의 연장일 수도 있으니."

"이 넓은 곳에서 노야를 직접 찾아야 한다는 말인가요?"

예비 간부들 역시 도착하자마자 낮은 자세로 주변을 응시하고 있었다.

"……."

꼬마는 눈살을 찌푸렸다. 무언가 이상한 점을 느꼈기 때문이다.

'분명…… 포탈을 탔고, 신비한 공간인 걸 보면 던전이 분명한데.'

상태창이 뜨질 않는다. 던전에 들어가면 상태창이 뜬다는 것은 모든 서머너가 아는 상식.

한데, 그렇지 않은 공간도 있다니?

'프리덤……. 도대체 어떤 집단인 거냐?'

타계의 악마를 소환하려 하고 서머너를 순식간에 강하게 만들 수도 있으며 이런 신비한 공간까지 가지고 있는 집단.

솔직히 겁이 나는 것도 사실이었다. 자신의 목숨을 건 도전이 무력하게 막혀버릴까 봐.

"저기! 건물이 하나 있는데요?"

한 예비 간부가 무언갈 찾은 건 그때였다.

"건물이요?"

"네, 저쪽 보이시죠? 우선 저기부터 가볼까요? 여기 꽃에 뭔가 있는 것 같진 않은데."

"흠, 그럴까요?"

"첫 의견이니 따라보죠."

예비 간부들은 서로를 존중했다. 다들 다른 곳에선 한 성깔 했을 법한 자들인데도 본인들의 성격을 죽였다.

'프리덤의 간부는 분쟁하지 않는다.'

노야가 내린 명 때문인 듯했다. 한만식 역시 서동희에게 전해 들었기에, 잘 알고 있었다.

꼬마는 예비 간부들을 뒤따라 이동했다. 결과적으로 말하자면, 건물을 찾아가는 건 좋은 선택이었다.

덜컹!

문을 열자마자 뒷짐을 지고 있는 하얀 도포의 노인이 보였으니까. 마치 신선과도 같아 보이는 신비한 분위기의 백발노인.

"허허, 왔는가?"

노인은 부드러운 미소와 함께 인자한 목소리로 인사했다.

"……!"

꼬마와 예비 간부들은 바짝 긴장할 수밖에 없었다.

위치도 위치겠지만 저 몸뚱어리 안에 내포된 아득한 기운을 본능적으로 느낀 탓이다.

"노, 노야를 뵙습니다!"

누군가가 외치자!

"노야를 뵙습니다!"

"노야를 뵙습니다!"

꼬마와 나머지도 서둘러 고개를 숙이며 외쳤다. 분위기상 그래야 할 것 같았기 때문.

"허허, 너무 긴장들 하지 말게나. 이제 한 가족이 될 운명이거늘."

끌끌, 웃음을 흘린 노야가 등을 돌리며 말을 이었다.

"다들 따라오게. 보여줄 게 있으니."

"네!"

"알겠습니다!"

분명 소소하게 작은 건물이었으나 내부는 무척이나 컸다. 천장은 오르지도 못할 높이에 닿아 있었고 복도 역시 끝이 보이지 않을 정도였다.

그렇게 몇 분을 따라 걷던 꼬마는 이내 무언가를 볼 수 있었다.

'……저게 뭐지?'

꼬마는 눈을 좁게 뜬 채, 그것을 자세히 살폈다.

복도 한가운데 설치된 커다란 크리스탈. 그리고 그 내부에 봉인되어 있는 자그마한 존재. 인간, 아기의 형상인데 작은 날개가 달려 있고 본인 크기만 한 나무 활을 들고 있는데, 굉장히 괴로워 보였다.

'노야가 보여준다고 한 게 저건가? 근데 저게 뭐지?'

예비 간부들과 함께 의문 어린 표정을 짓자 걸음을 멈춰 선 노야가 문득 입을 열었다.

"자네들은 혹시 이런 생각 해본 적 없는가? 사실 이 세상을 통제하는 어떤 초월적인 존재가 있고, 그 존재의 입맛대로 세상이 흘러가는 건 아닌가 하는……. 그런 생각 말이야."

"……?"

노야의 갑작스러운 질문에 다들 고개를 갸웃했다.

"끌끌, 해본 적 없나 보군. 그래, 어려울 수도 있으니 단도직입적으로 말하지. 저 존재는 인류가 말하는 '신'일세. 에로스라 불리는 놈이지."

……에로스?

꼬마의 눈동자가 휘둥그레졌다.

'그보다.'

정말 이 세상에 신이 있었다고? 그리고 그 신을 가둬놓은 거라고?

'하긴, 악마도 소환하는 놈들인데.'

신이라고 없을까.

그래도 충격이긴 했다. 몰랐던 세상의 이면, 한 부분을 알게 된 느낌이랄까?

"놀란 표정들이로군. 또 하나 알려줄까?"

노인은 재밌다는 듯 말을 이었다.

"자네들이 사용하는 감응력의 순수 원천이 바로 이 '신'들에게서 나오는 것일세. 난 오늘 너희들에게 이 녀석의 힘 일부를 나눠줄 생각이야."

"……!"

꼬마는 그제야 깨달았다.

사실, 그동안 이해하지 못하는 부분들이 있었다. 왜 프리덤의 간부들은 선정만 되면 압도적으로 강해지는 걸까?

잭 폴탄도 리처드 브레드도 서동희도 분명 그 나이대에 쌓을 수 없는 감응력을 가지고 있었다.

'그 이유가……!'

꼬마는 소름이 돋는 걸 느꼈다.

감응력의 '원천'을 소유하고 그 힘을 통제할 수 있다면? 그리고 그 감응력을 선택적으로 쑤셔 넣을 수 있다면? 모든 게 설명이 된다.

경악하는 예비 간부들을 보며, 노인은 만족한 듯 미소 지었다. 그러고는 계속 말을 이었다.

"이놈은 또 타계의 존재들에겐 '천신'이라 불리기도 한다네. 우리 프리덤의 영원한 적이기도 하지."

"……천신?"

"클클, 혼란스러울 테지. 너무 걱정하지 말게. 차차 다 알게 될 테니."

한만식은 혼란스러움을 느꼈다.

아까는 신이라더니. 이제는 또 천신?

꼬마는 궁금한 게 한둘이 아니었다. 신은 어떻게 잡은 것이며 감응력은 어떻게 나눠주겠다는 건지.

하지만, 노인은 쉽게 풀어 설명해 주지 않았다. 궁금하다 해도 물어볼 수조차 없었다. 손에 땀이 찰 정도로 긴장하고 있었으니까.

"그럼 한 명씩 차례대로 오게."

노야는 천천히 손을 들어 올려, 감응력을 주입하기 시작했다.

원래 하던 대로 모든 간부들의 감응력을 180으로 맞추는 노야.

"대계가 얼마 남지 않았어. 새로 생긴 감응력에 적응하고 있어야 할 게야."

"……."

꼬마는 이 비현실적인 현상을 넋 놓고 지켜보고 있었다.

[띠링!]

[특수 조건 달성!]

[A급 소환수, '소울 콜렉터'(★★★)가 수많은 망령들의 집합체 '아세브라도'를 장악했습니다!]

'뭐?'

진도윤이 눈을 부릅떴다.

철갑 기사가 멈출 때부터, 설마설마하긴 했는데.

정말로 소울 콜렉터가 일을 저질러 버린 것이다.

[특수 조건에 따라 해당 소환수의 등급이 변화합니다.]

[S급 소환수, 아세브라도의 주인 '소울 콜렉터'(★)의 등급이 1성으로 초기화됩니다.]

[Tip/특수 지역에서는 등급과 관계없이 본연의 힘을 활용할 수 있답니다.]

"키이이이!"

멈춰 있던 철갑 기사가 울부짖은 것은 그때였다.

"세, 세상에! 또 움직이고 있느니라!"

"마, 마스터! 어떡해?"

우리엘과 유리아가 비명을 지르며 전투태세를 갖췄지만 진도윤은 고개를 저으며, 손을 들어 올렸다.

"기다려 봐."

"……."

순식간에 내려앉은 침묵. 그 속에서 철갑 기사는 내동댕이쳐져 있던 랜턴을 왼손으로 소중히 들어 올렸다.

"키이! 키이이!"

그러고는 오른팔을 강하게 떨쳤다.

우-우-웅!

동시에 새로 생성되는 옥빛 낫. 망령들의 기운이 담긴 아세브라도의 새로운 무기였다.

'미친……'

진도윤은 경악했다. 그저 아이템이나 감응력을 효율적으로 모으기 위해 테이밍해 놓은 소울 콜렉터가 아세브라도를 흡수하다니.

"서, 설마."

"진짜야?"

"그러고 보니, 울음소리도 완전 소울 콜렉턴데?"

낫과 랜턴을 든 채, '키이이!'거리고 있으니…… 그 누가 봐도 소울 콜렉터였다.

"……."

할 말이 없어진 진도윤이 다시 한번 상태창을 열어봤다.

[보유 소환수:5/5]
- S급, 아세브라도의 주인 '소울 콜렉터'(★)

완벽히 바뀌어 버린 소울 콜렉터의 정보. 녀석의 화려한 복귀였다.

거친 전투가 마무리된 후.

"키이이이!"

진도윤은 자신 앞에 늠름하게 서 있는 소울 콜렉터를 바라봤다. 기존의 모습을 버리고 새로운 신체로 재탄생한 '아세브라도'의 새로운 주인.

"휘유, 낫이랑 랜턴을 든 철갑 기사라니……."

뭔가 어울리면서도 살짝은 어색한 그런 느낌이었다. 모름지기 기사는 둠 나이트처럼 칼이나 창을 들어주는 게 제맛인데.

"그래도 멋있다, 이 녀석아."

"키이! 키이이!"

진도윤의 칭찬에 소울 콜렉터가 머리를 들이밀었다. 저번 멕시코 원정 이후로, 녀석은 줄곧 머리를 내밀곤 했다.

쓰다듬어 달라는 거겠지.

"그래, 그래."

스윽스윽.

냉기 서린 투구를 가볍게 쓰다듬는 진도윤.

'확실히 이번엔 잘해줬어.'

그런 그의 손을 통해, 소울 콜렉터의 감정들이 세세하게 전해져 왔다.

일단, 녀석은 뒤바뀐 신체를 굉장히 마음에 들어 했다. 기존보다 강한 것은 둘째 치고 본래 녀석은 소울 콜렉터라는 이름처럼, 영혼을 모으는 고상한 취미가 있다.

한데, 이번 사건으로 녀석은 기나긴 자신의 삶을 통틀어 가장 많은 영혼을 모으게 됐다. 비록, 악마들의 영혼이라 '감응력'과는 무관했지만.

'어쨌든, 잘된 일이야.'

진도윤이 웃으며, 소울 콜렉터의 상태창을 확인했다.

[소환수:아세브라도의 주인, '소울 콜렉터'(★)]
[종족:유령족]
[등급:S급]
[레벨:1 (Exp 0/150,000)]
[보유 스킬:5/10]
- 기습 베기(S급):대상의 후미로 순간이동 한다.
- 영혼 수확(S급):랜턴 속에 죽은 자의 '감응력'을 축적한다.
- 천년 한철(S급):니플헤임의 냉기는 철갑을 튼튼하게 만들고 망령을 속박한다.
- 옥빛 무기(S급):망령들이 지닌 파괴 욕구를 통해 옥빛 무기를 만들어낸다.
- 망령 희생(S급):상대의 힘과 비례하는 만큼 자신의 능력을 제한하고, 상대를 속박한다.

'흠, 이 녀석은 스킬이 다섯 개네?'

기존 진도윤의 소환수들과는 살짝 달랐다. 다른 애들은 봉인되어 있던 스킬들이 천천히 해금되는 느낌이라면 이 녀석은 아직 스킬 자체가 채워져 있지 않은 느낌? 아마 6성(★★★★★★)까지 키운 적이 없어서 그런 듯했다.

'뭐, 차근차근 키워나가다 보면 생기겠지.'

진도윤은 만족스러운 듯 고개를 끄덕였다. 그러고는 계속해서 스킬 설명을 읽어나갔다.

확실히 구성 자체는 나쁘지 않았다. 아세브라도의 힘은 조금 전 경험해 봤으니 두말해야 입만 아프고 '영혼 수확'(S급) 스킬이 남아 있으니, 프리덤을 죽여 감응력을 흡수하는 용도로도 계속 쓸 수 있을 듯했다.

또 하나의 메시지가 그의 시야를 가린 것은 그때였다.

[에레보스의 특별 임무를 클리어합니다.]
[마계의 전략 병기, 아세브라도를 처리했습니다. 의외의 결과에 감탄한 어둠의 신이 그대에게 축복을 내립니다.]
[보상을 획득합니다.]
[보상 - 감응력 + 3]

"오?"

감응력이 233에서 236으로 무려 3이나 늘었다.

우우웅!

심장 속에 있는 그릇이 더욱더 확장된 느낌.

"나한테 배팅한다더니, 엄청나게 퍼주네?"

옛날에야 감응력 3이 우스웠지. 현재로서, 감응력 3은 그에게 어떤 보상보다 달콤하게 다가왔다. 이제 훈련으로 올리기엔 너무도 높은 수치이기 때문.

'고맙다, 에레보스.'

진도윤은 생김새도 모르는 에레보스에게 조용히 묵념하며 감사를 표했다.

"마스터."

그때, 옆에 있던 유리아가 다가왔다. 메시지를 접어 둔 진도윤이 그녀에게 시선을 돌렸다. 그러고 보니, 다들 멀뚱히 서서 자신을 기다리는 중이었다.

"응? 아아, 미안하다. 잠깐 뭐 좀 확인하느라. 이제 저 관 열어야지?"

이제 마지막 남은 일은 미카엘의 봉인을 해제하는 것. 그래야, 가이아의 임무까지 깔끔히 클리어할 수 있다.

"아니, 그전에 카프리 그놈 있잖아."

"카프리?"

그러고 보니, 염소는 뭐 하고 있을까?

진도윤이 주변을 둘러봤다.

"우리 싸울 때 튄 거 같은데? 아까부터 안 보여."

"튀었다고?"

진도윤이 눈살을 찌푸렸다.

원래 다 이용한 후에 모가지를 쓱싹해 버리려는 사악한 속셈을 가지고 있었는데, 귀신같이 눈치챈 듯했다.

'괜히 나중에 귀찮아질 수도 있으니까.'

원래 그의 성향이 그랬다. 자신의 목숨을 노렸던 자는 굳이 살려두지 않는 성격. 그게 후환에 대비하는 가장 깔끔한 방법이기도 했다.

'하긴, 그 순간에 도망 안 치면 그게 빙구긴 하겠지.'

아마 자신이 카프리라 해도 그렇게 했을 거다. 적과 한 약속을 믿는 건 머저리들이나 하는 짓이니까.

"후, 그래도 싸울 때 도망쳤으면…… 그나마 나아."

진도윤이 옅은 한숨을 내쉬며 읊조렸다.

"왜?"

"내가 아세브라도를 얻었단 사실을 모를 테니까."

굳이 적에게 정보를 노출시킬 필요는 없었다. 별일 없다면 악마 측은 우리가 아세브라도를 처치한 거로 알 터였다.

"어쨌든."

짝짝!

진도윤이 손뼉을 쳤다.

"춥다, 빨리 구출하고 뜨자고. 여정이 길었으니 좀 쉬어야지."

'으음……'

시커멓고 답답한 공간. 어떠한 존재가 눈을 뜨기 위해 안간 힘을 썼다. 하지만, 눈이 떠지진 않는다.

'……여긴?'

온몸을 꽁꽁 옭아매는 차디찬 쇠사슬의 감각이 느껴졌다. 동시에 괴로운 기억들이 뇌리를 장악한다.

'분명 난……. 크윽.'

가슴 언저리로부터 올라오는 지독한 통증.

미카엘은 속으로 비명을 질렀다. 배신한 루시퍼와 사악한 악마들에 저항해 마지막까지 싸웠던 대천사, 미카엘.

분명 자신은 최후의 결전에서 천신, 에로스를 잃었고 마(魔)의 힘을 끌어다 쓰는 루시퍼에 의해 치명상을 입었다.

'결국, 가브리엘 말이 맞았지.'

누군가의 배신이 있을 거라는 그의 예언. 그 배신으로 인해 천신과 4대 천사는 수천 년간 봉인이 될 거라 했다.

'그럼 벌써…… 시간이 그렇게 흐른 건가?'

봉인되어 있었기에 시간 감각이 없었다.

시간이 얼마나 흘렀는지. 이곳은 어딘지.

알 수 있는 것이 하나도 없었다. 그저 시커먼 공간에서 공허한 기억을 되새기고 있을 뿐.

그렇게 침묵을 지킬 찰나였다.

"크윽?"

그의 뇌리로 또 다른 정보가 들어오기 시작했다.

'……이건?'

새로운 기억이었다. 무려 100년 이상, 한 인간 여성과 함께

하는 여정을 담은 기억.

'유리아……?'

기억뿐만 아니라, 그 당시 느꼈던 감정까지 세세하게 밀려 들어오기 시작했다. 자신이 주인으로 모셨던 인간 그녀와 사냥하며 성장했고 미궁에서 많은 정을 쌓기도 했다.

'날…… 굉장히 아꼈군.'

다친 자신을 보며 울부짖는 유리아의 모습. 자신과 합을 맞추던 마계의 영물과 숲의 요정까지. 깨진 유리 조각처럼 흩어져 있던 기억의 단편들이 하나하나 이어지기 시작했다.

그건 굉장히 신선한 기분이었다. 천계의 한 구역을 다스렸던 절대자로서 느껴본 적 없던 감정이기도 했다.

"……"

이윽고 미카엘은 깨달았다. 어떤 초월적인 힘이 그녀와 자신의 영혼을 단단하게 엮고 있음을.

'가이아 님의 기운이로군.'

먼발치에서 뵈었던 천신의 친우이자, 전 세계를 통틀어 가장 강력하다 알려진 '신'(神). 분명 그녀의 기운이 변형되어 주인과 자신을 연결하고 있었다.

'으음.'

미카엘은 그 기분이 싫지 않았다. 그래서인지, 계속해서 그 감정을 느끼며 곱씹었다.

얼마의 시간이 흘렀을까.

덜컹!

자신의 시야를 가로막던 관의 문이 활짝 열렸다. 환하게 들어오는 빛과 느껴지는 익숙한 존재.

'……주인?'

미카엘은 자신 앞에 있는 존재가 최근 기억해 낸 주인임을 깨달았다.

'주인이 어떻게?'

미카엘은 놀랐다.

가브리엘의 예언에 따르면 자신은 분명 마계 깊은 곳에 봉인된 상태일 텐데 어찌 인간인 주인이 자신을 만나러 온단 말인가.

게다가 관을 열 정도라면 자신을 경계했을 악마나 트랩을 다 처리했어야 한다는 말인데 도무지 이해할 수 없는 일이었다.

'하지만.'

이해하지 못하면 어떤가? 지금 미카엘에게 중요한 것은 자신의 주인이 눈앞에 있다는 것.

문득, 미카엘의 심장 속으로 주인의 감정이 물밀 듯 들어오기 시작했다.

'예전처럼, 날 걱정하고 있어.'

눈앞의 그녀는 언제나처럼 자신을 아끼고 있었다.

살짝 재밌기도 했다. 악마들의 학살자이자, 천계에서 가장 강한 천사라 불리는 자신을 걱정하는 그 모습이라니.

'역시, 나쁘지 않은 기분이야.'

누워 있던 미카엘의 입꼬리가 살짝 올라갔다.

"미카엘?"

유리아의 목소리가 들려왔다.

"그동안 고생 많았지?"

"……."

"이제 그만 나오렴."

대답을 마친 그녀는 천천히 감응력을 끌어올렸다.

우우웅!

항마의 힘을 담은 가이아의 기운이 튼튼한 쇠사슬로 새어 들어가, 빠직! 틈을 만들어 냈다. 그 순간, 미카엘의 눈이 번쩍 뜨였다.

"……주인."

콰가가가!

묶여 있던 대천사의 힘이 폭발적으로 솟구치기 시작했다. 천사에게도 급이 있다는 걸 보여주듯, 기운의 폭풍이 순식간에 쇠사슬을 부수고 걷어냈다.

"……."

유리아는 감격 어린 표정으로 그 모습을 지켜봤다.

그리고 그 순간.

[띠링!]
[오류가 해제됩니다.]
[알 수 없는 힘에 기능을 잃었던 대천사 '미카엘'(★★★★★★)이 다시 복구됩니다.]

그녀는 가슴으로 느꼈다. 100년 동안 정을 나눴던 자신의 소환수가 다시 돌아온 것을.

[특수 조건 달성!]
[100년 이상 키워온 A급 소환수, '미카엘'(★★★★★)이 본연의 힘을 되찾고 있습니다!]
[특수 조건에 따라 해당 소환수의 등급이 변화합니다.]
[S급 소환수, 대천사 '미카엘'(★)의 등급이 1성으로 초기화됩니다.]

"아아……!"
훈련장에서 미카엘이 쓰러졌을 때 그 얼마나 마음고생 했던가? 영원히 잃는 줄 알고, 덜컥 겁이 나기도 했다.
그런데 바로 지금 미카엘은 과거보다 더 늠름해진 모습으로 돌아왔다. 어느새 관은 다 부서진 상태였고 미카엘이 천천히 일어서고 있었다.
그 모습을 지켜보던 대천사들도 하나하나 유리아의 곁으로 걸어왔다.
"미카엘, 왔는가?"
"돌아왔구나."
"인간들 덕에 마침내 넷이 다시 모였군."
대천사 중의 대천사. 미카엘의 복귀를 축하하는 그들.

"다들 여기에……. 어떻게 된 거지?"

펄럭!

마침내 여섯 쌍의 날개를 활짝 편 미카엘이 물었다.

주인이 자신을 찾아온 거로도 모자라 봉인되었던 다른 대천사들까지 전부 있다니?

'환상일까?'

생각해 봐도 그 느낌이 너무도 생동감 있다. 게다가 미카엘은 대천사. 고작 환상 따위의 눈속임 정도는 충분히 구분할 수 있었다.

'그 말은.'

눈앞 존재들이 이곳까지 와 자신을 구해냈다는 뜻. 그리고 그 중심에는 분명 서머너 마스터라는 인간이 있을 것이다. 옛날부터, 주인이 가장 믿고 따르는 인간이기도 했고 항상 그 인간이 주도적으로 위기를 극복하곤 했었으니까.

과거 기억을 다시 한번 떠올린 미카엘이 부드럽게 미소 지었다. 그러고는 유리아를 쳐다봤다.

"……주인과 이야기를 나눠보는 건 처음이로군. 구해줘서 고맙다. 주인."

미카엘이 돌아오는 순간이었다.

은신처 주택 꼭대기에 위치한 그의 숙소.

"흐아암……."

침대에 몸을 던진 진도윤이 대차게 하품했다.

'힘들다, 힘들어.'

사대천사를 전부 구하고 복귀한 그는 곧장 집으로 복귀한 상태였다.

아무리 그라 해도 며칠 동안 지속된 전투에는 피로감이 쌓일 수밖에 없었다.

카프리, 아그니에 이어 아세브라도까지. 단순한 사냥이 아닌, 말 그대로 목숨 건 전투였으니까.

'인사는 내일 하자고.'

대천사들에게는 남은 방을 내어준 상태. 그들도 휴식이 필요해 보이는 터라, 본격적인 대화는 내일 하기로 했다.

"……."

씻지도 않고 죽은 듯 누워 있던 그의 시선이 문득 옆을 향했다. 정확히는 침대 옆 탁상 위에 놓인 하나의 반지였다.

[아이템:가이아의 반지]

[등급:S]

[대지의 여신, 가이아의 가호가 깃든 반지. 이곳에 담긴 오묘한 기운은 서머너의 능력을 향상시킨다.]

[옵션:1/1]

- 소환수 획득 경험치 1,000% 상승.

옵션이 하나뿐인 굉장히 심플한 반지. 미카엘의 봉인을 푸는 즉시, 가이아로부터 받은 임무 보상이었다.

'굳이 감응력이 아닌, 경험치 버프 아이템을 줬다는 건.'

우선순위를 감응력보다 소환수의 레벨에 두겠다는 뜻일 터. 빨리 소환수의 6성화를 이뤄내라는 거겠지.

'S급 6성이라······.'

푸욱.

진도윤이 다시 얼굴을 베개에 묻었다.

솔직히 사냥도 한두 번이지. 어떻게 달성해야 할지 감이 오지 않았다.

6성까지 요구 경험치량은 4에서 5성까지 얻었던 경험치량의 총 10배. 토 나올 정도로 무지막지한 양이었다.

'그래도 하긴 해야지.'

특히, 이번에 확실히 느꼈다. 세상은 넓고 강한 적들도 많다는 것을.

아그나나 아세브라도가 그 정도인데 마계의 끝판왕들이라는 10악마는 어떠할까.

앞으로의 여정에서, 그들에게 맞서기 위해서는 무조건 6성을 만들어내야 했다. 그래야 소환수 본연의 힘을 끄집어낼 수 있을 테니까.

'몰라, 나중에 생각하고 잠이나 잘래.'

일단은 정신적으로 너무 피로했다.

그렇게 몸에 힘을 뺀 채, 나른하게 수면에 빠져들 찰나.

"진도유운! 진도유운!"

거실에서 엘라임의 목소리가 들려왔다.

아니나 다를까. 역시, TV를 보고 있는 듯했다.

"후, 쟨 지치지도 않나. 대단하다, 대단해."

진도윤은 가볍게 탄식했다.

"진도유운! 여기 뉴스에 진도윤 얘기가 나오는데?"

"……내 얘기?"

"응웅! 정확히는 유아린 얘기야."

"유아린?"

눈살을 찌푸린 진도윤이 휴대폰을 꺼내 들었다. 피로보다는 궁금증이 아주 살짝 더 앞서 있었기 때문이다.

굳이 거실까지 나가 확인하는 것보단, 대충 뉴스 기사 몇 개만 훑으면 되겠지.

"후."

한숨을 내쉰 그는 포털 사이트에 '유아린'의 이름을 입력했다. 그러자, 나열된 수많은 기사가 보였다.

[얼음 공주, 마침내 일냈다! 일성에 이어 은하도 격파!]

[은하 길드장, 박재웅. '도발에 머리 숙여 사죄, 유아린의 방패 역할 자처.']

[빅3의 아성 이대로 무너지나? 대월은 아직도 묵묵부답.]

[유아린이 이 정도면 도대체 서머너 마스터는? 과연 서머너에 랭킹을 매긴다면 과연 어떤 결과가 나올까?]

[요즘 들어 조용한 프리덤, 각국 협회 전문가, '폭풍 전야.' 상태 우려.]

……

대충, 유아린이 도발에 응해서 다 때려 부쉈다는 말이 주를 이뤘다.

"이야, 알아서 잘하고 있었구나."

진도윤이 기특한 듯 미소 지었다. 역시, 아린이는 가르치는 맛이 있는 애다.

성장 속도도 빠를뿐더러 성격은 조용하지만, 할 땐 확실히 해주는 아이.

"암, 섣불리 건드는 놈은 즉각 응징해야지. 클클."

뿌듯한 웃음을 지으며, 진도윤은 그대로 잠에 빠져들었다.

정오 무렵이 되자, 약속된 회의실에 모두 모이기 시작했다.

"안녕하세요."

대중들의 뜨거운 관심거리인 유아린도 들어왔고 지속되는 감응력 훈련에 초췌해진 제프리도 보였다. 심지어 협회장, 유준태까지 들어온 상태.

"이 녀석, 결국 구해냈구나."

"당연하지. 내가 실패하는 거 봤어?"

"크큭, 또 그 소리냐? 당연히 못 봤지. 그래도 이번엔 진심으로 칭찬해 주마. 잘했어."

"그럼 여태는 진심이 아니었단 소리야?"

영감과 안부를 물으며, 진도윤은 신선한 기분이 들었다.

마치, 전쟁에 승리하고 돌아와 승전보를 전하는 느낌?

그리고, 얼마 지나지 않아.

"……우릴 위해 좋은 장소를 제공해 줘서 고맙다. 이곳은 참…… 놀라운 곳이야."

무려 100년 이상을 봤지만 말하는 건 어제 처음 본 미카엘 역시 회의실에 들어왔다. 뒤에 유리아와 다른 대천사들을 달고서.

진도윤이 픽 웃으며 말했다.

"말하는 미카엘은 조금 어색한데?"

"그대여, 기억은 다 남아 있다. 미궁에서 봤을 때보다 훨씬 더 성장했더군?"

미카엘이 날개를 펄럭이며 답했다. 그는 현재, 소환수일 때의 기억과 본체일 때의 기억이 공존하는 상태. 즉, 최후의 미궁에서 함께 생존하던 그 기억 역시 생생하게 남아 있었다.

"그래? 영광이네, 무려 가장 강한 대천사라 불리는 미카엘이 날 기억해 준다니."

진도윤이 전혀 영광스러워 보이지 않는 표정을 지으며 말했다.

"그대는 여전하구나."

그런 그의 모습에 미카엘은 그저 쿡- 웃을 뿐이었다.

"자자, 그럼 가볍게 서로 소개나 해볼까?"

인사는 간단하게 진행됐다. 각자 회의실 의자에 앉아, 안부를 물었고 진도윤의 주도 하, 리스트릭트와 프리덤에 대한 내용도 간단하게 설명했다.

"놀라운 일이로군. 마계 놈들······. 천계를 친 거로 모자라 가이아께서 지키던 인간계까지 건드리려 하다니."

심각한 표정으로 읊조리던 미카엘이 진도윤을 바라봤다.

"그대여."

"응?"

"우리 대천사들도 어제 앞으로의 방향에 관해 이야기를 나눠봤다."

"오호, 그래?"

"그대 말에 따르면, 인간계에 창궐한 프리덤이란 집단 배후에 분명 10악마가 있다는 거겠지?"

"그렇지."

"그렇다면 우리 역시 그대를 도와 함께 싸우고 싶다. 우리의 목표는 천계를 탈환해 배신자 루시퍼를 척결하고 놈들에게 붙잡힌 천신을 구출하는 것. 얼핏 달라 보이지만, 결국은 공동의 목표를 가지고 있지 않은가."

미카엘이 눈을 밝게 빛내며 말했다. 그야 어차피 주인인 유리아를 따를 수밖에 없는 상황이긴 했지만 목표가 같으니 더욱 적극적으로 나서겠다는 뜻이다.

"나야 그래 주면 고맙지. 하지만."

진도윤이 고개를 끄덕이며 말을 이었다.

"지금 당장 싸울 순 없어. 아직 우리 전력으로 10악마를 상대하기엔 현저히 부족해."

"그건 우리도 마찬가지다. 봉인에서 풀린 지 얼마 안 되어 제대로 된 힘을 못 내고 있지. 특히 난…… 천계가 아닌 곳에서는 본 힘의 10%도 낼 수 없다."

천계가 아닌 곳의 미카엘은 아직 1성(★)일 뿐.

"그럼 답은 나왔네."

진도윤이 두 손가락을 튕기며 대천사와 멤버들을 한번 훑었다.

"당분간은 스펙 업에만 집중하자. 우리는 몸을 불리고, 너희는 본래의 힘을 회복하고."

"시간이 필요하겠군."

"응, 그래서 말인데. 영감."

진도윤이 시선을 유준태에게 돌렸다.

"왜, 이 녀석아."

"남는 던전 없어?"

"던전? 마계나 천계는 놔두고?"

"응, 갈 때 가더라도 여덟을 다 데리고 다니기엔 너무 눈에 띄잖아?"

천계는 루시퍼가 단단히 벼르고 있을 테고 마계 역시 아세브라도가 털렸다는 소식이 전해질 터. 가기에는 조금 위험 부담이 있었다. 게다가 이계(異界)보다는 높은 등급의 던전이 훨씬 나은 경우도 있다. 마리당 경험치 양은 이계가 더 높다지만, 던전은 가끔 엄청난 수량의 몬스터가 쏟아지곤 하니까.

"흐음……."

턱을 잡은 유준태가 잠깐 고심하더니, 다시 입을 열었다.

"공략 불가 판정급 던전이 두 곳 있긴 한데. 하나는 대월이 먼저 신청했어."

"대월?"

빅3 중 하나로 과거, 서머너 선발 프로그램의 심사위원이었던 '유민정'이 소속한 길드다.

"그래, 그래서 거긴 조금 힘들고. 남은 하나는 핀란드에 있긴 한데, 아마 지원해 준다고 하면 두 손 두 발 들고 환영해 줄 거야."

"흠, 그렇단 말이지……?"

살짝 눈을 감은 진도윤은 멤버들의 현 상태에 대해 생각했다.

우선, 유아린과 제프리는 아직 감응력 훈련에 전념할 때다. 그렇게 되면 경험치가 필요한 서머너는 단둘. 자신과 유리아뿐.

'같이 가면 편하기야 하겠지만, 효율적이진 못해.'

그녀는 서포터. 사냥을 하게 되면 자신이 기여도를 대다수 가져가게 된다.

'다 같이 성장해야 하는데.'

진도윤은 이번 사건으로 더욱 확실하게 느꼈다. 본인의 스펙 업도 중요하지만, 주변 사람도 그만큼 중요하다는 것을.

아묘의 능력 덕에 아그니를 잡을 수 있었고 대천사들과 유리아의 보조 덕에 소울 콜렉터가 아세브라도를 흡수할 수 있었다.

'나 혼자 강해져 봐야 턱도 없어.'

10악마와 싸우기 위해서는 동료들의 힘 역시 필요했다. 팀을 더 구하는 것도 하나의 방법이겠지만 그건 많은 애로 사항이 있다. 이미 격차도 많이 벌어졌을뿐더러, 성품이나 재능의 옥석을 가리는 것도 힘드니까.

'여덟이면 충분하지.'

대천사 넷에 자신과 제프리, 유리아, 유아린. 전투로는 딱 그 여덟만 있으면 된다.

"……."

상념을 마친 진도윤이 눈을 뜨며 말했다.

"거긴 유리아, 네가 대천사들 데리고 다녀와라. 난 빠질게."

"엥? 갑자기?"

갑작스러운 그의 선포에 유리아의 눈이 휘둥그레졌다.

"응, 던전에서 대천사들은 기여도를 먹지 않으니까. 혼자 가서 경험치 폭식 좀 하고 와."

던전의 기여도와 경험치는 서머너끼리 나눈다. 대천사는 서머너가 아니니, 더 폭풍적인 성장이 가능할 터.

유리아 역시 진도윤의 의도를 곧바로 파악했다.

"그럼 마스터는?"

"난 어차피 마계든 천계든 치고 빠지는 게 쉬우니까. 거기 가면 돼."

"헐, 위험하지 않을까?"

"뭐, 다른 던전 찾아봐도 되고. 세상에 어려운 던전이 한둘이겠어?"

"아, 알겠어."

괜히 미안한 듯 답하는 유리아였다.

4장

 최근 유민정은 던전 탐사 준비로 바쁜 나날을 보내고 있었다.

 빅3 대월의 주인, 유중원의 딸이자 최근 A급 서머너 타이틀을 거머쥔 성골 간부. 그녀는 최근 아버지로부터 '공략 불가 판정' 던전의 탐사대장 직책을 부여받은 상태였다.

 "후우……"

 처음엔 결연하게 받아들였지만 막상 닥치니 걱정이 이만저만이 아니었다. 수많은 A급 서머너들의 총책임자라는 직책은 처음이었기 때문.

 "왜 이리 땅이 꺼질 정도로 한숨이에요?"

 개인 간부실 내부.

 그녀를 돕는 비서가 물어왔다.

 "그냥, 살짝 부담스러워서? 혹시나 희생자가 발생하면 내 책임이니까……"

"에이, 간부님이 어떤 분인데! 잘 해내실 거예요. 게다가 용병도 구하고 있지 않잖아요? 빅3의 용병 지원이라니. 아마 수많은 A급 서머너들이 모일 거라구요."

"그게 또 문제야."

빅3 자체적인 힘으로 가는 게 아닌 용병을 구한다는 뜻. 그 말인즉슨, 대월도 '공략 불가 판정' 던전에 어느 정도 부담을 느낀다는 뜻이다.

하긴, 여태껏 누구도 공략하지 못한 던전을 쉽게 생각하는 길드가 있기는 할까?

'그분이 아니고서야.'

유민정은 그분, 서머너 마스터를 떠올렸다. 과거, 그저 유망한 신입인 줄 알고 푼돈에 스카우트하려 했었던 그분.

'도윤 씨가 도와준다면…… 이런 걱정은 하지도 않을 텐데.'

쿠웅!

그녀는 책상에 머리를 박은 채, 휴대폰을 만지작거렸다.

'그냥 밑지는 셈 치고 연락해 봐?'

던전 의뢰 커뮤니티에 존재하는 닉네임, 몬스터 만물박사. 반년 전, 혼자서 B급 던전을 휩쓸고 다녔다는 그가 서머너 마스터라는 사실은 이미 공공연하게 알려진 사실이다.

하지만 그녀가 머뭇거리는 이유는 고작 대월의 간부인 그녀가 상대하기엔 그의 위치가 너무도 높다는 점. 천하의 유준태도 한 수 접어둔다는 인물이 서머너 마스터니까.

'그래…… 뭐, 안부 정도는 물을 수 있잖아?'

고작 문자 하나 보내는 걸로 수십 번을 고민하는 그녀였다.

"지연아······."

책상에 머리를 박고 있던 유민정이 그녀의 동갑내기 개인 비서, 김지연을 불렀다.

비서지만 나름 B급 서머너로 자신과는 꽤 막역한 사이로 지내는 자였다.

"네, 말씀하세요. 그 고민 다 들어드릴 테니."

김지연은 아까부터 한숨만 내쉬는 자신의 상관을 안타깝게 쳐다봤다.

'얼마나 부담스러우실까?'

20대 중반에 빅3의 간부로서, 막중한 임무까지 맡았다.

아무리 재벌 2세에 준하는 빅3의 자제라 해도 어렸을 적부터 각종 교육을 받아왔다 해도 공략 불가 판정 던전 탐사는 그 궤를 달리하는 임무였다. 본인뿐만 아니라 수많은 식솔의 목숨을 책임져야 하는 일이니까.

"사실, 내가 아는 사람이 하나 있거든?"

"네."

김지연은 가만히 그녀의 이야기를 들어줬다.

"그 사람한테 이번 던전에 같이 가고 싶다 제안하고 싶은데······. 도저히 손이 안 떨어지네."

"왜요? 아, 공략 불가 판정 던전이라서요?"

세계 협회로부터 공략 불가 판정을 받기 위해서는 해당 던전에서 수많은 희생자가 나와야 한다. 그러한 던전에 참여하고 싶은 서머너는 드물게 마련. 그래서 대월도 용병을 구하는 데 굉장히 애먹고 있는 상태였다.

"하긴, 그럴 수도 있겠네요. 더군다나 아는 사람이면 같이 죽으러 가자 부탁하는 모습이 될 수도 있을 테니까요."

아무리 대월에서 자신 있다고 외쳐도 제삼자 입장에서는 부담될 수밖에 없는 제안이었다.

"아니, 네가 생각하는 그런 건 아닌데."

"그럼 뭐가 문제예요? 거절하든 말든 제안해 보면 되잖아요."

"흠, 그냥…… 조금 부담스러운 위치에 있는 사람이라서. 그게 문제야."

"엥, 간부님이요?"

김지연의 눈이 휘둥그레졌다. 유민정이 부담스러워할 정도의 서머너라고?

그녀가 어떤 인물이던가. 무려 대월의 딸이라 불리는 인물이다. 세상에 그녀와 친분을 유지하고 싶어서 안달 난 서머너만 아마 수십 트럭이 넘을 거다.

"도대체 어떤 자이길래……. 무슨 서머너 마스터라도 된대요?"

"어? 어떻게 알았어?"

"……네?"

김지연의 커졌던 눈이 더욱 확장됐다. 간부가 된 이후로, 항상 자신과 붙어 다니던 유민정이 언제 서머너 마스터와 친분을? 게다가 서머너 마스터는 그 집요한 기자들조차 못 찾아내는 신출귀몰한 자였다.

사교활동을 극도로 꺼리며 대상이 누구든 안하무인 하기로 유명한 인물. 하지만 실력이 월등하니, 그 누구도 터치하지 못한다.

그냥 월등한 게 아니다. 그가 데리고 다니던 얼음 공주만 봐도 답 나온다.

무려 반년 만에 혼자 빅3를 박살 낼 정도의 괴물로 만들어 낼지 그 누가 알았으랴?

'확실히 그자만 섭외할 수 있다면…… 이번 공략은 거저먹게 되겠지.'

그제야 김지연은 유민정의 고민을 이해했다. 그러고는 눈을 빛냈다.

"간부님."

"응?"

"이거 왠지 긍정적인 그림이 나올 거 같은데요?"

"갑자기?"

"지금껏 서머너 마스터의 행보를 보세요. 공략 불가 판정 던전은 꼭 참여했었잖아요. 혹시 알아요? 기다리고 있을지."

"……그러려나?"

"글구 싫다 하면 뭐 어때요? 물어만 보는 건데. 설마 '감히 나에게 제안을 해?' 이러면서 다 때려 부술까 봐요? 아, 서머너 마스터라면 그럴 수도 있으려나……?"

김지연이 혹시 모른다는 표정을 짓자, 유민정이 픽 웃었다.

"무슨, 그렇게 나쁜 사람 아니야."

"그럼 바로 질러보죠."

"지, 지금?"

"네, 바로요."

"……."

유민정이 불안한 표정으로 휴대폰을 내려다봤다.

사실 그와 친분이 있다고 말하기도 애매하다. 과거 몇 번 얼굴을 마주했고, 되지도 않은 스카우트 제의를 했을 뿐.

"하아, 그래. 나도 모르겠다."

목숨이 걸린 일인데, 어색함이 무슨 대수랴. 지금은 얼굴에 철판을 깔아도 모자랄 때였다.

그녀는 눈을 질끈 감고 준비했던 메시지를 보내 버렸다.

[곰순아 잊지 않을게(Lv.32):도윤 씨, 저 대월 길드 유민정인데 혹시 기억하시려나요? 다름 아니라 이번 던전 문제로 제의 드릴 게 있어서 그런데…… 혹시 연락 가능할까요?]

"으아악! 보냈어!"

휴대폰을 던지듯 놓은 유민정이 다시 책상에 머리를 박았다.

솔직히 걱정되는 것도 사실이었다. 저 아이디로 메시지를 보내는 사람만 수천이 넘을 수도 있는데.

볼지도 의문일뿐더러.

'만약, 읽고 씹는다면?'

으으으, 벌써부터 밀려오는 무안함에 몸을 떨 찰나였다.

지이잉!

휴대폰에서 진동이 울렸다.

"다, 답장?"

"지, 진짜요?"

이번엔 김지연도 호들갑을 떨었다. 마치 연예인이랑 연락하는 친우를 마주한 것처럼.

사실, 틀린 말도 아니다. 서머너 마스터는 그야말로 서머너들의 연예인이었으니까.

유민정과 김지연은 선물을 열어보는 소녀의 마음으로 답장을 확인했다.

[몬스터 만물박사(Lv.10):오? 오랜만인데? 당연히 기억하지.]

"꺄악!"

간부의 체면이고 뭐고 유민정이 비명을 질렀다. 그러고는 번개 같은 손놀림으로 답장을 이어나갔다. 단연코, 그녀의 인생에서 가장 빠른 속도였다.

[곰순아 잊지 않을게(Lv.32):답장 감사해요. 사실 이번에 저희 대월에서 준비하는…….]

[몬스터 만물박사(Lv.10):공략 불가 판정, 거기 말하는 거지? 참여시켜주면 나야 좋지. 안 그래도 사냥할 곳, 필요했거든.]

[곰순아 잊지 않을게(Lv.32):정말요?]

[몬스터 만물박사(Lv.10):응, 위치랑 공략 날짜 불러.]

"돼, 됐다!"

"진짜요?"

둘의 얼굴이 급속도로 환해졌다. 약 일주일간 고생했던 피로가 단박에 날아가는 기분이었다. 계약 내용 조율이나 전략의 변경 등, 할 것은 늘어났지만 그게 뭐가 대수랴? 탐험에 서머너 마스터가 참여한다는데.

그녀는 반년 전, 심사위원으로 지원했던 자신을 처음으로 칭찬했다.

[곰순아 잊지 않을게(Lv.32):이틀 후에 출발해요. 그전에 아직 계약도 안 하셨으니, 일본 가고시마현, 대월 베이스캠프 쪽에 한번 들러주세요. 항공편은 지원해 드릴게요.]

유민정의 연락을 받은 진도윤은 곧바로 찍어준 위치로 이동했다.

항공편은 딱히 필요 없었다.

스르륵!

그에겐 희대의 사기 스킬, '차원 관리'가 있으니.

"오와, 진도윤이 사는 곳과 분위기가 완전 다르네?"

그의 어깨 위에 앉은 엘라임이 열심히 주변을 두리번거렸다. 매번 국내나 라스베이거스만 구경하던 그녀에게 일본은 또 다른 충격이었다.

거리에 가득 풍기는 길거리 음식 냄새와 비교적 아기자기하게 지어진 건축물들.

"요새 사냥만 하느라 질렸었는데, 여행이라니! 진도유운, 최고!"

"키이이!"

"끼루루루!"

나머지 소환수들도 엘라임의 말에 동조하는 것 같았다.

'이것들이······.'

쉴 새 없이 사냥해도 6성이 되려면 수년이 걸릴 거 같은데. 벌써 질린다고?

물론, 아쉬워하는 존재도 있었다.

"뀨웅······."

조금 전까지 마계 몬스터를 잡던 손맛이 잊히지 않는다는 듯 앞발을 꼼지락거리는 녀석.

데몰리션이었다.

진도윤은 시간을 허투루 쓰지 않았다.

지금도 잠깐 들르라 해서 온 것일 뿐. 볼일을 마치면, 곧바로 마계로 이동할 생각이었다. 서쪽 숲, 레이튼의 몬스터들은 꽤나 달달했으니까.

"진도유운! 저기 좀 봐!"

그때, 엘라임이 손가락으로 어딘가를 가리켰다.

[우리 가고시마현은 대월 길드의 지원을 환영합니다!]
[우리 마을을 구해주세요!]
[사랑해요, 대월!]

마을 주민들이 걸어둔 현수막이었다.

'하긴, 불안하겠지.'

진도윤은 오기 전, 이곳 던전에 대해 간략하게 조사했었다.

일본 측에서 무려 1년이라는 기간 동안 클리어하지 못했던 던전. 자세한 정보는 풀려 있지 않았지만, 일본 측에서 세계에 지원 요청을 할 수밖에 없는 기간이었다. 그 지원을 세계 순위권 길드인 대월이 받아들인 것일 테고.

그렇게 처음 오는 가고시마의 풍경을 즐기며 걷던 도중.

"도윤 씨!"

약속된 장소에서 손을 흔드는 유민정을 찾을 수 있었다.

"정말 오셨네요?"

"와야지. 계약해야 들어갈 수 있다는데."

진도윤은 가볍게 인사하며 유민정의 인상을 다시 한번 살폈다.

예전, 곰순이를 다룰 때만 해도 완전히 애송이였는데 얼마나 흘렀다고 벌써 A급 서머너의 포스를 풍긴다.

물론, 그의 눈에 차는 수준은 아니었지만 과연, 빅3 오너의 자제일까? 확실히 성장 속도만큼은 남달랐다.

"부탁에 응해주셔서 고마워요. 세상에, 진짜 도윤 씨가 와 줄 줄 알았으면 다른 용병들은 구하지도 않는 건데."

"너무 과신하진 마. 요새 들어 세상에 얼마나 강한 놈들이 많은지 절실히 깨닫는 중이니까."

"에이, 농담은요."

"그래서 본론은? 내가 요즘 좀 바빠서."

"아! 그렇죠. 바쁘시겠지요! 일단, 따라오세요."

화들짝 놀란 유민정이 근처 공원으로 서둘러 안내했다. 길드 캠프로 갈 수도 있었지만, 노출을 극도로 꺼리는 서머너 마스터를 위한 배려였다.

"우선 간단한 설명부터 드릴게요."

"응."

"여기, 일본 협회 측에서 보내온 정보를 요약한 거예요."

근처 벤치에 앉은 유민정이 가방에서 서류 하나를 꺼냈다.

"밀랍 날개를 통해 다녀온 선발대가 적어둔 정보인데. 역시나 굉장히 악랄한 던전이더라구요."

"흐음, 함 읽어볼게."

진도윤이 빠르게 서류를 훑었다.

던전 이름은 '용의 제단'. 등급은 A. 던전 중앙에 있는 제단으로 입장해 보스 몬스터를 죽이면 클리어되는 나름 간단한 미션이었다.

문제는…….

"조금 꼬아놨네?"

"네, 제단 안에서 보스 몬스터랑 싸우는 중에, 그 제단을 파괴하려는 몬스터들을 막아내야 한대요. 그걸 못 지키면 제단 내부에 있는 사람들은 다 죽게 되는 방식이구요."

"팀을 강제로 나누겠다는 거구만?"

그냥 나누는 것도 아니라 밸런스 있게 나눠야 한다. 내부에 있는 자들은 보스 몬스터를 잡을 수 있을 정도의 실력이 되어야 하고 외부에서 제단을 지키는 자들 역시, 제단을 막아낼 정도의 실력이 있어야 한다.

"거기서 더 악랄한 게 뭔 줄 알아요?"

"뭔데?"

"여긴 안 적혀 있는 거긴 한데……. 제단 내부에 들어간 사람만 던전 기여도 시스템이 적용된대요."

"아, 외부에 있는 사람들은 깨더라도 보상을 못 받는?"

"네, 그런 셈이죠."

확실히 악랄하긴 했다. 대다수 서머너들이 던전에 참여하는 이유는 결국, 보상 때문인데 외부에 있는 사람들은 다 같이 노력해도 보상을 받지 못한다.

자연스럽게 내분이 생길 수밖에 없는 구조.

"흠, 오랫동안 못 깬 이유가 있었네."

진도윤이 대수롭지 않게 읊조렸다.

어찌 보면 예전에 깼던 '황금 계단'과도 비슷했다. 그것 역시, 결국은 누군가가 희생해야 깰 수 있게끔 설계된 던전이었으니까.

"심지어 포탈 외부 몬스터 수가 어마어마하게 많아서 소수만 남길 수도 없는 상황이죠."

유민정이 골치 아프다는 표정을 지으며 말했다.

"그래서 어떻게 하려고?"

"내부 공략은 대월이 맡고, 외부는 소수의 대월 멤버와 용병들을 쓸 계획이에요."

"반발이 좀 있을 텐데?"

"그게 용병을 구하는 조건이었으니까요. 대신 그만큼의 보상도 확실히 해줘야겠죠."

"그게 맞지."

진도윤이 고개를 끄덕였다.

솔직히 대월로서는 어쩔 수 없는 선택이긴 했다. 보상을 용병들에게 넘기려면 뭐 하러 자처해서 던전을 지원하겠는가.

"그래서 말인데요."

"응."

"슬슬 계약 얘기를 해봐야겠죠?"

서류를 옆으로 치운 유민정이 다시 가방을 뒤적거렸다. 이후, 계약서로 보이는 서류를 꺼내든 그녀의 표정은 어쩐지 살짝 자신 없어 보였다. 과거, 그에게 얼토당토않은 스카우트를 제의했던 그녀만의 PTSD였다.

스륵, 스륵.

진도윤은 유민정이 건넨 계약서를 하나하나 넘기며 훑었다.

"음?"

그리고 이내 고개를 갸우뚱 꺾었다.

다른 것들은 대충 협회에서 책정한 계약 표준을 따르는 것 같은데 가장 중요한 보상 배분 칸이 백지상태였기 때문.

"여기 비어 있는데? 잘못 뽑아온 거 아냐?"

진도윤의 물음에 유민정이 조심스럽게 입을 열었다.

"비어 있는 거 맞아요. 사실, 도윤 씨가 어느 정도의 보상을 원하는지 잘 몰라서요."

유민정은 불안했다. 그의 몸값이 얼마일지, 전혀 감이 안 잡혔기 때문이었다.

상대는 서머너 중 최고라 불리는 서머너 마스터. 공략 불가 판정 던전을 홀로 깨부수고 다니는 남자다. 심지어 세계 난공불락의 던전이었던 '최후의 미궁'까지 클리어하지 않았던가.

어쩌면 이곳, 던전의 보상보다 눈앞의 사내가 더 비쌀지도 모르는 일이다.

"혹시…… 따로 원하시는 보상 있으세요? 아니면, 원하는 액수라든가."

"호오……. 그 말은 내가 원하는 만큼 다 주겠다는 말로 들리는데?"

"최대한 맞춰 드릴 생각이에요."

유민정은 굳이 재지 않았다.

'굳이 보상에 목맬 필요 없어.'

그녀에게 가장 중요한 것은 이번 임무의 성공. 확실한 대월 간부로 그 통솔력과 실력을 인정받기 위해서지, 보상으로 돈을 벌기 위함이 아니다.

그리고 이 사내를 고용할 수만 있다면? 성공은 보장된 거나 다름없다. 따지고 보면 인맥도 하나의 능력이니까.

"쩝, 역시 빅3답게 통이 크구만?"

"제가 어찌 도윤 씨의 가치를 책정하겠어요."

유민정의 말에 진도윤이 픽 웃었다. 혹시나 자신이 마음에 안 들어 할까 안절부절못하는 모습이 귀여웠기 때문.

그는 계약서를 다시 그녀에게 건넸다.

"보상은 됐어."

"……네?"

유민정의 눈이 휘둥그레졌다.

"그, 그럼?"

"어차피 저런 던전에서 나오는 보상 정도야 차고 넘치거든."

실제로 그랬다. 공략 불가 판정이라 해봐야 A급 던전이고 천계 몬스터만 잡아도 훨씬 고품질의 아이템들이 떨어진다. 지금도 반복되는 사냥으로 천계 상점 창고에 나날이 아이템이 쌓여가는 중.

'지금 중요한 건, 오직 몬스터를 잡는 것뿐이야.'

그러기 위해서는 보상보단 몬스터 독점 권한을 받는 게 훨씬 낫다.

"……그, 그럼 대가 없이 뛰시겠다는 거예요?"

유민정은 너무 놀랐는지, 반복해서 물었다.

"에이, 설마. 대가 없는 계약이 어딨어?"

"네?"

"조건을 걸게."

"……조건이요?"

유민정이 바짝 긴장한 듯, 손을 오므렸다. 과연 던전 보상을 포기하면서까지 걸어야 할 조건이 뭘까.

"먼저, 던전 안에서 내가 뭘 하든 신경 쓰지 말 것."

"단독 행동을 보장해 달라는 거군요?"

그녀가 고개를 끄덕였다.

"응, 그리고 몬스터는 최대한 나한테 양보할 것. 그거면 돼."

"……정말, 그거면 돼요?"

유민정이 떨떠름한 표정으로 되물었다.

말이 조건이지. 사실상 서머너 마스터 정도면, 계약 없이도 주장할 수 있는 권리 아니던가.

"아, 그리고 또."

진도윤이 손가락을 튕겼다.

"앞으로도 공략 불가 판정 던전 나오면 날 불러줄 것. 심플하지?"

"……"

침묵이 감돌았다. 너무도 좋은 조건에 유민정의 말문이 막힌 탓이다.

"왜, 별로야?"

"아, 아뇨! 그, 그냥…… 너무 감사해서. 으아아, 뭐라 표현해야 할지 모르겠네요."

"부담 안 가져도 돼. 내가 필요한 건 오직 경험치니까. 서로 윈윈하는 거지."

"……윈윈. 어? 그나저나 경험치요?"

유민정이 고개를 갸웃했다. 서머너 마스터 정도 되면 보통 6성 만렙은 기본으로 달성했을 테니까.

S등급의 존재를 모르는 그녀였기에 가능한 의문이었다.

'혹시, 전투 감각을 계속 유지하기 위해 끊임없이 사냥하시는 건가?'

간혹가다 그런 자들이 있다고 들었다.

전투에 미쳐서 보상보단 우선 사냥 권한을 주장하는 서머너들. 대표적으로 과거 5년 전, 서머너 마스터가 그랬었다.

물론, 시간이 흐른 지금까지도 사냥에 미쳐 있는 줄은 몰랐지만.

'역시……. 최고는 그냥 되는 게 아니란 말인가?'

유민정은 이내 존경스러운 눈빛으로 진도윤을 바라봤다. 꼭대기 자리에 있으면서도, 끊임없이 정진하는 모든 서머너의 표본.

괜스레 반성하게 되는 그녀였다.

"그럼 계약은 끝이지?"

진도윤이 자신의 손목시계를 확인하며 말했다. 그녀와 떠드느라 휴식 시간이 너무 길어져 버렸다.

"그럼 출발은 이틀 후랬으니, 그때 보자고."

"어, 어디 가세요?"

"사냥."

스르륵!

대답과 동시에 그의 육체가 연기처럼 사라졌다.

"무, 무슨……?"

유민정은 꿈이라도 꾼 듯한 표정을 지었다.

갑자기 사라지는 신비한 능력은 둘째 치고.

"방금…… 분명 사냥이랬지?"

그의 몬스터에 대한 열정에 유민정은 혀를 내두를 수밖에 없었다.

이틀은 금방 흘렀다. 공략의 날 아침이 밝자, 진도윤은 마계 사냥을 멈추고 곧장 일본, 가고시마현으로 이동했다.

커다란 포탈 주변으로 옹기종기 모여 있는 대월의 멤버들과 용병들. 특히, 용병들을 보며 진도윤은 문득 옛 생각에 빠졌다.

'과거엔 다 저런 식으로 던전 탐험했었지.'

지금이야 혼자 쓸고 다닌다지만 그도 옛날엔 용병 활동을 했었다. 실력 있는 용병은 대형 길드에 소속되어 있는 것보다 훨씬 더 많은 던전을 경험할 수 있다. 누군가의 통제 없이, 원하는 던전에 지원만 하면 되니까.

'훨씬 자유롭기도 하고.'

그는 천천히 걸으며 그들의 인상을 살폈다.

'나쁘지 않네.'

온몸에서 물씬 뿜어대는 던전 베테랑의 기세. 그들에게는 불안이나 두려움이라는 감정이 없어 보였다. 오히려 던전에서 얻게 될 보상과 경험치에 설레하는 느낌뿐이었다.

'뭐, 당연한 일이지.'

억지로 끌려온 게 아니라 자발로 직접 참여한 것이기에.

"다들 모여주세요! 저희부터 천천히 입장하겠습니다. 입장 후엔 대기하는 거 잊지 마세요!"

유민정은 본인의 역할을 잘 수행했다.

깔끔하게 대열을 짰고, 발성 역시 훌륭했다.

우-우-웅!

웅장하게 울리는 포탈 속으로 대월 길드가 먼저 이동했고, 용병들이 뒤따라 들어갔다. 진도윤 역시 용병들과 합류해 던전 속으로 입장했다.

[띠링!]
[A급 던전 '용의 제단'을 발견하셨습니다.]
[시간제한 - 205일]

던전 이름은 용의 제단. 잠깐 기다리니, 메시지가 연달아 도착했다.

[띠링!]

[임무가 도착합니다.]

[임무 - 용의 심장부, 제단으로 이동하세요.]

[사악한 어둠의 힘이 최후룡, 크림슨 드래곤의 사체를 장악하려 합니다. 제단 속을 정화해 그들의 음모를 막아주세요.]

임무를 확인한 진도윤이 주변 환경을 파악했다.

'엄청난 크기의 뼈……'

전방에 산처럼 펼쳐져 있는 건, 다름 아닌 드래곤의 사체였다. 이미 가죽은 부식되어 사라지고, 앙상하게 뼈만 남은 상황. 그 모습에 용병들은 감탄을 터뜨렸다.

"와, 뭐 저리 크다냐? 괜히 오싹한데?"

"최후룡? 뭐, 마지막 용이라는 뜻인가? 살아생전에 안 만나서 다행이네. 눈앞에 저런 게 달려온다고 생각해 봐, 으으."

"그나저나 임무만 보면, 저 내부로 들어가야 할 거 같은데?"

워낙 크다 보니, 그 속에 있다는 제단은 보이지 않는다.

우우웅!

그들이 술렁거릴 동안, 진도윤은 조용히 감응력을 펼쳐 상황을 파악했다. 중간마다 몬스터들의 기운이 잡혔고 점차 지나가니, 중앙쯤 강렬하게 응집된 기운도 느껴졌다.

'저게 제단이겠지.'

잠깐의 시간이 흐르자 유민정이 나섰다.

"우선 제단까지는 빠르게 뚫고 지나갈 거예요. 대월이 선두에 설 테니, 용병분들이 측면과 후미를 맡아주세요."

깔끔한 명령.

그녀의 통제에 용병들이 빠르게 대열을 갖췄다. 수준 높은 던전에 참여한 만큼, 얼타는 서머너들은 없었다.

그리고.

찡긋.

유민정은 검은 두건의 사내, 진도윤을 바라보며 윙크를 날렸다.

그는 따로 움직이겠다고 사전에 약속한 상태 원하는 대로 움직여도 된다는 신호였다.

'좋네.'

미소를 머금은 진도윤이 고개를 끄덕이며 화답했다.

자신의 정체는 굳이 알리지 않았다. 주목받는 게 싫을뿐더러 일단은 대월 혼자 힘으로 클리어했다 하는 게, 유민정에게도 좋은 그림일 테니까.

'나중에 어쩔 수 없는 상황이 온다면 모를까.'

그전까지는 사냥에만 신경 쓰고 싶은 진도윤이였다.

"소울아."

"키이이!"

일단, 소울 콜렉터만을 꺼낸 진도윤이 혼자 다른 방향으로 걷기 시작했다.

"이봐?"

"혼자 어디 가? 위험해!"

"어이, 대월 간부님. 저 사람 혼자 어디 가는데요?"

몇몇 용병들이 의문을 표했으나.

"저분은 대월에서 따로 고용한 용병으로, 특수한 임무를 수행할 예정입니다."

간단한 거짓말로 일축하는 유민정이었다.

"후, 놀아볼까?"

대월 멤버들과 용병들이 제단에 다다르는 동안 진도윤은 이 커다란 사체 내부에 존재하는 모든 몬스터를 사냥할 생각이었다.

"워우우!"

"우우우우!"

가장 먼저 보이는 것들은 B급의 웨어울프였다. 진도윤에게는 무척이나 손쉬운 상대지만, 역시 고난도 던전답게 수량이 꽤 많다. 한, 100마리 정도?

꿀꺽꿀꺽.

"캬아."

A급부터 D급까지. 모든 경험치 시약을 섭취한 진도윤의 눈이 번뜩였다.

무슨 말이 필요할까. 밖으로 튀어나온 다섯의 소환수들이 일제히 공격 태세를 갖췄다.

"후우, 진도유운……. 마계에서 사냥. 여기서도 사냥. 사냥, 사냥…… 우리 도대체 언제 쉬어?"

"좀만 힘내자, 엘. 레벨 업 하면 온종일 TV 보게 해줄 테니까."

"후우, 약속한 거다?"

잦은 사냥에 소환수들에게는 조금 미안했지만, 어쩔 수 없다. 빠르게 강해져야 하고, 이미 포션을 빤 이상 쉴 수는 없다.

"뀨웅!"

물론, 데몰리션은 좋아했지만.

서걱!

"끼에엑!"

녀석의 발톱이 그어지자, 웨어울프의 몸뚱어리가 깨진 순두부처럼 조각났다. 짐승을 방불케 하는 괴력.

스릉!

둘도 질 수 없다는 듯, 움직였다.

"끼루루루!"

"키이이!"

"그래, 그래. 특히 소울이. 넌 좀 더 열심히 사냥해라. 빨리 따라잡아야 하니까."

"키이, 키이이!"

소울 콜렉터가 격렬하게 응했다. 녀석의 사냥 방식은 굉장히 터프해진 상태였다.

회피도, 컨트롤도 없이 그저 옥빛 낫을 사방으로 휘젓는 철갑 기사.

-자, 우매한 망령들아. 마구마구 움직여라!

-좋다, 좋아!

-캬아! 소울 콜렉터라 했나? 저 늙은 영혼을 따르길 잘했어! 무슨, 매 순간이 파괴야! 너무 신난다고!

-흐흐, 이런 게 바로 삶이지. 그동안 얼마나 답답했는데!

아세브라도의 내부는 망령들의 환호로 가득 찼다.

그렇게 어느 정도 학살이 진행되자.

[띠링!]
[웨어울프 100마리를 처치합니다.]
[왕이 분노합니다.]
[경고! 경고! 경고!]
[준 보스급 몬스터 '웨어울프 킹'이 등장합니다!]

번쩍!

빛무리와 함께, 잡았던 웨어울프보다 3배는 더 큼지막한 녀석이 등장했다.

"우워어어어!"

엄청난 괴성과 함께 서슬 퍼런 살기를 내뿜는 놈.

그러나.

콰직!

"우워엌?"

번개같이 튀어 나간 데몰리션이 단박에 녀석의 대가리를 후려쳤다. 등장한 지 1초도 안 돼서 산산이 조각난 고깃덩이로 변해 버린 녀석이었다.

[보름달의 전설 '웨어울프 킹'(★★★★★)을 처리합니다.]
[경험치 38,000,000exp를 획득합니다!]

웨어울프 킹. A급 준 보스급 몬스터로 과거 미궁에서 만났을 땐, 꽤나 애먹었던 상대였다.

하지만, 지금은…….

"우오와아, 데몰이! 무지막지한데? 저런 걸 한 방에 보내?"

진도윤의 어깨 위에서 엘라임이 놀랍다는 듯 너스레를 떨었다. 그녀는 직접적인 전투에는 아예 참여하지 않는 중.

"으히히, 앞에서 데몰이랑 둠이랑 소울이가 알아서 다 해주니까 너무 편하네. 그치?"

누군가가 보면 굉장히 얄미워 보일 수도 있는 말투였다.

그렇다고 엘이 마냥 놀고 있는 건 아니다. 혹시나 위험할 경우, 즉각적인 실드를 보충해 줘야 하고 주인인 진도윤의 보호 역할도 겸하니까. 상당히 중요한 포지션에 있는 셈이다. 물론, 지금은 놀고 있는 게 맞았지만.

"바로 이동하자."

진도윤은 주변에 낭자해 있는 웨어울프들의 사체를 바라보며 입을 열었다.

"목표는 대월이 제단에 도착하기 전까지. 주변에 있는 모든 몬스터를 싹 다 잡는 거야."

진도윤에겐 쉬웠지만 객관적인 시선으로 봤을 때, 던전의 난이도는 굉장히 높은 편이었다. 빅3 정도는 되어야 간신히 공략 가능할 수준?

그렇기에 탐사대가 제단까지 다다르는 데에는 꽤나 시간이 걸릴 터. 그 안 골산(骨山)에 존재하는 모든 몬스터를 처리하는 게 그의 계획이었다.

"뀨웅!"

"키이이이!"

데몰리션과 소울 콜렉터가 신나는 목소리로 화답했다. 각자 이유는 달랐지만, 둘 다 전투라면 환장하기에 다루기는 편했다.

'경험치도 깔끔하고 좋아.'

물론, 마계나 천계에서 사냥하는 것만큼 많지는 않다. 하지만, 던전은 던전만의 장점이 있었다.

'몬스터가 잡기 쉽게 밀집되어 있다는 점.'

그래서 시간당 경험치로 봤을 땐, 이런 고난도 던전이 훨씬 좋다. 어디 이계에서 전쟁이라도 터지지 않는 이상 말이다.

저벅, 저벅.

진도윤은 계속해서 걸었다. 목표는 용의 머리뼈 부분.

제단을 제외하면, 기운의 밀집도가 가장 높은 곳이기 때문이다.

몬스터가 많이 있다는 거겠지.

"후우."

한차례 심호흡을 한 진도윤이 뼈를 타고 올라섰다. 뼈 하나하나가 거의 고속도로 크기이기에 오르는 데 불편함은 없다.

그렇게 능숙하게 나아가기를 10분.

엘라임이 돌연 말을 꺼냈다.

"진도유운!"

"응?"

"저기 봐! 흔적이 있어!"

진도윤은 그녀가 가리킨 방향을 살폈다.

"발자국?"

지름이 거진 1m는 되어 보이는 거대한 발자국이 파여 있었다. 그것도 하나가 아닌 여러 개.

"드레이크들이네."

진도윤이 간단하게 판단했다.

"어? 드레이크면?"

"응, 미궁에서도 몇 번 마주쳤었지."

아무리 오염되어 부식됐다지만 용의 뼈에 흔적을 남길 정도로 강인한 힘과 무게, 그리고 발자국의 모양까지.

종합적으로 따져봤을 때, 드레이크밖에 답이 안 나왔다.

"이거, 대월 애들 좀 힘들 수도 있겠는데?"

"하긴, 쟤 엄청 튼튼하잖아. 그때는 온종일 피닉스로 태워

잡았었나?"

"끼루루루……."

옛 생각이 난다는 듯 피닉스가 고개를 주억거렸다.

물론, 지금은 S급이니 과거 풋내기 시절을 추억하는 것뿐이다.

"슬슬 전투 준비하자."

전방에 기척이 잡혔다.

드레이크든 뭐든 그의 질주를 현재 그 누가 막을 수 있으랴? 진도윤의 표정엔 긴장감이라고는 일절 보이지 않았다.

그 시각.

대월 멤버들과 용병들은 용의 사체 밑 부분을 걷고 있었다.

"……."

서로 어색한지 아니면 긴장이 되는 건지 침묵을 지키며 행군을 지속하는 그들.

그때였다.

콰아앙! 콰앙!

폭음이 멀리서부터 메아리쳐 울린 것은.

멈칫!

다들 순간적으로 걸음을 멈추고 자세를 낮췄다. 아직 던전에 들어온 이후로 몬스터를 만난 적 없는지라.

다들 극도로 경계하는 모습이었다.

"……되게 살벌한데요?"

용병 하나가 조심스레 말을 꺼냈다.

"예, 앞에 뭔가 있긴 한가 봐요. 자기들끼리 싸우기라도 하나?"

"후우, 갑자기 확 긴장되네요."

"그래도 너무 쫄지 말자구요. 우리도 충분히 강한 데다 대월까지 있으니."

멈춘 채로 숙덕거리는 용병들. 그 앞에서 유민정은 아이템을 통해 선발대에게 연락을 받고 있었다.

'전방엔 아무 이상 없고.'

아이템에 떠오르는 푸른 빛은 '이상 무'라는 신호.

'도윤 씨인가 보네.'

유민정의 입에서 옅은 한숨이 새어 나왔다.

사실 대월이 쉽게 이동할 수 있는 이유가 있었다. 먼저 이동한 그가 겹치는 경로의 몬스터들을 다 휩쓸어 담았기 때문.

그렇다고 방심할 수는 없는 일이다. 여기서 조금만 더 이동하면 그의 경로와 겹치지 않는 장소가 나오게 되니까.

"괜찮습니다. 계속 이동하세요."

적막과 함께 행군이 지속됐다.

으레 그렇듯, 총책임자가 삭막하면 탐사대 전체의 분위기가 가라앉는 법.

'조금 아쉽지만. 이 부분은 어쩔 수 없어.'

여유는 실력이 있을 때나 찾는 거다.

진도윤이 제단에 합류하기 전까지는 되지도 않는 여유를 찾다가 몬스터 밥이 될 수도 있는 일이다.

'……전부 생존한 상태로 공략에 성공할 거야.'

유민정은 말없이 다짐의 주먹을 불끈 쥐었다. 그녀가 얼마나 막중한 책임과 부담을 느끼는지 알려주는 대목이었다.

"저기, 민정 씨라고 했나?"

그때, 선두를 걷고 있던 유민정의 곁으로 한 남자가 걸어왔다.

40대 중반으로 보이는 용병 중 하나. 얼굴과 몸 곳곳에 나 있는 상처들은 그의 인상을 더욱 매섭게 했다.

"네, 무슨 일이시죠?"

"일단, 난 김대호라는 사람인데."

"아, 대호 씨."

유민정이 알고 있다는 듯, 고개를 끄덕였다.

뇌권(雷拳), 김대호. 그의 소환수, 벼락 원숭이(★★★★★) 덕에 붙여진 이명으로 나름 업계에서 유명한 A급 서머너다.

"사전에 알려준 정보에 대해 살짝 의문이 들어서 말이지."

"음? 그게 무슨 말씀이시죠?"

"나만 이상함을 느끼는 건가? 앞서 특수 임무를 수행한다던 남자도 그렇고, 방금 들렸던 폭음도 그렇고."

김대호의 목소리는 꽤나 컸다. 그렇기에 탐사대원 전부가 들을 수 있었다.

"게다가 본래라면 이쯤 몬스터들이 나와야 하는 거 아닌가? 너무 조용하니, 오히려 더 불안해져서 말이야."

김대호의 주장에 몇몇 용병들도 동조하기 시작했다.

"맞아, 조금 이상하긴 해."

"크, 역시 뇌권이구만? 대월 아가씨한테도 할 말은 똑 부러지게 하네."

"암, 다 같이 목숨 걸고 왔는데, 우리도 알 건 알아야지."

"……."

걸음을 멈춘 유민정은 쓰디쓴 입맛을 다셨다. 사내의 말에 틀린 게 없었기 때문.

다만, 입맛이 쓴 이유는 사내의 의도에 있었다. 굳이 자신에게만 조용히 말해도 될 일을 키우는 것.

'기 싸움을 거는 거지.'

경험 많은 용병들이 흔히 사용하는 수법이다. 책임자에게 의문을 품음으로써, 은근슬쩍 주도권을 가져오고 종국에는 그것을 빌미로 더 많은 보상을 챙기거나 보상을 챙기지 못하더라도, 좀 더 편하거나 안전한 위치에서 탐사하려는 그런 수법.

"……감히!"

대월 멤버 중 하나가 나서려 했지만.

"아니에요."

유민정이 손을 들어 막았다. 저들은 공략 불가 판정 던전에 참여할 만큼 경험 많은 용병들. 그들에겐 고작 20대 중반인 자신이 풋내기로 보일 수 있었다.

"의문은 이해해요. 하지만 분명히 계약 내용에 필요한 정보만 제시한다고 적혀 있을 텐데요?"

"방금 내용은 우리에게 불필요하다는 건가?"

"그리고 몬스터가 안 나와서 불안하다는 말은 방금 해결된 거 같네요."

"……?"

김대호가 고개를 갸웃하자 유민정이 무전 아이템을 들어 올렸다.

붉은빛을 내뿜는 아이템.

"위험 신호가 도착했거든요. 다들 전투 준비하세요. 얘기는 나중에 하죠."

유민정이 눈을 번뜩이며 말하자, 다들 신속하게 움직여 대열을 갖췄다. 김대호 역시 마음에 드는 눈빛은 아니었지만, 어쩔 수 없었다. 몬스터를 앞에 두고 싸우는 짓은 그가 경멸해 마지않는 풋내기들도 하지 않는 행동이니까.

쿵! 쿵! 쿵!

엄청난 굉음과 함께 땅이 울렸다. 저 앞에는 앞서 보냈던 대월의 선발대들이 빠르게 복귀하고 있었다.

"제기랄, 간부님! 드레이크입니다!"

목이 째지도록 외치면서.

"……드레이크?"

탐사대가 술렁이기 시작했다.

"드레이크가 뭐지?"

"나, 나! 몬스터 백과사전에서 본 적 있어! A급 보스 몬스터 수준이라 들었는데?"

"뭐?!"

곧이어 그들 위로 점차 드리워지는 그림자. 마침내 등장한 드레이크의 몸집은 무려 10m에 육박했다. 드래곤과 비슷한 생김새라 '짭 드래곤'이라고도 불리는 놈.

"미친, 드레이크가 원래 저렇게 커?"

"그, 그걸 내가 어떻게 알아! 나도 처음이야!"

화르륵!

녀석의 입에서는 이글거리는 화염이 넘실거리고 있었다.

콰아아아아!

녀석이 뿜어내는 화염이 탐사대를 덮쳤다. '드래곤 브레스'급은 아니지만, 그래도 엄청난 화력.

탱커들이 식은땀을 흘리며 막아냈다.

"으아아아!"

"막아! 실드 보충해!"

선두에 있던 유민정도 바닥을 데굴데굴 굴러 피했다. 어느 정도 통증이 느껴졌지만, 그녀 역시 A급 서머너.

가뿐히 일어나 감응력을 운용했다.

우우웅!

과거 곰순이를 놓아주고, 새로 영입한 그녀의 소환수. '왕 거북'(★★★★★)이 물대포를 뿜었다.

허공으로 튀어나온 물줄기가 녀석의 화력을 어느 정도 중화시켰다.

'통했나?'

유민정이 미간을 좁히며 전방을 확인했다.

그녀 역시 드레이크는 처음. 그렇기에 녀석이 얼마나 센 놈인지 정확히 파악할 수는 없다.

"크아아아아!"

하지만 애석하게도 녀석의 움직임은 지금부터였다. 불을 다 뿜어낸 녀석은 육중한 꼬리를 움직이며 탐사대를 공략하기 시작했다.

"고, 공격이 먹히지 않아요!"

"환장하겠네! 무슨 초장부터 보스급 몬스터야!"

"이봐, 그래서 저건 어떻게 공략해야 하는데?"

"아 씨! 나도 처음이라 했잖아!"

녀석의 피부는 굉장히 질기면서도 튼튼했다. 무려 백 명에 달하는 대원들이 쏘아대는 공격을 손쉽게 튕겨냈으니까.

콰앙! 콰앙! 콰아아앙!

몸만 튼튼하면 얼마나 좋을까? 공격은 또 왜 이리 거센지, 떨어지는 꼬리 하나하나마다 무슨 운석이 떨어지는 듯했다.

"내가 보여주지."

김대호의 벼락 원숭이가 나선 것은 그때였다. 허공으로 높게 뛰어오른 그의 소환수가 이내 섬광과 같은 주먹 폭격을 가하기 시작했다.

콰가가가가강!

녀석의 가죽을 망치질하듯 연달아 두들기는 그의 소환수. 그 위로 먼지가 뭉게뭉게 피어올랐다.

"과, 과연! 뇌권인가?"

"좋아! 통쾌하구나!"

그러나.

"……?"

고개를 한 번 갸웃한 드레이크가 이내 목을 한번 털었다. 대가리로 벼락 원숭이를 쳐내 버린 것이다.

"커헉!"

그 충격이 느껴졌는지, 김대호가 심장을 부여잡고 무릎을 꿇었다.

"뭐, 뭐야! 뇌권마저?"

"무슨 놈의 짭룡이 저렇게 세? 저거 드레이크 아니고 드래곤 아냐?"

"다친 환자는 빠르게 힐링해 주세요."

유민정은 침착하려고 애썼다.

"의지가 꺾이는 순간 모두 끝입니다."

그러고는 집중해서 녀석의 피부를 관찰했다. 분명히 튼튼해 보이는 피부였지만 공격이 먹히는 듯 너덜너덜해져 있는 드레이크의 상태.

"저기 보이시죠? 뇌권의 주먹이 먹혔어요."

"오, 정말이야!"

"캬, 역시 뇌권은 뇌권인가?"

"탱커 분들 조금만 집중해 주시고, 이제부터 한 부위에만 화력 집중하겠습니다."

유민정은 짧은 시간 내에 판단했다.

막무가내식으로 공격해 봐야 녀석에게 통하지 않는다. 모름지기 어떤 생물이든 여러 곳을 패는 것보다 한 곳만 패는 게 더 잘 먹히는 법.

"난사하지 말고 우측만 때리세요!"

"알겠습니다!"

"좋아, 해보자고!"

대월 멤버들도 용병들도, 유민정의 침착한 명령에 점점 사기를 회복하기 시작했다. 과연 대길드 간부다운 면모를 보여주는 그녀였다.

'……제길.'

그리고 그 모습을 멀찍이서, 미간을 찌푸린 김대호가 지켜보고 있었다.

"쿠워어어어!"

서머너들의 집요한 공격에 드레이크가 괴로운 포효를 내질렀다.

녀석은 미칠 지경이었다.

불과 몇 분 전 위쪽에 등장한 정체 모를 괴물을 피해 도망쳐 내려왔더니. 이번엔 웬 잡것들이 뭉쳐서 다굴을 놓지 않겠는가?

"쿠아아!"

그래도 이 녀석들은 나름 해볼 만했다. 물론, 저 위에 있는 괴물에 비하면 말이다.

그놈은…… 자신의 동족 수십 마리를 순식간에 해체해 버리는 미친놈이었으니까.

콰르르, 콰르!

드레이크는 몸을 정신없이 움직이며 상대를 압박했다. 한 곳만 집중 타격하려 하기에, 바닥에 몸도 열심히 뒹굴었다. 절대 상대가 원하는 대로 끌려가지 않겠다는 단호한 의지였다.

"허억, 헉!"

그런 녀석을 타격하며, 유민정이 거칠게 호흡했다.

"탱커분들 조금만 더 집중해 주세요. 전열이 뚫리면 우리 다 끝이에요!"

"아, 알겠습니다! 간부님!"

"다들 정신 차려!"

"으아아아! 힐러! 여기 좀!"

무려 10m에 달하는 파충류가 난장판을 피우니 전열에 있는 서머너들은 그야말로 죽을 맛이었다.

'저들을 구하기 위해서는.'

유민정이 눈을 부릅떴다. 원거리 딜러들이 최대한 힘을 내주는 수밖에 없었다.

"다들 타이밍에 맞춰서 공격해요! 힘을 최대한 집중시켜야 해요!"

그녀는 지속해서 물대포를 쏘았다. 그와 동시에 심장 속 감응력이 점차 사라짐을 느꼈다.

'힘이 딸리게 되는 순간 다 죽음일 텐데.'

그렇다고 멈출 수도 없는 노릇이었다.

공격이 최선의 방어라고 녀석이 쉽게 다가오지 못하는 것도 원거리 공격에 있었으니까.

"허억, 허어억……."

유민정이 더욱 거칠게 숨을 내뱉자, 자연스럽게 물대포의 힘도 점점 약해져 갔다. 가만히 맞고 있던 드레이크는 그 순간을 놓치지 않았다.

아까부터 고래고래 소리 지르는 인간. 그 인간이 저 집단의 리더임을 본능적으로 깨달은 터.

쐐애애액!

아예 대놓고 유민정을 향해 꼬리를 벼락처럼 휘둘렀다.

"가, 간부님!"

"피하세요!"

대월 멤버들이 다급하게 외치는 순간 심장이 철렁함을 느낀 유민정이 기민하게 자세를 낮췄다.

슈우우웅!

그녀의 머리가 있던 자리를 아슬아슬하게 스쳐 가는 녀석의 꼬리.

목숨이 위태로운 순간이었지만 그녀는 눈을 감지 않았다. 오히려 부릅뜬 채로, 드레이크의 움직임을 놓치지 않았다.

싸움에서는 절대 눈을 감지 않는 것. 매번 서머너 마스터가 교본에서 강조하는 전투의 기본을, 그녀는 철저히 지켰다.

"지금이에요!"

유민정을 잡기 위한 움직임으로 다시 한번 드러나는 녀석의 우측 옆구리.

"각자 가진 최고의 스킬을 갈겨요!"

전투는 타이밍이다. 그리고 지금, 이 순간.

그녀는 사활을 걸어야 함을 직감했다. 어차피 질질 끌어봐야 승산이 없었다.

"알겠습니다!"

"감응력도 다 들이부어!"

"죽어라! 짭룡!"

과연 베테랑들일까. 아포칼립스 영화에서나 볼 법한 답 없는 상황 속에서도 대월 멤버들과 용병들은 리더의 명을 따랐다.

쿠과가가가가! 퍼퍼퍽!

온갖 곳에서 쏟아져 나간 기운들의 응집체가 녀석의 옆구리에 사정없이 부딪혔다.

"쿠와아아아아!"

드레이크는 자신의 가죽이 터져 나감을 느끼며 우렁차게 비명을 내질렀다. 동시에 녀석의 눈빛에 두려움이라는 감정이 떠올랐다.

본능적으로 생명에 위협을 느낀 탓이다. 야생에서는 상대가 안 될 것 같으면 튀는 게 상책.

"크르!"

저돌적이었던 녀석이 꼬리를 말은 채, 등을 돌렸다.

하지만.

"아까의 복수다 새끼야."

서포터의 힐링을 받고 다시 부활한 김대호가 반대쪽에서 튀어나왔다.

번쩍!

높게 뛰어오른 그의 벼락 원숭이가 다시 한번 폭풍 주먹을 휘둘렀다. 이미 걸레처럼 너덜거리는 녀석의 옆구리를 향해서였다.

"크르?"

위기를 감지한 녀석이 몸을 비틀려 했으나.

콰가가강!

벼락 원숭이의 주먹이 조금 더 빨랐다. 결국, 일정 수준 이상의 힘을 감당하지 못한 가죽이 터졌고.

"구에에에엑!"

그 틈으로 시뻘건 내장들이 쏟아짐과 함께.

쿠웅!

육중한 크기의 드레이크가 바닥으로 쓰러졌다.

깔끔한 연계 공격이었다.

"……허억, 허억!"

"자, 잡았어?"

"쓰러졌다! 쓰러졌어!"

생각보다 치열했던 혈투에 서머너들이 털썩 주저앉았다. 유민정 역시 쓴웃음을 지으며, 그녀의 소환수에 기댔다.

이때, 대다수의 서머너가 느끼는 감정은 환호보다는 어처구니없음이었다.

"이거…… 아무리 공략 불가 판정이래도 너무한 거 아닙니까?"

"그러게요. 무슨 보스급이 일반 필드에 있어."

"……약속된 보수보다 더 올려받아야 하는 거 아닙니까?"

특히, 용병들의 반발이 있었다. 열심히 잡아서 함께 살아남은 건 분명 기쁜 일이긴 하지만 그들은 명예보단 돈을 좇는 이들. 생각보다 더 빡센 던전에 처음 보였던 자신감보다는 두려움이 떠오른 탓이다.

"후우."

유민정이 옅은 한숨을 내쉬었다.

저들은 알까? 드레이크의 존재까지는 그녀도 몰랐지만 일본에서 1년 동안 탐사했던 자료에 의하면 원래 이곳까지 오기 위해, 수많은 웨어울프와 준 보스급 몬스터를 잡아야 한단다.

'도윤 씨 덕에 이것도 나름 쉽게 온 건데.'

그 사실을 말할 순 없었다. 자신이 먼저 서머너 마스터의 존재를 밝히는 건, 그에 대한 예의가 아니라 생각했으니까.

그렇게 잠깐의 휴식을 할 찰나.

"간부님."

선발대였던 남자 하나가 다가왔다.

"네, 말씀하세요."

"요 앞에 제단이 있는 걸 확인했습니다."

"……정말요?"

유민정은 놀랐다. 들어온 지 얼마나 됐다고 벌써 제단이라니.

'사실상, 드레이크 한 마리 잡은 게 다인데……'

그녀는 진도윤이 얼마나 빠른 속도로 몬스터를 잡고 있는지, 실질적으로 체감할 수 있었다.

"와아아, 제단이란다!"

"벌써, 제단이라고?"

"크흠, 그럼 좀 빡센 것도 이해할 수 있지."

눈앞에 다다른 제단의 존재로 용병들의 분위기도 뒤바뀌었다. 유민정은 고개를 끄덕이며, 벌떡 일어섰다.

"후우, 우선 제단 앞까지 가서 휴식하죠. 여긴 또 어떤 존재가 튀어나올지도 모르는 일이니."

말하는 그녀의 표정엔 걱정이 서렸다. 사실, 본격적인 던전의 시작은 제단부터라 예상하고 있었으니까.

[축하합니다.]

[던전, '용의 제단' 입구에 도착하셨습니다.]

눈앞에 거대한 제단을 확인하는 순간, 메시지가 도착했다.
"……입구."
"이제부터 본격적인 시작이라는 거지?"
"뭐, 이제 어떻게 하면 되는 거요?"
"사전 브리핑 때는 그냥 이곳을 지켜주기만 하면 된다고 했었는데."
한 번의 전투로 입이 풀린 용병들이 술렁거릴 찰나.
다시 한번 메시지가 떠올랐다.

[띠링!]
[제단이 활성화됩니다. 제단에 들어가 오염된 물질들을 제거해 주세요. 단, 이곳 던전의 기여도는 제단 내부 활동만 고려합니다.]

쿠궁!
제단으로부터 새하얀 빛이 솟구쳐 오르기 시작했다.

[제단 입장 시, 시련이 활성화됩니다. 시련이 활성화되는 순간, 근처 몬스터들이 '무한정' 생성됩니다. 몬스터들은 제단을 파괴하려 합니다. 제단이 파괴되면, 제단 내부에 존재하는 자들은 전부 죽습니다.]

무수한 정보들이 쏟아져 나왔다. 정보는 기존에 조사했던 대로였다.

던전이 문제고 탐사가 풀이라 가정하면 인간의 심리를 굉장히 잘 이용한 문제가 출제된 셈이다.

"흐음."

정보를 읽은 김대호가 턱을 부여잡았다. 그는 조금 전 드레이크에게 마무리 일격을 가하면서 잃었던 자신감을 되찾은 상태였다.

"요컨대, 몬스터들이 제단을 파괴하기 전에 제단 내부를 깔끔히 청소하면 된다는 거 같은데……."

목청 큰 소리로 중얼거리던 그가 이내 유민정을 쳐다봤다.

"여, 대월 아가씨."

"……?"

대월 아가씨라는 표현. 아무리 어리다 할지라도 현재는 탐사대장 직책을 지닌 그녀에게 할 표현은 아니었다.

"저게 아까부터 예의 없게……!"

대월 구성원 중 하나가 발끈하며 나섰으나 역시, 이번에도 유민정이 고개를 저으며 제지했다.

"네, 대호 씨. 부르셨나요?"

"입장은 기존처럼 할 생각이신가?"

사전 브리핑 때는 대월 인원 10명과 나머지 용병들이 제단 밖에 남기로 했고 남는 인원을 제외한 모든 대월 멤버들이 제단 내부로 들어가기로 합의했었다.

'어차피, 바깥엔 도윤 씨가 있으니까.'

그가 있는 이상 절대 제단이 무너질 리 없다는 게, 유민정의 생각이었다. 오히려 몬스터가 '무한정' 나온다는 사실에 좋아 죽으려고 하겠지.

"네, 맞아요. 그게 계약 조건이었으니까요."

똑 부러지는 그녀의 대답에 김대호가 픽 웃었다. 심지어 주머니에 손을 넣고 짝다리를 짚은 채.

"카악, 퉤."

바닥에 침까지 뱉었다.

순간적으로 차갑게 얼어붙는 공기.

"뭐, 불만이라도 있으신 건가요?"

유민정의 목소리도 어느새 낮게 가라앉아 있었다. 아무리 탐사대를 무사히 마쳐야 하는 그녀의 입장이라도 선 넘는 행동을 무시할 생각은 없었다.

"솔직히 좀 그렇잖아?"

김대호의 입이 열렸다.

"어떤 부분이요?"

"던전에 드레이크가 나온다는 건 우리도 처음 듣는 정보였다고. 사전 조사를 똑바로 못한 건 명백한 대월 탓 아닌가?"

"……저희도 일본 협회 측에게 넘겨받은 정보가 다예요."

"그래서 이게 다 일본 탓이다? 우린 진짜 죽을 뻔했다고. 안 그래?"

눈을 부릅뜬 김대호가 용병들을 바라봤다. 그들이 고개를 끄덕였다.

"음, 그렇긴 하지."

"진짜 죽을 뻔했어."

"맞아, 마지막에 뇌권이 마무리 짓지 않았다면 다 황천길로 갔을 수도 있었지."

용병들은 굉장히 손쉽게 선동당했다. 원래 대다수 사람들은 자신과 이해관계가 맞아떨어지는 곳 쪽으로 붙게 마련 그들은 본능적으로 김대호 쪽에 붙었다. 그게 훨씬 이득이 될 거라 직감했기 때문이었다.

"후."

유민정의 주먹에 힘이 들어갔다.

"여긴 공략 불가 판정 던전입니다. 당연히 위험할 줄 알고 들어온 거 아니었나요?"

그녀의 처지에서는 말도 안 되는 꼬투리였다.

마음 같아서는 다 계약 취소해 버리고 싶었지만 그러기도 애매한 상황. 법보다 힘이 우선인 던전 내부에서 용병들이 어떤 일을 저지를지 모르는 일이다. 대월 측과 전력이 비슷하기도 했고.

"게다가 봐."

흐름을 탄 김대호는 계속해서 말을 이었다.

"제단 내부에서 하는 게 뭐, 청소? 우린 또다시 나올 수 있는 드레이크와 싸워야 하는데. 너흰 그냥 손쉽게 청소만 하고 기여도를 따 가시겠다?"

그의 말에 결국 대월 멤버들도 터져 버렸다.

"……너희? 말조심해라."

"아까부터 듣자 듣자 하니, 대월이 우습냐?"

누군가가 큰소리로 외쳤고 용병들 역시 눈살을 찌푸리며 대꾸했다.

"쟤네 지금 우리한테 큰소리치는 거?"

"그러게? 와달라고 사정사정할 땐 언제고. 그리고 대월이 뭐 대순가? 다들 빅3, 빅3 하지, 실상은 얼음 공주 하나한테 발리는 게 빅3더만."

"클클, 우리랑 전쟁이라도 하겠다는 거야? 이런 던전에서?"

갑자기 난장판이 되어버린 현장.

"……"

유민정은 눈을 질끈 감았다.

이론으로만 접하던, 고난도 던전의 탐사. 실제 경험해 보니, 생각보다 더욱 힘에 겨웠다.

'다 내가 부족해서 그런 거겠지.'

그녀는 솔직히 인정했다. 자신은 나이도 어렸고 경험도 부족했다. 아니, 정확히는 힘이 없었던 거겠지.

과연 자신에게 힘이 있었더라면, 저들이 이렇게 나왔을까?

'아버지도 알고 계셨겠지.'

공략 불가 던전에 참여하고 싶다 강하게 요구하니 걱정스러운 표정으로 바라봤던 그녀의 아버지, 유중원.

하지만 그녀는 후회하지 않았다. 이 또한 자신에게 내려진 숙제이며 자신을 성장시켜 줄 경험이 될 테니까.

콰아앙!

그녀는 소환수, '왕 거북'을 이용해 바닥을 강하게 밟았다.

"다들 조용히 하세요!"

소란스러웠던 현장이 살짝 수그러졌다. 그녀는 그 틈을 이용해 김대호에게 물었다.

"그래서, 대호 씨가 원하는 게 뭡니까?"

"……내가 원하는 거?"

그가 씩 웃었다. 마침내 원하는 것을 얻었을 때 짓는 그러한 미소.

이내, 김대호의 입이 열렸다.

"제단 내부 청소를…… 우리에게 맡겨라."

뇌권, 김대호의 숨겨진 본색이 명확히 드러나는 순간이었다.

"오호라."

같은 시각 메시지를 확인한 진도윤의 입가에 호선이 그어졌다.

[시련이 활성화되는 순간, 근처 몬스터들이 '무한정' 생성됩니다.]

"무한정으로 나온단 말이지?"

그에겐 엄청난 희소식이었다. 현재 그가 가장 필요로 하는 것. 다름 아닌 경험치였으니까.

"다들 제단에 들어가서 뻐기라 한 다음에, 난 밖에서 계속 사냥하면 개이득인 부분이잖아?"

말한 대로만 된다면, 그야말로 경험치가 복사되는 수준일 거다.

사실, 마음 같아서는 저들 모두 집어넣고 만렙 찍을 때까지 버텨달라 하고 싶지만…….

'아마 그건 힘들겠지.'

제단 내부에 뭐가 있을지 모르는 일이다. 시간제한이 걸려 있을 수도 있고, 수준 높은 몬스터가 있을 수도 있다. 그런 상황에서 목숨 걸고 버텨달라 하는 건 도의적으로 옳지 못한 일이다.

"그래도 확실히 의외네."

일본 선발대로부터 정보를 얻긴 했지만 그렇게까지 디테일한 건 아니었다.

이곳에 들어왔던 대다수가 죽었고 간신히 정보를 얻어왔던 자도 제정신이 아닌 상태라 들었으니까.

"근데 진도유운!"

"응?"

"언제까지 그렇게 위에 앉아서 구경만 할 거야?"

엘라임이 옆에 둥둥 뜬 채로 물어왔다.

"저 밑에 싸움 났잖아. 말려야 하는 거 아냐?"

"쟤들?"

용의 갈비뼈 부분 위에 걸터앉은 진도윤이 아래를 내려다봤다.

사실, 이곳에 존재하는 모든 몬스터를 처리한 그는 아까부터 유민정과 김대호의 대치를 그저 지켜보는 중이었다.

"응, 저 김대호라는 놈. 나쁜 놈 아냐? 결국은 계약을 어긴 거잖아."

"흐음, 글쎄."

진도윤이 두 손가락으로 턱을 짚었다.

"으잉? 나쁜 놈이 아니란 거야?"

"지금까지는? 딱히 누군갈 공격한 것도 아니니까."

"그래도……!"

"나도 옛날에 용병 뛰어봐서 알거든. 원래 쟤들한텐 이런 기싸움이 기본이야. 그걸 잘 중재해 주는 게 탐사대장의 역할이고."

굳이 비유하자면, 용병들은 야생의 짐승과 같다. 자신의 밥그릇을 조금이라도 더 챙기기 위해, 나름의 노력을 하는 것. 진도윤은 그걸 나쁘게 보지 않았다. 그것이 용병의 본능이었으니까.

'하지만, 저런 거에 굴복하면 안 되지.'

한 번 봐주면, 그게 선례가 된다. 그렇기에 저런 것들을 상대로 강경하게 대응할 줄도 알아야 한다.

막말로 김대호가 왜 유민정을 물어뜯었겠는가.

과연 대월의 수장이라는 유중원이 있었어도 그랬을까? 답은 절대 NO. 그냥 유민정이 우습게 보인 거다.

"그럼? 어떡해? 이대로 가다가는 진짜 싸움이라도 나겠는데?"

엘라임이 눈을 가늘게 떴다. 진도윤이 픽 웃었다.

"어디, 좀 더 지켜보자고."

진도윤이 대월을 도와줄 이유는 없다.

그와 대월은 계약 관계 그 이상 그 이하도 아니니까.

'다만.'

유민정이 자신의 마음에 드는 선택을 한다면? 그럼 조금은 도와줄 마음도 있었다.

'어차피 다 의미 없는 짓일 테니까.'

이미 바깥에 몬스터가 무한정 나온다는 사실을 안 이상 본인을 제외한 전부는 저 제단으로 들어가야 한다. 진도윤은 바깥에 존재하는 몬스터를 단 한 마리도 뺏길 생각이 없었다.

"……."

김대호의 제안을 들은 유민정은 계속해서 침묵을 지켰다.

그의 주장은 단순했다. 대월이 바깥을 지키고 용병들이 내부 청소를 실시한다.

'명백한 계약 위반······.'

주먹을 꽉 쥔 그녀의 손이 부들부들 떨려왔다.

여기서 그녀가 할 선택은 두 가지다.

용병들에게 순응한다. 아니면 강경하게 거절한다.

다른 던전 같았으면 당연히 2번을 선택했을 거다. 그들은 대한민국 최강 길드 '대월'이니까.

하지만 이곳은 공략 불가 판정 던전. 안전한 생존을 위해서는 조금의 전력 손실도 있어선 안 될 상황이었다.

"지금······ 치킨 게임을 하자는 건가요?"

유민정이 바득 이를 갈며 말했다.

"치킨 게임?"

다른 말로 겁쟁이(Chicken) 게임이라 불리는 이것. 게임 이론 중 하나로 누군가가 포기하면, 다른 쪽이 이득을 보지만 어느 한쪽이 양보하지 않을 경우, 모두가 손해를 입게 되는 그런 경우에 쓰는 말이다.

그녀의 말에 김대호가 코웃음을 치며 고개를 끄덕였다.

"그래, 뭐. 치킨 게임일 수도 있겠지. 근데 그건 나한테 중요한 게 아니고. 그래서 어쩌실 텐가?"

김대호의 입꼬리가 비릿하게 올라갔다.

"우리랑 싸울 건가? 아니면, 합의를 볼 텐가?"

그는 잃을 게 없다는 투로 몰아붙이며, 속으로 웃었다.

'클클. 어차피 쟤는 그냥 집안 좋은 애송이일 뿐이야.'

심지어 이번 던전도 첫 통솔이라 들었다. 아무리 계약이 중하다 하더라도, 첫 미션이 실패하고 싶진 않겠지. 게다가 목숨까지 걸려 있지 않은가?

"저게……!"

"간부님! 명령만 내려주십시오! 당장 저놈을 제압해서……!"

대월 멤버들이 으르렁거렸지만, 김대호는 태연자약했다.

어차피 저들은 유민정의 수하. 그녀의 판단에 따를 수밖에 없는 실정이니까.

"……."

유민정이 미간을 좁힌 채 고심할 찰나. 그녀의 머릿속으로 어떠한 문구가 떠올랐다.

혹시 던전에서 말도 안 되는 이유로 시비를 거는 자가 있을 때, 어떻게 해결하냐고?

간단하다. 그냥 앞뒤 따지지 말고 패버리면 된다. 개기는 놈은 매가 약이니까.

아, 지면 어떡하냐고? 그럼 뭐…… 별수 있나? 숙여야지. 다만, 내가 하고 싶은 말은. 던전이라는 이유로 참고 넘어갈 필요는 없다는 뜻이다.

서머너 마스터의 교본에 나오는 내용이었다.

갑자기 왜 이 문장이 떠올랐을까?

피식, 유민정의 입에서 실소가 흘러나왔다.

'그러고 보니.'

목숨이 위험할 일이 없었다. 용병들을 전부 제압하고 들어간다 해도 어차피 바깥엔 서머너 마스터가 있지 않던가! 그렇게 심각하게 고민할 일이 아니었다.

"음?"

김대호는 의아했다. 유민정의 심각한 표정이 갑자기 풀렸기 때문.

"지금 이 상황이 우습나?"

"아뇨, 그런 건 아니고. 그냥 제가 우스워서요."

"그게 갑자기 무슨 말?"

"빅3의 간부 직책을 맡아놓고, 고작 이런 걸로 심각하게 고민이나 하고 있었다니 말이죠."

유민정이 어깨를 으쓱였다.

우우웅!

그러고는 감응력을 즉각적으로 활성화했다.

"크아아아!"

힘차게 포효하는 왕 거북. 김대호 역시 벼락 원숭이를 앞에 내세웠다.

"뭐야, 진짜로 해보잔 거야?"

김대호가 표정을 구기며 윽박질렀지만 그녀는 싸늘한 눈빛으로 그를 쳐다보며 읊조렸다.

"지금부터 대월은 용병, 김대호와의 계약을 파기합니다. 사유는 일방적인 계약 위반. 대월은 길드의 명예를 걸고 총 3배의 위약금을 받아낼 것이며, 선처는 없을 겁니다."

"뭐, 뭐야?"

유민정의 돌발 행동에 당황한 김대호가 용병들에게 눈짓했다. 너희도 가담했으니, 도와달라는 말.

하지만, 먼저 선수 친 것은 유민정이었다.

"이제부터 저자에게 가담하는 자 역시 계약 위반으로 간주하겠습니다."

합심할 테면 해봐라. 공략 실패? 그딴 거 신경 안 쓴다.

그녀는 겁쟁이(Chicken)가 되지 않는 길을 선택했다.

'영리하네.'

그 모습을 지켜보던 진도윤이 씩 웃었다.

대월은 집단이기에 소속감이 있다. 하지만 용병은 개개인이기에 튼튼하지 못하다. 그녀는 그 허점을 잘 노렸다.

'물론, 나였다면 그냥 다 패버렸겠지만······.'

상황은 점점 더 재밌게 흘러갔다. 용병들의 입장이 반으로 갈린 것이다.

"난 뇌권의 말도 일리가 있다고 생각하는데. 실상 우리가 여기 남는다 해도 살아남는단 보장은 없잖아?"

"으음, 난 그냥 대월로 붙을래. 아무래도 위약금은 조금 빡세서."

"그치, 게다가 앞으로 계속 활동하면서 빅3 눈치 보긴 싫다고."

"흠, 난 이게 마지막 던전행이라. 한 몫 챙기고 싶은데."

다들 각가지 이유를 대며 흩어졌다.

대월 쪽으로 20명, 김대호 쪽으로 30명이 붙었다.

"정말 해보자는 거지?"

"먼저 시작한 건 그쪽이에요."

제단 앞에서 각자 소환수를 위치시킨 채, 대치하는 그들. 다들 던전의 함정에 제대로 빠진 모습이었다.

짝짝짝.

그때였다. 힘찬 손뼉 소리와 함께, 허공에서 두건을 휘두른 누군가가 떨어져 내렸다.

"좋아, 좋아. 다들 고생했어."

굉장히 높은 위치에서 떨어진 것 같음에도 아무 무리 없이 착지하는 사내. 그의 등 뒤에는 희미하게 날개 형상도 보이는 듯했다.

유민정은 눈을 빛냈다.

'도윤 씨……!'

마침내, 자신이 가진 유일한 히든카드. 서머너 마스터의 도착에 그녀는 내심 안도했다.

"넌 뭐야?"

김대호의 얼굴이 왈칵 일그러졌다.

"그때, 그 특수 임무 한다던 용병이잖아?"

사내를 힘껏 노려보는 그였지만.

흠칫.

이내 몸이 돌처럼 굳어버렸다. 동시에 오들오들 절로 떨려오는 전신.

'미, 미친?'

수년간 던전 생활을 해오던 그의 육감이 말하고 있었다. 저자는 건들면 안 된다고. 건들면 그대로 끝장이라고.

피식.

진도윤은 그런 그를 힐끗 쳐다본 후, 그대로 유민정에게 걸어 나갔다.

그의 입장에서 김대호는 피라미. 프리덤은 아니니, 죽일 이유도 없고 굳이 건들 이유조차 없는 그런 서머너일 뿐이었다.

"유민정."

진도윤이 입을 열었다.

"네, 말씀하세요."

그러자 그녀가 공손히 고개를 숙였다. 그 모습에 대월 멤버들도, 용병들도 다들 충격받은 모습이었다.

'……빅3 간부 이름을 저렇게 쉽게?'

'게다가 유민정이 자신을 낮추고 있어!'

'도대체 저자가 누구이길래!'

자연스럽게 이목이 쏠렸다. 진도윤은 대수롭지 않다는 듯 말을 이었다.

"계약 내용 기억하지?"

"그럼요. 몬스터는 최대한 양보하라 하셨죠."

"그럼 딱 말할게. 계약이고 뭐고 너희들끼리 분쟁 문제는 알아서 해결하고. 전부 제단에 들어가. 바깥 몬스터는 전부 내가 상대한다."

"……?"

"……!"

굉장히 오만하면서도 광오하게 들릴 수 있는 소리였다.

하지만.

"알겠어요."

유민정은 다시 한번 공손하게 고개를 끄덕였다.

"미, 미친?"

"지금 무슨 소리 하는 거요?"

"제단이 무너지면 우린 다 죽는 건데 저자를 어떻게 믿고!"

몇몇 서머너들이 따져오자, 유민정이 눈빛을 보냈다. 정체를 밝혀도 되겠냐는 의미였다.

고개를 끄덕인 진도윤이 두건을 벗으려 할 찰나였다.

스스슥…….

'음?'

진도윤의 시야에 어떤 거무튀튀한 오오라가 잡혔다. 주변 제단을 은밀하게 휘감는 미약한 기운.

"어엇, 이건……?"

뒤늦게 눈치챈 유민정에 입에서도 놀라움이 터져 나왔다.

'그래, 이건…….'

두건을 내버려 둔 진도윤이 급하게 감응력을 펼쳤다. 동시에 주변을 급속도로 감싸는 익숙한 냄새를 느낄 수 있었다.

'마계의 냄새…….'

그리고 과거 유민정과 함께 겪었던 '던전 체인지'의 냄새이기도 했다.

그리고 A급 던전에서의 던전 체인지라면…… 그보다 위 단계인 S급이 나올 터.

"제길!"

눈살을 찌푸린 진도윤이 소리쳤다. 등골을 서늘하게 만드는 강한 기운은 분명 외부로부터 다가오고 있다.

그렇기에, 이들을 살리기 위해서라면…….

"던전 체인지야! 다들 빨리 제단으로 들어가!"

진도윤의 일갈에 서머너들의 눈이 경악으로 물들었다.

쿠구궁……!

던전의 분위기가 급속도로 바뀌었다.

키이이, 크륵크륵.

용의 사체 주변으로 드레이크의 소름 끼치는 하울링이 들려오기 시작했고 공기의 질도 마계의 그것처럼 바뀌어 갔다.

'하아…….'

진도윤이 이마를 짚었다.

마계의 냄새가 난다는 것은 던전이 마계의 일부분으로 변할 수도 있다는 말.

그렇게 된다면 아무리 그라 해도 저들의 생사를 보장할 수 없다. 나름 제한받던 몬스터들의 수준이 마계에 맞추어 상향된다는 의미이기도 하니까.

물론.

"키이이!"

철컥!

소울 콜렉터와 둠 나이트 역시 본연의 힘을 되찾겠지만.

5장

[띠링!]
[미지의 기운이 던전을 휘감습니다.]
[주의! 주의! 주의!]
[던전이 변형을 이뤄냅니다.]

"저, 정말이야?"
"진짜 던전 체인지라고?"
"세상에, 공략 불가 판정 던전에서의 던전 체인지라니……!"
새로운 메시지를 본 서머너들은 패닉에 빠질 수밖에 없었다. 수년간 경험을 쌓아왔던 그들도 A급 이상에서의 던전 체인지는 처음이었기 때문.

[최후룡 크림슨 드래곤을 오염시키던 악마, 발라크가 그대들에

게 호기심을 품습니다. A급 던전 '용의 제단'이 S급 던전 '발라크의 호기심'으로 뒤바뀝니다.]

[임무 내용이 소폭 변경됩니다. 외부에 생성되는 '몬스터'가 발라크의 군단으로 대체됩니다.]

[Tip / 빠르게 제단 내부를 청소해 주세요!]

"S…… S급이라고? 잘못 본 거 아니지?"

"내, 내가 S급을 깨야 한다고?"

"발라크? 악마는 또 뭔데?"

횡설수설하는 탐사대원들.

유민정 역시 몰아치는 상황에 눈을 질끈 감았다. 하지만, 탐사대의 총책임자로서 가만히 있을 수만은 없는 법.

그녀는 떨리는 목소리로 외쳤다.

"다, 다들 집중하세요! 당황하고 있을 시간 없어요! 전부 제단으로 들어가야 합니다!"

던전의 등급이 바뀐 이상. 그녀가 진짜로 믿어야 할 사람은 단 한 사람, 서머너 마스터뿐이었다.

그리고 그가 방금, 전부 제단으로 들어가라 했으니 그의 말에 따를 생각이었다.

"하, 하지만. 저기 들어갔다가 발라크인가 뭔가 하는 놈이 제단 부수면 어떡해? 우리 다 죽는 거잖아!"

"맞아요! 일단은 다 같이 싸워야 하는 거 아녜요?"

몇몇 서머너들이 물어왔다.

하지만.

"키에엑."

"크아아아!"

점차 몰려드는 커다란 드레이크 수십 마리. 심지어 한 마리 한 마리가 기존에 상대했던 것보다 더욱 강력해 보였다.

'……미친, 이건 아니잖아.'

'한 마리도 힘들었는데, 저걸 다 상대해야 한다고?'

'가망이 없어. 우린 다 죽을 거야.'

용병들도, 대월 멤버들도 전부 얼굴이 핼쑥해졌다. 유민정 역시 목이 턱 막힌 듯 답답해졌다.

'이건…… 아무리 도윤 씨라 해도……!'

그가 서머너 중 최강이라는 것은 부정할 수 없는 사실이지만 저건 아니었다. 말 그대로 자연재해 수준.

인간이 재해에 맞서 싸운다는 게 말이 안 되지 않은가.

"도윤 씨……. 정말 혼자 가능하시겠어요?"

유민정이 곧바로 진도윤에게 물었다.

"나도 몰라."

"네?"

"근데 확실한 건, 너희 도움은 딱히 필요 없을 것 같네."

아직 인간계 서머너들의 실력으로 마계 몬스터들은 무리다. 있어봐야 방해만 될 뿐.

"내가 너희 전부를 지킬 순 없어. 솔직히 제단 내부 수준이 어느 정도인진 모르겠지만…… 적어도 여기 있는 것보단 나을 거야. 그러니까 빨리 가서 제단 청소나 해."

진도윤은 마지막 조언을 툭 내뱉고는 다시 온 정신을 몬스터들에게 집중했다.

자신은 할 만큼 했다. 선택은 저들의 몫. 원래 던전에서 자신의 목숨은 자신이 지켜야 하는 법이다.

"끼루루루루!"

진도윤의 컨트롤에 맞춰, 피닉스가 허공에서 힘차게 포효했다. 동시에 사방을 가득 채우는 불의 지대.

[스킬, '화염 장판'(S급)을 사용합니다.]
[주변 소환수의 공격력이 200% 증가합니다.]

유리아가 없을 때 쓰기 유용한 피닉스의 버프였다. 진도윤은 감응력을 펼쳐, 위에 있던 나머지 소환수들도 불러들였다.

"엘, 둠, 소울, 데몰."

"응, 준비됐어!"

"키이이!"

"뀨웅!"

녀석들은 허공에서 떨어짐과 동시에, 다가오는 드레이크들을 힘차게 가격했다. 특히, 본연의 힘을 찾아가는 둠 나이트와 소울 콜렉터의 위력은 어마무시했다.

[스킬, '검뢰'(S급)를 사용합니다.]

콰가가강!

둠 나이트의 검격이 벼락처럼 내리꽂혔고.

"키이이이!"

공간을 가득 채우는 영혼의 절규와 함께.

서거거거걱!

사방팔방으로 그어지는 옥빛 낫이 달려오던 드레이크의 몸뚱어리를 단숨에 조각내 버렸다. 엄청난 위세를 과시하던 녀석들을 고작 한 번의 일격으로 처리해 버린 것이다.

"……!"

그 광경에 서머너들은 입을 다물 수 없었다.

"피, 피닉스?!"

"검은 용이랑 물의 정령도 있어!"

"그렇다는 건……?"

"헉!"

그들은 마침내 깨달을 수 있었다. 빅3 간부가 극존칭을 쓰는 자의 존재를.

"서, 서, 서머너 마스터였어?"

"정말이야?"

"……."

시종일관 반발했었던 김대호 역시 꿀 먹은 벙어리가 됐다. 솔직히 아무리 서머너 마스터가 대단하다 해도 그저 조금 과장된 소문이겠거니 했는데 저 끔찍한 드레이크를 단박에 썰어

버리는 모습은 그 역시도 충격이었다.

"서머너 마스터, 그냥 인간이 아니었구나······."

그는 한숨을 내쉬었다.

저런 인간을 용병으로 구해다 놨으니 자신의 제안이 얼마나 우스워 보였을까. 김대호는 쥐구멍에라도 숨고 싶은 마음이었다.

"다, 다들······ 피하죠? 서머너 마스터께서 피하라 하셨잖아요!"

"그, 그래야지! 다들 들어가자!"

대월 멤버들도, 용병들도 처음으로 하나가 되기 시작했다. 서머너 마스터의 단순한 한마디였지만 유민정이 말할 때와는 차원이 다른 무게와 권위를 느낀 탓이다.

"흠······."

진도윤은 드레이크들을 학살하며 눈살을 찌푸렸다.

저들은 고작 이 녀석들 가지고 호들갑인데 진짜는 아직 나오지도 않았다.

'망할.'

저 멀리서 끈적한 시선이 느껴졌다. 현재의 자신도 무시하지 못할 엄청난 기운을 가진 존재. 아마 메시지에서 말하는 발라크임이 분명했다.

"빨리 나오시지 그래?"

콰아앙!

진도윤은 본격적으로 움직였다. 드레이크를 필두로 한 온

갓 파충류로 이루어진 발라크의 군단을 마구잡이로 깨부수기 시작한 것이다.

'아무리 잔혹한 녀석이라도, 지 부하들이 죽어가는데 안 나올까.'

소환수들은 물 만난 물고기처럼 드레이크들 사이를 누볐고 엘라임은 그런 그들을 열심히 보조했다. 매번 놀기만 하던 그녀에게도 오랜만에 일거리가 생긴 것이다.

"키엑!"

"꾸에에엑!"

진도윤의 무자비한 공격에 피투성이가 된 채로 비명을 지르는 녀석들. 단순한 마계 몬스터로 현재의 그를 막을 순 없었다.

"클클클, 역시 듣던 대로구나."

쿠궁!

허공에서 누군가의 끔찍한 목소리가 들려온 것은 그때였다.

쌍두룡 위에 올라타고 있는 작은 소년의 모습. 진도윤이 위를 올려다봤다.

"네가 발라크?"

"크하하하, 그래. 반갑구나. 네놈이 요새 마계를 휩쓸고 있는 그 인간이더냐?"

[주의! 주의! 주의!]

[용의 총통, '발라크'(★★★★★)가 등장했습니다!]

소년의 광기 어린 눈빛이 진도윤을 향했다. 뒤이어 붉게 칠해진 입꼬리가 기괴하게 휘어졌다.

"클클, 영광으로 알거라. 내 얼마나 궁금했으면 본신의 힘을 희생하면서까지 이곳에 나타났겠나."

소년이 광소하며 손을 휘저었다. 그러자 용맹스럽게 달려오던 파충류들이 일제히 멈췄다.

"키에!"

"크에엑!"

그러고는 일정 거리를 두며 경계하기 시작했다.

모든 파충류를 지배한다고 알려진 자. 발라크만의 권능이었다.

"……신기하네. 용을 조종하는 거 같은데, 우리 데몰이는 안 되나 봐?"

"뀨웅!"

'물론이지!'라는 의지를 보내오는 녀석.

진도윤 역시 전투를 멈추고 진형을 갖췄다. 자신을 굉장히 잘 아는 것처럼 말하는 녀석 발라크와 대화하기 위해서였다.

"근데 넌 웬 놈이냐? 날 알아?"

"클클, 알다마다. 현 판데모니엄에 네 녀석을 모르는 놈이 있을까."

"판데모니엄."

진도윤이 눈살을 찌푸렸다. 혹시나 했는데, 역시 판데모니엄 소속 악마였나 보다.

"혹시 10악마?"

진도윤의 물음에 소년이 싱긋 웃었다.

"고작 너 같은 것을 상대하려고 10악마께서 움직이실까. 그렇다고 너무 서운해하지 말아라. 판데모니엄에서 나름 상위권을 차지하고 있는 몸이니까."

"상위권이라……. 젠장, 서운해 죽겠네."

진도윤은 자세를 낮췄다. 언제라도 움직일 수 있게끔.

눈앞의 녀석은 확실히 위험한 냄새를 풍기고 있었다. 특히, 녀석이 타고 있는 쌍두룡의 시뻘건 눈빛은 온몸의 털을 곤두서게 만들 만큼 소름이 끼쳤다.

"클클, 벌써부터 그렇게 경계할 필요 없는데."

소년은 재미있다는 듯 웃었다.

'흠.'

진도윤은 주변을 빠르게 파악했다.

과연 녀석과 싸워서 이길 수 있을까?

1:1이라면 해볼 만한데 주변에 잡 몬스터들이 너무 많다. 게다가 지금껏 열심히 사냥하느라 감응력도 꽤 많이 사용한 상태.

'일단, 시간 좀 끌어볼까?'

유민정 일행들이 제단 내부로 들어섰다. 그 안에 뭐가 있을진 모르겠지만 그것만 해결하면 던전이 클리어될 터.

"어떻게 던전을 변형시킬 수 있었던 거지?"

진도윤이 입을 열자, 발라크가 씨익 웃었다.

"던전? 너희는 이곳을 던전이라 표현하나? 글쎄, 나로선 너희가 침입했기에 나섰을 뿐. 그 이상 그 이하도 아니다."

"우리가 침입했다고?"

"그래, 난 무려 500년 동안 이 용의 사체를 망령화하고 있었지. 기존에 오던 놈들은 그러려니 하면서 무시했는데. 클클, 네 녀석은 못 참지."

저 녀석 아까부터 계속 자신을 보고 싶었다는 듯 말한다.

"오해하지 마라. 네 녀석에 대한 호의가 아니라, 그저 싸워보고 싶음이니. 궁금했거든. 어떻게 고작 인간이 마계 악마들을 상대로 그런 기행을 펼칠 수 있는지."

"아그니랑 비슷한 부류인가 보네."

"클클, 그래. 아그니도 좋은 친우였지."

번뜩.

발라크의 눈빛이 더욱 붉게 물들었다. 그의 주변으로 엄청난 기세의 투기가 넘실거렸다.

"보아하니, 아세브라도의 힘까지 얻어낸 거냐? 이거 정말 생각보다 더 물건이었구만?"

"응, 나 위험해. 싸우면 네가 질 수도 있을걸?"

"큭큭큭, 인간 주제에 기세도 마음에 들어. 판데모니엄에 딱 어울리는 녀석인데. 어떠냐? 이곳으로 넘어오는 건."

저게 무슨 말이지? 지금 스카우트하는 건가?

생뚱맞은 말에 진도윤이 눈살을 찌푸렸다.

"니들 악마 소굴인 판데모니엄에 가라고?"

"왜, 우리는 종족을 따지지 않아. 실제로 이곳에 천사 출신들도 꽤 많다고, 클클."

"……천사 출신도 있어? 그건 좀 놀라운데."

루시퍼만 배반한 줄 알았는데 그게 아닌가 보다.

"네놈 정도라면 이곳에서 꽤 상위권도 노려볼 수 있을 것 같은데 말이야. 네놈도 알겠지만, 곧 마계가 삼계(三界)를 다 흡수할 터. 이쪽으로 붙는 게 나을 선택일 수도 있어."

"호오, 그거 좀 땡기는데?"

진도윤은 마음에도 없는 소리를 했다. 현재, 데몰리션에게 감응력을 서서히 넣으며 시간을 끌고 있었기 때문.

들키지 않기 위해, 극소량의 감응력을 계속 불어넣으며 예열하는 중이었다.

"네놈, 진심이냐?"

"음, 잠깐만. 근데 10악마는 나 싫어하는 거 아니었어?"

"10악마? 그분들이 널 왜. 지금은 신경도 안 쓸 텐데."

"왜, 마르바스인가 하는 놈이 나 싫어한다던데?"

"아, 그분. 클클."

발라크가 고개를 끄덕였다. 10악마 중 오직 안개의 악마, 마르바스만이 저 인간에게 이를 갈고 있었으니까.

인간계로 소환되는 순간, 한 인간에게 된통 당하고 와서 자존심을 구겼던 사건. 그 때문에 많은 악마들에게 비웃음을 샀었다.

"역시, 아무래도 안 되겠네. 내가 마음이 좀 여려서 미움받는 건 무섭거든."

진도윤이 픽 웃으며 답하자, 발라크의 표정이 진지해졌다.

"아니, 그분도 바보가 아닌 이상. 같은 소속이 되면 싫어하지 못할 거다."

"그래?"

"그렇다, 내 보증하지."

"좋아, 그럼 어떻게 해야 하지?"

"오호, 정말 오겠다는 거냐? 그러면 일단 판데모니엄부터 같이……. 잠깐?"

손뼉을 치며 웃던 소년이 고개를 갸웃했다.

"근데, 저 검은 용에 담긴 기운은 뭐냐?"

지금껏 대화하느라 신경 쓰지 못했는데. 처음 봤을 때보다 더욱 많은 에너지가 느껴진 탓이다. 판데모니엄의 악마인 자신마저도 위험하다고 생각이 들 만큼의 에너지가.

그 반응을 본 진도윤이 옅은 한숨을 내쉬었다.

"후…… 벌써 들켰나?"

"뭐?"

"아냐, 그냥 이거나 먹어."

데몰리션의 입이 쩍 벌어졌다.

콰아아아!

데몰리션의 입에서 분출되는 파괴의 광선이 녀석을 향해 시원하게 쏟아졌다.

"호오라?"

갑작스러운 기습에 당혹할 법도 한데 소년, 발라크는 여유를 잃지 않았다. 쌍두룡의 날갯짓과 함께 공격을 피해내며, 오히려 유쾌하게 웃기까지 했다.

"크하하하, 대화하면서 이런 걸 준비하고 있었단 말이더냐? 과연 물건이로다!"

진도윤은 눈살을 찌푸렸다.

'저걸 피한다고?'

기껏해야 아그니와 비슷하겠거니 했는데 그보다 훨씬 빠르면서도 강한 놈이었다.

'게다가……'

상황이 불리했다. 1:1의 상황이 아닌 수많은 파충류에게 둘러싸인 상태였으니까.

"크하하, 애초에 넘어올 생각이 없었군? 네놈의 그 어리석은 선택, 후회하게 해주마!"

하늘 위에서 이번엔 쌍두룡의 두 입이 벌어졌다. 방향은 서머너인 그.

"진도유운!"

엘라임이 신속하게 실드를 펼쳤지만.

콰아아앙!

발라크의 공격은 빠르면서도 정확했다.

"크윽!"

엄청난 폭음과 함께 그의 몸이 붕- 떴다.

"진도유운! 괜찮아?"

촤륵, 촤르륵!

허공에서 생성된 물줄기가 그의 흐트러진 중심을 잡아줬다. 또한, 하얀 빛줄기가 충격받은 그의 몸을 한번 쓸었다.

스킬, 물의 축복(S급). 단일 대상 아군을 지속적으로 회복시키는 엘라임만의 고유 스킬이었다.

"크크크크."

발라크가 그 모습을 보며 재미있다는 듯 웃어 재꼈다. 그러고는 두 팔을 활짝 벌렸다.

"어디 한번 제대로 놀아보자꾸나! 이 몸은 모든 용족의 조종(祖宗)인 총통, 발라크! 따라서 명하노니! 존재하는 모든 파충류들이여! 눈앞의 적을 섬멸하라!"

"크르륵!"

"키아아아아!"

진도윤이 대처할 시간도 없었다. 커다란 원을 그리며 대치상태를 만들고 있던 드레이크들이 앞다투어 달려들기 시작한 것이다.

발라크가 일갈했다.

"네놈이 여태껏 마계를 상대하던 방식이 있을 터! 내 진심을 다할 테니, 서운해하지 말거라!"

"아니, 난 그게 서운한 거라니까?"

"크하하, 거짓말하지 마라! 네놈도 즐기고 있지 않더냐!"

콰앙! 콰아앙!

데몰리션과 둠 나이트에게 부딪혀 오는 충격을 직접적으로 느끼며 진도윤이 미간을 구겼다.

'이놈의 악마들은 무슨.'

방심하지 않고 제대로 싸워주는 게, 본인들만의 미덕인가 보다.

"소울!"

"키이이이!"

후우웅! 탁!

소울 콜렉터가 낫을 한 바퀴 돌리며 고쳐잡았다. 뒤바뀐 마계 환경에 완전히 적응한 듯, 강렬한 기운을 내뿜는 녀석.

'현재로서 제일 믿을 만한 녀석이 이놈이야.'

알려진 정보에 의하면 소울 콜렉터의 본신, 아세브라도의 힘은 거의 10악마에 버금간다 했다.

"너, 혼자 저 위에 떠 있는 놈 마크할 수 있겠냐?"

진도윤이 하늘을 가리켰다. 녀석은 비겁하게 허공에 떠서 아래를 향해 무차별 폭격을 가하는 중. 하나하나가 경천동지할 위력이기에, 엘라임 외 소환수들은 막거나 피하기에 급급했다.

"키이이이!"

소울 콜렉터가 문제없다는 듯 외쳤다. 그러고는 순식간에 눈앞에서 사라지는 녀석.

스킬, '기습 베기'(S급)의 발현이었다.

"됐어, 저긴 소울이한테 맡기고 우린 저 빌어먹을 파충류들부터 정리하자고."

"소울이 혼자 잘할 수 있을까?"

엘라임이 걱정스럽다는 듯 위를 쳐다봤다.

"어떻게든 되겠지. 일단은……!"

콰가가가!

눈앞에 드레이크의 커다란 이빨이 들이닥쳤다. 먹이를 낚아채려는 공룡처럼 굉장히 기민하면서도 빠른 움직임이었다.

진도윤은 슬라이딩하듯 미끄러지며 감응력을 펼쳤다.

"눈앞 상황에만 집중해!"

콰득!

옆에서 튀어나온 데몰리션이 그런 드레이크의 목덜미를 콱! 물어 죽였다.

"크롸라라라!"

뀨웅이 아닌 크롸라라!

본인의 의지로, 다시 본연의 크기로 돌아온 데몰리션이었다. 원래 용끼리의 싸움은 큰 게 장땡이라나?

"후, 정신없네."

상황은 그야말로 난장판이었다. 하늘에서 끊임없이 쏟아지는 발라크의 폭격. 사방 곳곳을 가득 채운 공룡들. 게다가 한 마리 한 마리의 크기가 거대하기에, 시야에 제한도 있었다. 원래 멀리서 넓게 보고 싸울 수 있었던 서머너만의 장점이 사라진 것이다.

'하지만.'

진도윤의 입꼬리가 살짝 올라갔다.

'이런 전투라면 나 역시 환영이지.'

발라크가 말했지. 본인 역시 즐기고 있지 않으냐고.

'어쩌면······.'

그게 맞을 수도 있는지 모르겠다.

"흐읍?"

여유롭게 폭격을 가하던 발라크의 눈살이 찌푸려졌다. 후미에서 엄청난 기세의 공격이 느껴진 탓.

쑤아아앙!

소년은 온 힘을 다해 고개를 숙였다. 그 위로 옥빛의 낫이 아슬아슬하게 목을 비껴간다.

"허어?"

발라크는 섬뜩했다. 조금만 늦었어도, 판데모니엄 상위층인 자신이 허무하게 죽을 뻔했다.

"이게 말로만 듣던 아세브라도의 속도?"

판데모니엄의 전략 병기, 아세브라도. 발로크 역시 말로만 들었지, 직접 가동되는 걸 본 건 이번이 처음이었다.

"과연 엄청나구나."

저 인간이 어떤 원리로 전략 병기를 얻어냈는진 모르겠지만 발라크는 대수롭지 않게 웃어넘겼다.

그 역시 아그니와 비슷한 부류의 전투 종족. 일단 싸워서 이기고, 그 후에 정황을 파악할 생각이었다.

"키이이!"

나름 회심의 공격을 실패한 소울 콜렉터가 울부짖었다. 철갑 내부에 들어 있는 망령들 역시 함께 포효했다.

-킬킬킬, 저놈 역시 센 놈이로구나?

-클클, 회심의 공격이었는데, 그걸 피해?

-재밌다! 재밌어!

-키익, 키키키키.

기쁨의 포효였다. 승패를 떠나 계속해서 싸울 수 있다는 사실이 그들을 기쁘게 하는 것이다.

하지만.

"키이이!"

소울 콜렉터는 주인에게 명을 받았다. 혼자 저놈을 마크하라고.

투쿵! 투쿵!

공격에 실패해 중심을 잃은 소울 콜렉터에게 쌍두룡의 브레스가 날아온 것은 그때였다.

콰가가강!

하늘이 찢어질 듯한 굉음. 하지만, 그 공격도 아세브라도의 튼튼한 천년한철을 뚫어낼 순 없었다.

-키이이! 싸우는 것도 좋지만, 저놈을 묶어놓는 게 더 중요

하다.

　소울 콜렉터는 자신의 의지를 망령들에게 전달했다.

　-굳이?

　-나, 난 싫은데. 더 싸우고 싶어!

　-저번처럼 동의하는 자만 묶는 건 어때?

　망령 희생(S급). 과거 진도윤을 묶었던 것처럼 상대의 힘과 비례하는 만큼의 영혼들을 봉인하는 대신 완전한 속박을 선사하는 아세브라도 최고의 제어 스킬!

　망령들을 강제로 통제해 스킬을 사용할 수도 있겠지만 최고의 효율을 얻어내기 위해서는 그들 자발적으로 움직이게끔 해야 한다. 아무리 소울 콜렉터라 하더라도 수많은 영혼을 한꺼번에 통제하기엔 기운 소모가 심하기 때문.

　-키이이! 시끄럽다! 통제에 따르지 않으면, 앞으로 전투는 없을 거야!

　소울 콜렉터가 강력하게 일갈했다. 사실, 자신 역시 직접 육탄전을 하고 싶은 마음이 굴뚝이었으나 그에게 가장 우선인 것은 주인의 명. 허공에 날아다니는 발라크를 가장 효율적으로 묶을 방법은 바로 망령 희생(S급)을 사용하는 것이다.

　-전투가 없을 거라고?

　-그게 정말이냐?

　-키이이! 그렇다. 우리 주인은 통제에 따르지 않으면 무관심으로 일축한다고.

　소울 콜렉터는 과거, 자신이 약할 때. 소환조차 안 해주던 주인의 모습을 망령들에게 이미지로 전달했다.

쓸쓸했던 감정과 아무것도 못 한 채 역소환되어 있을 때의 그 심심함.

-저, 정말이잖아?

-시, 싫어! 우린 충분히 오래 봉인되어 있었다고!

-따라주자! 이건 따라줘야 해!

-나도 동의한다!

망령들의 순수한 반응에 소울 콜렉터가 씩- 웃었다. 그러고는 발라크를 향해 손을 뻗었다.

"키이이이!"

증폭된 망령의 힘이 뻗어 나가 소년과 쌍두룡을 순식간에 감싸 버렸다.

"이, 이게 무슨?"

발라크가 경악했다. 쌍두룡의 힘찬 날갯짓이 서서히 줄어들기 시작했고 녀석은 입 벌린 상태 그대로 온몸이 굳어버렸다.

'미, 미친?'

처음 겪어보는 미증유의 힘에 놀란 채 발라크는 그대로 추락할 수밖에 없었다.

진도윤의 소환수들 vs 발라크의 군단. 그 전투의 승기는 점차 진도윤 쪽으로 기울기 시작했다.

콰득! 서걱!

커다래진 데몰리션은 이리저리 뛰어다니며 드레이크들의 뒷목을 물었고 둠 나이트 역시, 한 구역의 지배자답게 파충류들을 힘차게 썰어 넘겼다.

그리고.

"여기 있었구나?"

정신없이 싸우던 진도윤은 마침내 추락한 발라크를 찾아낼 수 있었다. 소울 콜렉터와 함께 딱딱하게 굳어버린 녀석의 모습.

"어때? 니들이 만든 병기에 당한 소감은?"

그가 발라크의 뺨을 툭툭- 쳤다. 그러고는 생각했다.

'아마 10분일 거야.'

자신도 예전에 당했을 때 10분 동안 봉인된다고 했었으니까. 그전에 해치워 버리는 편이 좋았다.

"둠."

눈을 반짝인 진도윤이 조용히 읊조리자.

철컥!

파충류를 베어 넘기던 둠 나이트가 재빨리 다가와 고개를 숙였다.

"키에에에!"

"크륵, 크륵!"

주인의 위험함을 느낀 용가리들이 괴성을 지르며 다가왔지만.

화르르륵!

우측에는 피닉스가 높은 화염 장벽을 세우고 있었고 좌측에는 훨씬 거대한 데몰리션이 이를 드러내며 발톱을 휘두르고 있었다.

'든든하구만?'

진도윤의 한쪽 입꼬리가 말아 올려졌다.

이제는 끝내야 할 때.

"베어버려."

촤아악! 서걱! 스걱!

명령과 동시에 쌍두룡, 그리고 소년의 머리가 허공에 떠올랐다.

[용의 총통, '발라크'(★★★★★★)를 처리합니다.]
[경험치 3,800,000,000exp를 획득합니다!]

약 40억에 달하는 경험치가 들어왔다. 무려 웨어울프 킹에 비해 100배나 되는 경험치.

"좋네."

확실히, 잔바리들을 잡는 것보다 대어 한 마리를 낚는 게 훨씬 좋다. 효율도 기분도.

"캬, 캬옥?"

"키에에에?"

자신의 주인이 순식간에 당하자 파충류들은 당황한 표정으로 서로의 얼굴을 쳐다봤다. 설마, 저런 식의 허무한 최후를 맞이할 거라고는 그들도 몰랐을 거다.

진도윤조차 생각했던 것보다 훨씬 쉽다 느끼고 있었으니까.

'아세브라도가 그만큼 사기란 거지.'

진도윤은 고개를 끄덕였다.

이제 아무리 판데모니엄이라 하더라도 악마 하나 정도는 우습게 처리할 수 있는 능력이 된 것이다.

"키이이!"

발라크를 처리하자, 소울 콜렉터도 다시 일어섰다.

"잘했다, 이 녀석아."

"키이, 키이!"

"응? 뭐라고?"

"키이이이!"

무언가 말하며 의지를 전달해 오는 녀석.

엘라임이 옆에서 대꾸했다.

"진도유운!"

"응?"

"소울이가 발라크 영혼 흡수했다는데?"

"잉?"

진도윤의 눈이 휘둥그레졌다.

"헐, 설마……?"

니플헤임의 천년한철은 악마의 영혼을 흡수한다 했다. 즉, 발라크가 죽자마자 저쪽으로 흡수당한 건가? 그렇다기엔 그렇게 유의미하게 힘이 증가한 것 같지 않은데.

워낙 센 놈이기에 옛날이나 지금이나 기운은 똑같아 보인다.

"키이! 키이이!"

"진도유운! 강했던 육체는 그냥 소멸하는 거고, 저 녀석 영혼만 들어온 거래."

엘라임은 계속해서 소울 콜렉터의 울음을 해석해 줬다.

"말도 전해줄 수 있다는데? 마계의 대계가 생각 이상으로 진행됐다고 뭐라 뭐라 말하는데? 진도윤이 절망할 꼴을 보니 신난다고 지켜보고 있겠대."

"뭐래."

진도윤이 픽 웃었다. 죽은 발라크와 대화를 나눌 수 있다는 것 같은데 나름 나쁘지 않다.

"소울아."

"키이이이!"

"일단, 저놈 헛소리 못 하게 조져놔 봐. 할 수 있지?"

"키이!"

소울 콜렉터가 자신의 주특기라는 듯 고개를 끄덕였다.

"얌전하게 만들어놔. 물어볼 게 있거든."

"키이!"

명령을 마친 진도윤이 다시 눈을 번뜩였다. 그러고는 전방을 바라봤다.

아직 다 처리하지 못한 용족들.

"일단 저것들. 마저 정리하자."

그는 단 하나의 경험치도 놓치지 않을 생각이었다.

콰득!

마지막 한 마리 남은 드레이크가 수명을 다했다.

"후, ×나 힘드네."

컨트롤을 멈춘 진도윤이 바닥에 털썩 주저앉아 숨을 몰아쉬었다.

"하필, 둠이랑 소울이가 원 상태로 돌아올 줄이야."

본래도 힘들었지만, 더욱 힘들었던 이유.

그것은 다름 아닌 둠 나이트와 소울 콜렉터에게 있었다. 발라크가 소멸하는 즉시, 주변에 풍기던 마계의 냄새가 사라지면서 그들 역시 본연의 힘을 끌어낼 수 없게 됐으니까.

'나야 오히려 좋았지만.'

그만큼 힘들긴 했지만 대신, 몬스터를 잡아 얻는 경험치를 그들에게도 고루 나눠줄 수 있었다.

"후우."

한숨을 내쉰 그는 풀린 동공으로 주변을 둘러봤다. 파충류들의 사체가 산을 이루고, 피로 계곡을 이루는 모습.

"으윽, 고약한 냄새."

눈살을 찌푸린 진도윤이 코를 막자, 엘라임이 다가와 손을 떨쳤다.

촤르륵!

시원한 물이 땀으로 범벅된 그의 신체를 씻어내고, 악취를 쫓아낸다.

"고마워."

"후, 진도유운. 우리 요즘 너무 열심히 움직이는 것 같지 않아? 모든 일엔 휴식도 필요한 법이라구! 저 봐."

그녀가 누군가를 가리켰다. 랜턴과 낫을 바닥에 놓고 앉아 있는 소울 콜렉터였다.

"쟤도 벌써 이번이 3번째 진화잖아. 얼마나 아플까."

"……그렇긴 하지."

진도윤이 입맛을 다셨다.

엘라임의 말이 틀린 건 아니다. 효율적인 성장을 위해서는 정신적 에너지 보충도 필요한 법이다.

인간이든 소환수든 정신력은 무한하지 않으니까.

고개를 끄덕인 그는 간만에 상태창을 열었다.

[서머너:진도윤]
[나이:133]
[감응력:236]
[보유 소환수:5/5]
- S급, 파괴룡 '데몰리션'(★★★★★)
- S급, 죽지 않는 새 '피닉스'(★★★★★)
- S급, 물의 정령왕 '엘라임'(★★★★★)
- S급, 지옥의 기사 '둠 나이트'(★★★★★)
- S급, 아세브라도의 주인 '소울 콜렉터'(★★★)
[보유 스킬:4/4]
- 연공법
- 감응

- 천사화
- 차원 관리

"많이 성장했네."

그간 잠도 자지 않고 사냥하러 다닌 결과였다. 데몰리션, 피닉스, 엘라임은 요구 경험치량을 거의 절반 정도 채웠고 둠은 저번에 새로 5성화를 이뤄낸 이후, 아직 저렙인 상태. 소울 콜렉터 역시 이제 진화만 하면 4성이었다.

"발라크, 그놈이랑은 나중에 대화해 봐야겠군."

"그나저나 이제 어떡할 거야? 아직 임무 클리어 메시지가 안 뜬 거 보면…… 들어가 봐야 하는 거 아니야?"

"흠……."

진도윤이 제단을 바라봤다.

이 던전의 공략 조건은 제단 내부 청소. 원래는 그동안 외부에서 몬스터가 '무제한'으로 쏟아진다 했지만 발라크의 소멸 이후로 더 이상의 몬스터는 등장하지 않았다.

"아니면 좀 쉴까? 헤헤. 설마 그 많은 인원이 들어갔는데, 진도윤 없이 아무것도 못 하겠어?"

"그러게."

진도윤의 미간에 골이 파였다. 온 힘을 다해 싸운 터라, 남아 있는 잔여 감응력이 거의 텅 빈 수준이었다. 심신이 지치기도 했고.

저 정도는 대월이 알아서 처리해 주길 바라는 게 그의 솔직한 마음이었다.

그 마음이 다다랐을까? 그의 눈앞에 메시지가 떠올랐다.

[던전 클리어!]
[오염된 제단을 정화합니다. 저주로 물들어 있던, 크림슨 드래곤의 사체가 안식을 되찾고 사라집니다.]
[기여도를 산정합니다. 잠시만 기다려 주세요.]
[Loading 11/100]

"오?"
"우와!"
진도윤과 엘라임이 활짝 웃었다. 대월 측에서 타이밍 좋게 마무리 지은 것이다.

[기여도 결과입니다. 당신의 기여도는 0%입니다. 보상은 제공되지 않습니다.]

비록 제단에 들어가지 않은 터라 얻은 건 없었지만, 상관없었다. 어차피 그에게 중요한 것은 경험치였고 어떻게 활용할진 모르겠지만, 발라크의 영혼까지 얻어냈다.

"그럼 안심하고 돌아가자고."
"웅웅! 드디어 휴식인 거야?"
"그래. 고생했다, 엘."

물론, 진도윤은 아직 쉬기에 일렀다.

"키이이……."

"소울이, 저놈. 보살펴 줘야지."

아무리 힘들다 해도 이번 전투의 MVP를 어찌 내팽개쳐 두겠는가?

부드럽게 미소 짓는 진도윤이였다.

"으아아! 해냈어!"

"살아남았다고! 으하하하!"

던전 밖으로 나온 용병들이 고래고래 소리를 질러댔다.

단순히 공략 불가 판정 던전을 클리어한 것도 기쁜 일인데 죽다 살아난 기분이니, 오죽하랴.

"다들 고생하셨어요. 정산은 추후 깔끔히 해드릴 테니, 오늘은 다들 들어가서 푹 쉬세요."

유민정 역시 후련한 마음이었다.

'물론.'

그녀는 멀뚱히 서 있는 김대호를 바라봤다. 굉장히 싸늘한 눈빛으로.

'다른 의미의 정산도 확실히 해야겠지.'

감히 대월에 대적하려 했던 자들은 머릿속에 다 저장해 둔 상태였다. 얼굴부터 이름, 이명, 그리고 나이까지.

앞으로 저들은 영원히 대월에 고용되지 못할 것이며 또한, 위약금도 물어야 할 거다. 대월은 세계 최고 수준의 법무법인과 파트너쉽 관계를 맺고 있기에, 빠져나가기도 쉽지 않겠지.

"……."

꿀 먹은 벙어리처럼 있다가 황급히 자리를 회피하는 그들을 바라보며, 유민정은 회심의 미소를 지었다.

'이게 모두 다 도윤 씨 덕분…… 아?'

아차 싶은 그녀가 황급히 주변을 두리번거렸다.

'어디 가셨지?'

이번 던전의 주역, 진도윤을 찾기 위해서였다.

그 덕분에 대월은 단 한 명의 희생자 없이 고난도의 던전을 타파했다. 아마 이번 공략으로 대월은 뜨거운 화제가 될 것이며, 그녀 역시 입지를 더욱 튼튼하게 다지게 될 것이 분명할 터.

'어떻게든 보답해야겠어.'

그는 보상이 필요 없다 말했지만 유민정은 그냥 넘어갈 생각이 없었다. 특히, 이번 사건으로 그의 강함이 어느 정도인지 확실히 인지했다.

절대로 적으로 두면 안 될 서머너.

'이번 보상이라도…… 어떻게든 드려야지.'

단기적으로는 손해겠지만 그녀는 나무가 아닌 숲을 바라보는 간부였다. 혹여 대월의 모든 재산이 털린다 한들 서머너 마스터와 친분을 유지하는 것이 더 이득이라는 게 유민정의 판단이었다.

'좋았어.'

그녀는 결연한 표정으로 주먹을 꽉 쥐었다.

그로부터, 이틀이 지난 후.

"응? 영감? 한창 바쁘더니 여긴 웬일이야?"

닉스의 은신처 내부에서 엘라임의 등쌀에 밀려 어쩔 수 없이 휴식하던 진도윤이 눈을 빛냈다. 간만에 협회장, 유준태가 찾아온 것이다.

워낙 바쁜 직책이라, 무슨 일이 있을 때만 찾아오는 영감.

"또 무슨 던전이라도 생긴 거야?"

"진도유운!"

저 멀리 있던 녀석이 눈에 쌍심지를 켜고 달려온다.

"알겠다, 알겠어. 일주일간은 휴식만……. 맞지?"

"응! 훈련도 금지! 나도 파업! 정말 어쩔 수 없는 일 아니면!"

소환수와 서머너의 경계 없는 대화에 유준태가 털털하게 웃었다.

"허허, 오늘도 화목하구만."

사실, 유준태는 현 상황을 굉장히 긍정적으로 바라보고 있었다. 무리하게 달리는 진도윤을 저지해 줄 자가 엘라임 말고는 없었으니까.

'녀석, 소환수 말이라면 끔뻑 죽지.'

소환수의 말에 귀 기울이는 것. 그가 최고의 서머너가 될 수 있었던 이유이기도 했다.

스윽.

유준태는 가져온 무언가를 탁자 위에 툭- 올려놓았다. 진도윤이 눈을 깜빡거렸다.

"이게 뭔데?"

"대월, 유민정이 꼭 받아달라고 보내던데? 네 녀석이 바로 자리를 뜨는 바람에 인사도 못 드렸다고."

"엥? 난 뭐 달라 한 적 없는데."

"고마움을 표시하고 싶은 거겠지."

"그으래?"

진도윤이 픽 웃으며 시선을 그 무언가에게 돌렸다. 안 받아도 무관하지만, 준다는 걸 거절할 진도윤은 아니었다.

"뼈네?"

"이번 최고 기여도 보상으로 받은 거란다. 딱 봐도 가치가 엄청날 것 같은데, 이걸 그냥 내주네."

"이야……."

진도윤은 궁금한 마음으로 뼈 위에 손을 올렸다.

그러자 떠오르는 메시지.

[아이템:크림슨 드래곤의 뼈]
[등급:S]

[최후룡, 크림슨 드래곤의 붉은빛 뼈. 500년간 오염되지 않고 남아 있는 게 없어 굉장히 희귀하다.]

[옵션:1/1]

- 재료:각종 무구의 재료로 사용된다.

"어?"

진도윤의 눈이 휘둥그레졌다. 어디서 봤다 싶더라니, 볼드윈 가문에 대대로 전해져 내려왔다던 가보 아니던가?

"볼드윈이 좋아하겠네."

"볼드윈이면 그 드워프?"

"응, 어쨌든 유민정한텐 고맙다고 전해줘. 잘 쓰겠다고."

"허허, 그러지. 눈에 띄게 좋아했다고 전해줄게."

볼드윈에겐 감사한 부분이 많다. 항상 받는 거에 비해, 소소한 선물만 해줘서 미안했는데 이번 기회에 제대로 선물해 주는 것도 좋겠지.

뼈를 한 곳으로 치워둔 진도윤이 유준태를 바라봤다.

"뭐, 별다른 소식은 없고?"

프리덤에 대한 질문이었다. 현재 전 세계가 프리덤의 움직임에 주목하고 있는 상태였으니까.

"아직……. 우리도 그렇고, 협회도 그렇고 주야장천 훈련만 하고 있다."

"우리랑 별다른 거 없네?"

"넌, 계속 휴식하려고?"

"응, 엘이 저렇게까지 말하는데 또 움직일 순 없잖냐. 뭐, 뼈도 생겼겠다 라스베이거스나 한번 들려야지."

해야 할 건 많았다. 아직 발라크와 대화도 안 해봤고 살림도 한 번쯤 들러봐야 한다.

"클클, 그래. 네 녀석이 쉬는 걸 보니 나도 좋구나."

유준태가 껄껄거리며 일어났다.

"그럼 전해줬으니, 난 이만 가보마."

"벌써? 밥이나 먹고 가지?"

"바쁘다, 이 녀석아."

눈이 퀭해져서 서둘러 나가는 영감. 진도윤은 그 모습을 보며 씁쓸하게 웃었다.

"영감도 휴식이 필요해 보이긴 하네."

그러고는 눈을 감고 생각했다. 언제쯤, 모두가 제대로 된 여가를 즐길 수 있을까?

프리덤, 그 녀석들을 끝장내면? 10악마를 다 때려잡으면?

'그래, 뭐가 됐든.'

진도윤이 천천히 눈을 떴다.

'다 부숴 버리면 되는 일이지.'

파키스탄, 주점.
콰앙!

한 거한이 마시던 맥주잔을 테이블 위에 거칠게 내려놓았다.

"이…… 빌어먹을 프리덤 새끼들……!"

프리덤이 존재하는 마을에서 강하게 집단 욕을 하는 남자. 하지만, 주점에 있는 그 누구도 남자를 건들 수 없었다. 그는 이곳 마을 서열 2위, 루크만이었으니까.

과거 꼬마, 한만식을 괴롭혔던 자이기도 했다.

"내가 조직에 바친 시간이 얼만데…… 그딴 잡놈을 간부로 만든다고? 그게 말이 돼?"

화를 주체할 수 없는지, 온몸에 가득한 근육이 꿈틀거렸다.

"형님, 저도 놀랐습니다. 정말로 서동희…… 그 작자가 그 꼬마를 노야께 데려갈 줄이야."

"서동희, 그 ×신 같은 놈."

심지어 루크만은 간부 욕까지 서슴없이 내뱉었다. 그만큼 화가 났기 때문이었다.

"어린 나이에 높은 자리에 오르니, 그냥 지 하고 싶은 대로 하는 거지."

"맞습니다, 형님."

"내가 이놈의 집단을 나가든가 해야지."

"나가더라도 그놈은 조져야 하지 않겠습니까?"

"누구, 서동희?"

"아뇨, 그 꼬마 말입니다. 저번에 경고하지 않았습니까. 간부 제안이 오더라도 거절하라고."

"그랬었지."

아드득!

루크만이 이빨을 강하게 갈았다. 동시에 그의 눈빛에서 엄청난 살기가 휘몰아치기 시작했다. 마치 누구 하나 잡아 죽이지 못하면, 자신이 죽을 것 같은 느낌.

덜컹!

그때였다. 주점의 문이 거칠게 열렸고 그 사이로 무표정의 한 소년이 천천히 걸어 들어온 것은.

소리 때문에 당연히 시선이 소년에게 주목될 수밖에 없었다.

"뭐냐? 저놈은…… 끄억."

한껏 트림을 한 루크만이 슬쩍 뒤를 돌아다 봤다. 그러고는 이내 눈이 휘둥그레졌다.

"저놈은……?"

"혀, 형님! 그 꼬마인뎁쇼?"

최연소의 나이로 세계 최강 테러 집단, 프리덤의 간부가 된 한만식의 등장이었다.

저벅, 저벅.

주점 안으로 들어온 한만식은 눈을 감았다. 그러고는 조금 전, 서동희와의 대화를 떠올렸다.

"서동희 간부님."

"야, 이제 같은 간부인데 그냥 형이라 하라니까?"

"아닙니다."

"하아, 이거 불같은 놈인 줄 알았는데, 고지식한 면도 있었네? 그래서 왜?"

"혹시 상대가 프리덤 멤버라 할지라도 개인적인 복수가 허용되는 겁니까?"

"개인적인 복수라…… 루크만 패거리들 말하는 거구나?"

"그렇습니다."

"뭐, 노야는 간부들끼리만 싸우지 말라 했으니까. 상관없겠지. 왜, 다 죽여 버리려고?"

"……."

꼬마는 굳이 답하지 않았다.

어차피 자신도 이제 간부 군이 예를 차릴 필요도 없었고 딱딱하게 존대하는 것도 서동희 역시 결국은 자신의 적이기 때문.

정을 주지 않기 위해서였다.

"크큭, 알아서 해라. 프리덤이 왜 프리덤이겠냐? 네 녀석 하고 싶은 대로 해도 되니까 프리덤이지. 게다가 어차피 걔네들 다 소모품들이거든. 죽이든 삶아 먹든 네 맘대로 해라. 큭큭."

'과연.'

과거, 자신의 아비를 실험체로 썼던 집단다운 대사였다.

"금방 끝내고 와야 한다. 너도 알다시피 조만간 대계는 시작되니까. 아, 설마…… 그 양아치들한테 맞고 오는 건 아니겠지?"

"절대, 그럴 일은 없을 겁니다."

꼬마가 고개를 내저었다.

"……"

상념을 깬 꼬마의 눈이 반개했다. 눈앞에는 과거 자신을 발로 차고, 함부로 대했던 녀석들이 보였다. 고작 간부, 서동희가 자신을 따로 불러냈다는 이유로.

'한심한 작자들……'

저들은 알까? 프리덤이라는 간판을 달고 어깨 펴고 다녀도 결국은 그 집단에 소모품 취급을 받고 있다는 사실을.

눈앞 쓰레기들의 반응은 두 부류로 나뉘었다.

"가, 간부님…… 아니, 꼬마."

"여긴 웬일이냐!"

먼저, 곧바로 루크만 뒤에 붙는 놈들. 다음은, 자신에게 저자세로 대해야 할지 어찌해야 할지 갈피를 못 잡는 놈들.

'눈치를 보는 거지.'

직책상 위인 자신을 따를지. 아니면, 당장 본인에게 패악을 부릴 수 있는 루크만을 따를지.

"……이 새끼."

온몸이 근육질로 가득한 루크만이 벌떡 일어선 것은 그때었다.

"여기가 어디라고 기어들어 와?"

쿵, 쿵!

녀석이 거대한 덩치를 이끌고 꼬마 앞으로 다가왔다.

"……."

한만식은 표정 없는 얼굴로 루크만을 올려다봤다. 이윽고, 루크만은 그 흉악한 면상을 꼬마에게 들이밀며 말했다.

"내가 말했지. 내 자리를 뺏는 순간, 내 모든 걸 동원해서 네 놈을 찢어발겨 주겠다고."

"치워라. 입에서 냄새나니까."

"뭐?"

꼬마의 어설픈 영어에 루크만이 잘 못 들었다는 듯 고개를 옆으로 꺾었다.

그러고는 이내.

"크하하하, 이놈 보소? 간부 됐다고 허리 꼿꼿하게 펴는. 네놈이 정말 죽고 싶은가 보구나."

한참을 웃은 루크만이 부하들에게 눈짓했다. 그러자 주점 내부의 의자와 테이블을 한쪽으로 치우는 그들.

일종의 경기장을 만드는 셈이다. 그 덕에 주점은 한바탕 시끌시끌해졌다.

"저 꼬마 간부랑 루크만이랑 한 판 붙으려나 봐!"

"아무리 루크만이라 해도, 간부를 건드린다고? 뒤가 무섭지 않은 건가?"

"프리덤이잖아. 간부가 죽으면 다른 간부로 충당하겠지."
"그럼?"
"저 꼬마를 죽일 수만 있다면, 루크만이 다시 간부 후보가 될 수도 있지 않을까?"

평소 루크만과 관계가 없는 자들은 흥미로운 표정으로 대립을 지켜봤으며 당연히 루크만의 부하를 자처하는 자들은 그의 뒤로 붙었다.

이윽고, 루크만이 거만스러운 표정으로 꼬마를 내려다봤다.

"크크큭, 여기까지 찾아왔다는 건 각오가 되어 있다는 뜻이겠지?"

입은 웃고 있었지만, 그의 표정은 싸늘했다.

'기운이 범상치 않긴 하지만.'

모름지기 소환수 대 소환수 싸움은 컨트롤이 승패를 좌우한다. 아무리 높은 감응력을 가지고 있다 하더라도, 경험이 미천하면 아무짝 쓸데가 없다는 뜻이다.

"아그들아, 준비해라."

루크만은 이를 드러내며, 부하들에게 일갈했다.

"오늘이 바로 결판의 날인갑다. 만약 저놈을 죽여, 정당한 간부 자리를 찾아낸다면······."

콰앙!

루크만의 소환수, '아이언 골렘'(★★★★★★)이 주점 바닥을 가르며 등장했다.

"너희들에게도 부귀영화를 약속하지."

"좋습니다!"

"형님, 저희도 돕겠습니다."

"맞습니다. 아무리 프리덤이라 해도, 저런 풋내기를 간부 자리에 앉힐 순 없는 거지요!"

세 명의 부하 역시 각자의 소환수들을 꺼냈다.

한꺼번에 공격할 셈.

어차피 그들에게 정정당당이란 개념은 없었다.

"쯧, 쓰레기들이 조잘조잘 말이 많네."

꼬마는 태연하게 감응력을 컨트롤했다.

뾰로롱!

그의 곁에 등장하는 B급 임프족 하나. 악마와 본격적인 계약을 앞두고, 근처 던전에서 임시로 채택한 소환수였다.

"……B급 임프?"

루크만의 눈썹이 꿈틀거렸다.

"고작 저런 소환수로 내 골렘을 상대할 생각이었나? 이거 완전 겁대가리를 상실했군."

꼬마, 한만식은 그런 루크만을 아예 무시했다. 그러고는 임프에게 진심으로 사과했다.

"임프야, 미안하구나. 네 손으로 저런 쓰레기들을 처리하게끔 하다니."

"……이 새끼가?"

취기에 몸이 잔뜩 달아오른 루크만은, 골렘의 손을 번쩍 들었다. 핑그르르! 회전하며 가속력을 더한 주먹이 곧이어 임프를 향해 떨어져 내렸다.

"헉?"

"시, 시작인가?"

"구, 구석으로 붙자!"

구경꾼들과 종업원들이 강해 보이는 공격을 피하고자 벽으로 붙었다. 자신의 소환수를 불러내 실드를 두르는 자들도 있었다.

후우웅!

곧이어, 엄청난 속도로 내리꽂히는 아이언 골렘의 내려찍기.

하지만.

티이잉!

뒷골이 울리는 소리와 함께 골렘의 주먹이 튕겨 나갔다. 임프가 단순하게 내지르는 창에 공격이 막혀 린 것이다.

"무, 무슨? 컥!"

그 반발력에 루크만이 심장을 부여잡았다.

"혀, 형님!"

"괜찮습니까?"

"너무 취하신 거 아닙니까?"

부하들이 다가와 부축했지만 루크만은 제정신이 아니었다.

'고작, 한 방.'

그 한방으로 엄청난 감응력의 차이를 느낀 것이다.

"뭐야? 고작 이런 실력으로 이빨을 털었던 거야?"

꼬마는 어처구니없다는 표정으로 걸어 나갔다.

뭐, 자신 역시 억지로 감응력을 받은 것에 불과해 그 실력에 자부심이 있는 건 아니었지만.

'아무리 그래도…… 생각했던 거보다 너무 약하잖아?'

노야로부터 받은 180의 감응력. 그 수치의 위대함을 처음으로 느끼는 한만식이었다.

"……이런 개 같은!"

루크만은 끓어오르는 화를 참지 못했는지, 주먹으로 바닥을 쿵! 내려쳤다.

분명, 소환수 없이도 자신의 주먹 하나면 해결됐던 서머너인데 간부 딱지 달고 왔다고 이렇게 뒤바뀌는 게 말이 된단 말인가?

지금껏 했던 노력이 일순간에 무너지는 기분이었다.

"……."

루크만은 가까스로 취기를 몰아냈다.

'그래, 정신 차리자.'

감응력의 차이는 분명 인지했다. 이제 밀고 나가야 할 것은 컨트롤 그리고 수적 우세였다.

"뭣들 하냐! 공격해, 직접 부딪히지 말고 가능하면 서머너를 노려."

"알겠습니다, 형님!"

우-우-웅!

펼쳐지는 감응력과 동시에 총 넷의 소환수가 꼬마를 향해 들이닥쳤다.

"저, 저런 비겁한! 서머너를 노린다고?"

"멍청아, 비겁한 건 아니지. 잊었냐? 우리 프리덤이잖아."

"아, 맞다. 그렇지?"

"으어어, 이번엔 아무리 간부님이라 하더라도 위험하겠는데?"

구경꾼들이 숙덕거렸지만.

'위험하긴…… 개뿔.'

꼬마는 고개를 절레절레 흔들었다.

과거, '로즈 케미칼'에서 봤던 얼음공주, 유아린의 컨트롤을 기억해서일까?

'아니, 거기까지 갈 필요도 없지.'

꼬마가 보기엔 '살림'(殺林)의 일반 단원들보다 못한 컨트롤이었다.

우우웅!

한만식 역시 임프에 창에 막대한 감응력을 불어넣었다. 그리고, 짧은 기간 살림에서 배웠던 연계기를 사용했다.

창을 이용해, 바람의 기운을 만들어 주변에 광역 딜을 넣는 방식.

'이 정도만으로도 충분하겠어.'

이윽고 다가오는 루크만 패거리들의 소환수와 꼬마의 임프가 충돌했다. 구경꾼들은 커다란 폭음이나 박 터지는 소리를 기대했지만.

스걱, 서거걱!

주점에는 무언가 갈리는 소리만이 울려 퍼질 뿐이었다. 그렇게 한참을 어지러이 움직이던 그 순간.

"어?"

전투를 지켜보던 구경꾼 한 명이 입을 떡 벌렸다.

꼬마도, 루크만 패거리도, 또한 그 소환수들까지. 전부 다 그 자리에서 멈춰 버렸기 때문이었다.

"뭐, 뭐지? 갑자기?"

"끝난 건가?"

"그럼, 누가 이긴 거야?"

그들의 의문은 금세 해결됐다.

쩌억! 쩌저저적!

루크만 패거리의 소환수들 몸뚱어리에 금이 가기 시작했기 때문.

그뿐만이 아니었다. 루크만과 그의 부하 몸에도 실선이 그어지기 시작했다.

"……무, 무슨?"

당황하는 루크만이었으나.

푸확!

이내 순식간에 갈라져 고깃덩어리로 변하는 그들. 꼬마는 녀석들에게 억울해하거나 고통받을 시간조차 주지 않았다.

'괴롭힐 가치조차 없는 쓰레기들이니까.'

그 잔혹하면서도 끔찍한 현장에도 꼬마의 표정은 무심할 뿐이었다.

"미, 미친! 단 한 수에?"

"저 작은 임프의 창으로 그 큰 골렘과 서머너들까지 베어버린 거라고?"

"마, 말도 안 돼. 루크만도 보통 실력자가 아닌데!"

꼬마 간부의 엄청난 위력에 구경꾼들은 경악했다.

그들 역시 프리덤이라, 누군가 죽어 나가는 거에 부담은 없었지만 그 압도적인 실력 차에 놀란 것이다.

'너희들도 다 똑같은 놈이야.'

감응력을 갈무리한 한만식은 주점 내부의 구경꾼들을 싸늘하게 쳐다봤다.

'하지만…… 아직 서두를 필요는 없겠지.'

군자보구 십년불만이라 했다. 군자의 복수는 10년이 걸려도 늦지 않다는 것.

'아직은 기다린다.'

너무 손속을 과하게 하면 서동희가 의심할 수 있다. 아직 악마와 계약한 것도 아닌지라 조심할 필요성은 있었다.

"……."

꼬마는 다짐했다. 이곳, 프리덤에 더욱 깊숙이 파고들어 주겠다고. 그동안 실력도 늘리고, 얻을 수 있는 정보도 다 얻어 놓겠다고.

'그리고 어느 수준에 달했을 때.'

부릅.

꼬마의 눈이 밝게 번쩍였다.

'네놈들은 호랑이 새끼를 키운 꼴이 될 거다.'

그 시각.

닉스의 은신처, 펜트하우스 내부. 소울 콜렉터의 철갑 사이에서 시커먼 영혼 하나가 뽑혀 나오고 있었다.

"오오……?"

"우와, 소울아! 저게 발라크의 영혼이야?"

소파에 앉은 진도윤과 엘라임은 그 모습을 신기한 듯 쳐다봤다.

"키이이!"

그렇다는 소울 콜렉터의 울음과 함께 절규하는 시커먼 영혼이 그의 랜턴 속으로 안착했다.

"이렇게 하면…… 녀석과 대화할 수 있다고?"

"키이! 키이이!"

조금만 참고 지켜보라는 듯 고개를 끄덕이는 소울 콜렉터.

그렇게 몇 분이 흘렀을까.

[소울 콜렉터가 '영혼'을 뽑아냅니다.]

[약, 10분간 영혼과 대화할 수 있습니다.]

-그, 그만 좀 괴롭혀라. 끄아아악! 그, 그만! 내 다 말해준다고 하지 않았느냐! 이노옴!

무언가 익숙한 발라크의 목소리가 들려왔다. 이번 진화로 새로 얻은 스킬, '영혼 추출'(S급)의 발현이었다.

진도윤이 시커먼 영혼의 모습을 한 발라크를 물끄러미 쳐다봤다.

"호오, 이런 모습이었구나? 이제 그냥 대화하면 되는 건가?"

"키이이!"

씩씩하게 대답하는 소울 콜렉터를 바라보며 그는 흐뭇하게 웃었다.

실로 엄청난 능력이었다. 악마를 죽이고, 그 영혼을 흡수한 채 무한한 고문을 선사할 수 있는 기술. 그것만으로도 마계 진영에는 커다란 위협이 된다.

'별 힘을 들이지 않고도 정보를 뽑아낼 수 있을 테니까.'

원래 적으로부터 정보를 얻는다는 게 쉬운 일이 아니다.

먼저 대상을 죽이지 않고 포획해야 하며 관리하기 위해 가둬두고, 고문까지 해야 한다. 하나, 소울 콜렉터의 존재로 그 과정이 매우 간단해졌다.

'만약 소울 콜렉터가 적이었다면?'

으으, 진도윤이 본능적으로 팔을 쓰다듬었다. 죽어도 포로가 되어야만 한다니, 살짝 소름이 돋은 탓이다.

-아니, 이놈들아!

검은 영혼의 목소리가 다시 들려온 것은 그때였다.

"발라크?"

-그래, 난 용의 총통 발라크! 아니, 그나저나 난 숨기는 게 없다니까 왜 자꾸 고문하고 지랄이야?

"……"

굉장히 억울해 보이는 목소리.

아마 그동안 꽤나 괴로웠나 보다.

진도윤은 픽 웃으며 답했다.

"태도."

-뭐?

"그 태도가 문제라는 거야. 뭐라 그랬더라? 내가 절망할 꼴을 신나게 지켜보겠다고?"

-그, 그건…….

진도윤은 며칠 전 엘라임이 전해줬던 내용들을 떠올렸다. 마계의 대계가 생각 이상으로 진행됐다면서, 자신이 절망하는 모습을 영혼의 모습으로 지켜보겠다 했었지.

-크, 크흠. 그때는 실수였다. 어이없게 죽어서 조금 흥분하는 바람에.

"됐고, 일단 소속부터 묻자."

진도윤은 자세를 고쳐 앉았다.

상대가 완전히 굽힌 것을 본 이상 이제 본격적으로 정보를 뽑아볼 생각이었다.

-나는 위대한 판데모니엄의 악마이자 늘 진실만을 말하는

모든 용의 아버지……!

"또 고문당하기 싫으면 형용사는 빼고 담백하게."

-크윽, 그냥 판데모니엄 소속 악마다.

"서열은?"

-서열?

"판데모니엄에서 네가 몇 번째냐고."

-10악마에는 속하지 못했지만, 아마 20위 안에는 들 거다.

"오?"

진도윤이 의외라는 듯 영혼을 쳐다봤다. 비교적 간단하게 잡았던 악마가 설마 그 정도로 높은 등수일지는 몰랐기 때문.

-정확한 수치는 아냐. 네놈도 알다시피, 싸움이란 게 꼭 서열로 매겨지는 게 아니거든. 변수도 있고, 상성도 있고.

맞는 말이다. 사대 천사라 해서 다 같은 전투력이 아닌 것처럼 10악마나 그 외 악마들 역시 마찬가지겠지.

-크크큭, 영광으로 알 거라. 비록 아세브라도의 힘을 빌렸지만, 이 위대한 용의 총통을…… *끄아아악! 그, 그만! 알겠다! 알겠다고!*

헛소리하다 비명을 지르는 꼴이 소울 콜렉터가 알아서 차단한 것 같았다.

'확실히 소울이 녀석도 센스가 늘었어.'

진도윤은 만족스러운 표정을 지으며 질문을 계속했다.

"시끄럽고, 생각 이상으로 진행됐다 했던 그 대계나 한번 들어보자."

-크으으으, 대계 말인가? 크크. 그래, 상관없겠지. 어차피 네놈이 알아봤자 바뀌는 건 없을 테니.

이미 자신들의 승리를 확정하는 듯한 뉘앙스. 그 점은 과거 죽였던 아그니와도 비슷했다.

스윽.

검은 영혼이 고개를 꺾어 진도윤을 응시했다.

-단, 하나만 약속해다오.

"약속?"

갑자기 진지하게 바뀐 녀석의 음성에, 진도윤이 물었다.

-속 시원하게 설명해 줄 테니…… 설명이 끝나면…… 이 빌어먹을 영혼의 속박을 해제해 줘라.

"해제라……."

자유를 달라는 말인데. 어차피, 정보만 얻어낼 수 있다면, 힘없는 껍데기 영혼 따위 진도윤도 필요 없었다.

"오케이, 약속하마."

-좋다. 그대가 그런 걸로 사기 칠 것 같지 않으니, 나 역시 믿어보지.

영혼의 서약이나 계약 따위는 없었다. 발라크 입장에서도 믿는 것 말고는 어쩔 도리가 없으니 한 선택이겠지.

-우리 판데모니엄의 꿈은 삼계(三界)의 통치, 세 개의 세계를 통합하여 대계(大界)를 만드는 것이 최종 목표다.

"흠, 과연……. 대계가 그 대계였구만?"

큰 계획이 아닌 큰 세계라는 뜻. 판데모니엄의 꿍꿍이는 그도 대강 알고 있는 상태였기에 진도윤이 천천히 고개를 끄덕였다.

-천계는 이미 발판을 마련해 뒀고, 인간계는 아마 이제 목전에 두고 있을 터. 인간계에 오는 게 좀 힘들었지.

"인간계는 왜?"

-왜긴, 가이아가 다스리는 곳이니까. 어찌나 인간을 사랑하는지, 보호 장치를 겹겹이 쳐두는 바람에…….

"……."

또 가이아다. 대천사들도, 이전에 만난 악마들도 가이아의 힘을 최고로 쳤었지.

과연 그녀는 얼마나 강한 것일까?

"보호 장치는…… 힘의 제약을 말하는 건가?"

-맞다, 잘 아는군.

진도윤이 고개를 끄덕였다. 천사가 마계에 가거나, 악마가 천계에 가면 제약을 받는 것, 그 이상으로 인간계에 오면 힘의 제약을 받게 되니까.

'무려 90%나.'

아마, 그걸 뚫기 위해 프리덤을 이용하고 있는 걸지도 모른다.

-우린 예로부터 불만을 품고 있었다.

"불만?"

-천계나 마계보다 훨씬 풍족하고 자원이 많은 세계를 왜 가장 약한 인간들이 차지해야 하는지 말이야.

"그래서?"

-…….

잠깐 침묵을 지키던, 발라크가 이내 말을 이었다.

-가이아의 뒤통수를 쳤지.

이어지는 대답에 진도윤이 눈을 빛냈다. 가이아에게도 듣지 못한 이 싸움의 비화.

-과거 삼계의 수장이 힘을 합쳤던 사실은 알고 있느냐?

"나야 모르지?"

-마계, 판데모니엄의 수장, 대악마 바알…… 천계의 수장 천신, 에로스…… 인간계의 수장 대지의 여신 가이아……. 이 셋은 과거 힘을 합쳐 한 재앙을 몰아낸 적이 있었다.

"재앙……."

-그래, 끔찍하고도 흉포한 대재앙이었지. 가만히 놔뒀으면 모든 것을 파괴했을…….

발라크의 목소리엔 공포가 살짝 깃들어 있었다. 진도윤 또한 심장이 살짝 내려앉는 느낌이 들 만큼.

"그 재앙이 설마……."

-데몰리션.

발라크가 즉답했다.

-네놈이 다루고 있는 그 파괴 조각의 원본이지.

"……."

진도윤은 침을 꼴깍 삼켰다. 매번 뀨웅, 뀨웅거리는 녀석이지만 다른 이들의 반응을 통해, 데몰리션이 얼마나 위험한 녀석인지 조금씩 깨달아가고 있던 차였으니까.

'근데 데몰리션이 그렇게 위험한 녀석이면……'

왜 가이아는 그저 보고만 있는 걸까? 발라크의 말마따나, 그저 조각이라서?

-데몰리션은 위대했지만, 전성기 시절 가이아 역시 대단했지. 그녀는 자신의 모든 힘을 사용해서 데몰리션을 봉인시켰어.

진도윤은 일단 계속 설명을 들었다.

-하지만, 그 봉인의 여파를 그녀와 삼계(三界) 역시 감당해야 했지. 그만큼 난폭한 녀석이었거든.

진도윤이 얼굴을 구겼다.

'데몰리션……'

너 도대체 어떤 놈이었던 거냐? 괜히 6성 기가 두려워지는 그였다.

별개로 발라크는 계속해서 설명을 이어나갔다.

-그 대가로 가이아는 힘을 대폭 잃었고, 삼계(三界) 역시 뒤엉키기 시작했다. 네놈들이 던전이라 부르는 것들이 인간계에 생겨난 것도 판데모니엄에선 그 때문이라 파악하고 있어.

"……결국, 데몰리션을 봉인하려다 세상이 이 모양 이 꼴이 된 거다?"

그럼 서머너는? 문득, 태초 서머너가 생겨났을 때의 메시지가 떠올랐다.

[가이아의 가호를 받습니다.]

[인류에게 '감응력'이 생깁니다. 앞으로 인류는 몬스터를 길들일 수 있습니다.]

그렇다면 힘을 잃은 가이아는…… 인간이 자신의 세계를 지켜낼 수 있도록 얼마 남지 않은 자신의 힘을 인간들에게 흩뿌렸다는 말인가?

-그래, 판데모니엄은 그렇게 판단하고 있다.

"그럼…… 판데모니엄은 다 같이 망할 뻔한 순간을 구해낸 가이아와 에로스의 뒤통수를 친 거고?"

-……그렇지.

"이거, 완전 쓰레기들이었구만?"

진도윤은 어처구니가 없었다. 적의 적은 아군이라고 동맹해 놓고 전투가 끝나자마자 뒤에서 칼을 꽂은 셈이니까.

-뭐, 부정하진 않겠다. 하지만…… 원래 세상이 그런 것 아니겠는가? 영원한 아군은 없는 법이지.

"……"

진도윤은 침묵한 채, 눈을 감았다.

솔직히 혼란스러웠다. 세상이 이렇게 된 이유. 그건 데몰리션 때문일까? 판데모니엄 때문일까?

'둘 다겠지, 뭐.'

딱히 할 말은 없었다. 이미 일어난 일을 두고 따지면 뭣 하겠는가.

어차피 판데모니엄은 자신의 적. 적한테 왜 그랬냐 따져 물어봐야 아무 의미가 없다.

-조만간…… 인간계에 10악마가 부활할 거다. 본연의 힘을 가진 채로. 그렇게 되는 순간, 아무리 네놈이라 하더라도 막을 수 없겠지. 판데모니엄이 날뛰는 그대를 가만히 놔두는 것도 그 이유에서였다. 어차피 조금만 버티면 모든 게 끝나거든.

"……프리덤."

진도윤이 조용히 읊조렸다.

과거, 안개 마을 네비아레에서 마르바스를 소환했던 것처럼 다른 10악마들이 완전히 소환된다면……?

-맞다, 그 멍청한 인간들을 통해, 가이아의 보호 시스템을 뚫어낼 생각인 거지.

"후, 답도 없네."

솔직히 인정할 수밖에 없었다.

녀석의 말처럼 자신은 아직 10악마 전체를 상대할 수 없다.

'온전한 가이아의 힘을 찾거나, 아니면……'

데몰리션 본연의 힘을 이용하는 것?

근데 그게 맞는 길인지 그도 자신할 수 없다. 삼계를 통째 뒤흔들어 버릴 정도로 강력한 대재앙이라지 않은가.

"후우……."

진도윤이 복잡한 한숨을 내쉬었다.

-이것으로 내 설명은 끝이다.

이전과 달리 무거운 목소리로 이야기를 마치는 발라크. 미간을 찌푸린 진도윤은 소울 콜렉터를 향해 고개를 끄덕였다.

풀어주라는 뜻.

"진도유운······."

멀찍이서 구경하던 엘라임이 안타까운 눈빛으로 그를 쳐다봤다.

그녀 역시 모든 설명을 들은 터.

'어깨가 얼마나 무거울까?'

그녀는 역시 강제로 휴식을 취하도록 한 것이 옳다 생각했다.

'쉴 때는 쉬어줘야지.'

앞으로의 싸움이 얼마나 길어질지 모르는 일이니까.

일주일 후, 은신처 내부 훈련장.

타닷, 타다닷!

유아린의 늑대가 발을 박차, 화려하게 허공을 날았다. 동시에, 사방에 배치된 20개의 표적 밑에 화려한 문양이 새겨졌다.

자락서스의 속박술.

화르르륵!

이프리트의 염화가 표적을 불태우는 순간!

허공에 있던 펜-리르가 발톱을 사방으로 휘두른다.

파바바바박!

동시에 갈기갈기 찢기는 20개의 표적. 세 마리 소환수의 완벽한 연계였다.

짝짝짝.

그 모습을 보며 제프리가 손뼉을 쳤다. 자신의 지도로 나날이 성장하는 유아린의 모습에 뿌듯한 표정이었다.

"그래, 이제 감응력이 몇이지?"

"170이요."

"놀랍군……."

제프리가 말도 안 된다는 듯 고개를 휘저었다.

"과연, 이런 게 재능인가? 말도 안 되는 성장 속도야."

"과찬이세요. 다 오빠와 친우분들의 도움 덕분인걸요."

"……아무리 그래도 말이 안 되는데."

뿌듯함과 현타가 공존하는 표정.

유아린이 조심스레 물었다.

"제프리는…… 몇인데요?"

"나 말인가?"

그녀의 물음에 제프리가 씩 웃었다.

"엇, 설마?"

"그래, 조금 전 195를 완성했지."

"와, 축하드려요!"

유아린은 진심으로 제프리를 축하했다. 몇 주 동안, 밤낮으로 훈련장을 드나들며 얼마나 고생했는지 잘 알기 때문.

서머너 마스터가 준 가이아의 영약이 있기에, 제프리 역시 이제 200의 벽을 뚫는 것이다.

"고맙다. 너 역시 10 남았으니…… 지금 속도면 충분히 뚫을 수 있을 거다."

유아린은 180까지만 올리면 된다. 가이아가 준 영약 중 하나는 총 20의 감응력을 올려주기에.

자신만 특혜를 받는 게 살짝 미안한 마음이었지만.

'그래서 더 열심히 해야지.'

그녀에게 더욱 커다란 원동력이 되는 이유이기도 했다.

'얼마 남지 않았어.'

유아린은 본능적으로 느꼈다. 자신의 숙적, 프리덤과의 혈투가 머지않아 벌어질 거라는 것을.

아버지, 유진혁의 목숨을 앗아간 원수 집단, 프리덤.

"그럼, 다시 시작할게요."

그녀는 결연한 표정으로 다시금 감응력을 펼쳤다.

사상자 무(無).

대월 길드의 성공적인 던전 공략은 그 수장인 유중원의 얼굴에 웃음꽃을 피우게 했다.

길드가 성공한 것도 축하할 만한 일인데 심지어 그 탐사대장이 자신의 딸, 유민정 아니던가?

'허허, 그 녀석, 어느새 다 컸구먼. 다 컸어.'

유중원은 100번은 넘게 펼쳐, 누렇게 변한 신문을 다시 한 번 펴들었다.

[최근 소란 많던 빅3 중 하나인 대월! 일본의 공략 불가 판정 던전 공략으로 건재함 증명.]

[사상자 없는 깔끔한 승리, '유민정' 후계자로서의 입지 확고히 다지나?]

[서머너 마스터, 진도윤. 대월 공략에 참여해. 친분 과시?!]

[탐사대장, 유민정. '도움 요청에 선뜻 나서준 서머너 마스터께 무한한 감사.']

"흐허허허……. 이리저리 싸돌아다니더니, 언제 그런 인연을 만들었을꼬……."

유중원은 자신의 딸이 너무도 대견스러웠다.

던전을 해결한 것은 둘째 치고.

"서머너 마스터라니?"

자신도 감히 만들지 못했던 연을 딸아이가 가진 것이다.

기사 1면에 화려하게 게시된 자신의 딸을 흐뭇하게 바라보던 그 순간.

탁.

신문을 내려놓은 유중원이 결심한 듯 명령했다.

"날짜 잡아. 이 기회에 유민정을 부 길드장으로 임명한다."

"버, 벌써 말입니까?"

당혹해하는 비서의 물음에 유중원이 눈을 부릅떴다.

"벌써라니?"

"너무 어리지 않습니까? 내부에서 분명 반발하는 자가 있을 겁니다."

"하하하, 반박할 건덕지가 없는데 무슨 반발? 언제부터 서머너의 실력을 나이로 따졌나. 녀석은 이미 자격을 입증했어. 공략 불가 판정을 부상자 하나 없이 해결하는 이례적인 일을 해 냈단 말이야. 게다가…… 간부 중에 서머너 마스터와 연을 두고 있는 자가 있나?"

"어, 없지요?"

딸에 대한 자부심이 듬뿍 묻어나는 한 아비의 자랑에 비서는 얼떨결에 고개를 끄덕였다.

"암, 그렇겠지. 나조차도 못 하는걸. 으하하하."

저번 얼음공주 사건 이후로 서머너 마스터의 가치는 다시 한번 폭등했다. 고작 몇 개월 가르침을 받은 그의 제자에게 빅 3 자체가 무너진 꼴이었으니까.

아직, 대월이 상대하지 않았다지만 사실 회피한 시점부터, 인정한 셈이다. 대월은 얼음 공주의 아래라고.

그리고 유중원은 그 사실이 절대 창피하지 않았다.

'서머너 마스터는 자신의 목숨을 바쳐가며, 세계를 구하려 했던 영웅. 그분의 제자와 싸우는 건, 곧 그분과 싸우는 거지.'

유중원은 본래 의미 없는 싸움을 싫어했다. 서머너가 몬스터를 잡아야지, 왜 서머너끼리 싸운단 말인가!

'또……'

서머너 마스터는 워낙 은밀하게 움직이는 걸 좋아한다. 그렇기에 유명 길드 중 서머너 마스터와 친분을 유지하고 있는 자가 없다시피 했다.

"딸 녀석이 이번에 얻은 S급 보상을 서머너 마스터께 드렸다지? 그분은 감사를 표하며 받았고."

본래라면 경을 칠 일이다. 길드의 큰 자금력이 될 수 있는 아이템을 타인에게 넘긴 거니까.

하지만 그 대상이 서머너 마스터라면? 그리고 그의 감사까지 받았다면?

'아~주 잘한 거지.'

유중원은 딸의 혜안에 그저 놀라울 따름이었다.

"잘 들어. 그분과 알고 지내고, 또 언제든 도움받을 수 있는 사이라는 것 자체로, 딸의 가치는 대월 모든 간부를 합친 것보다 위야. 만약 내 결정에 불만이 있는 자가 있다면……."

그의 읊조림에 비서가 침을 꿀꺽 삼켰다.

"방출해 버리면 돼. 대월에 그런 빡대가리는 필요 없거든."

"아, 알겠습니다."

과연 대형 길드의 통다운 결단력이었다.

어둑하고 고요한 밤. 3간부 서동희와 꼬마 한만식은 조용한 마을에 도착했다.

저벅저벅.

꼬마는 말없이 걸으며, 자신의 팔뚝을 물끄러미 쳐다봤다.

문신으로 새겨진 '8'이라는 숫자. 자신이 8간부가 되었음을 의미했다.

순서에 큰 의미는 없었다. 의미가 있다면 자신에게 배정된 악마 정도?

서동희는 자신이 테이밍할 10악마의 이름을 '바르바토스'라 했다. 10악마 중 8번째, 바람의 권좌를 차지하고 있는.

'바람의 악마, 바르바토스……'

과연, 어떤 악마일까? 녀석은 과연, 자신의 음흉한 속내를 알아챌 것인가?

잡념에 빠져 있을 찰나.

"다 왔네."

서동희가 걸음을 멈춰 섰다.

꼬마는 주변을 둘러다 봤다. 바닥에 새겨진 기이한 문양과 함께 피 냄새가 가득한 공간.

"……"

꼬마는 본능적으로 알았다. 이 소환진을 활성화하기 위해, 수많은 서머너들이 그 위에서 피를 흘렸음을.

'개새끼들……'

자신들의 목표를 위해, 사람 목숨을 파리로 생각하는 집단. 이가 갈릴 일이었으나, 꼬마의 표정은 부동이었다.

프리덤에 잠입하기로 마음먹은 순간 이보다 더욱 독한 일도 참아내기로 다짐했었으니까.

'미안합니다. 이놈들의 죗값은…… 제가 꼭 치르게 해드릴게요.'

그저 눈을 감고 묵념할 뿐이었다.

"그래, 루크만 패거리를 그냥 아작 내버렸다지?"

툭툭.

서동희가 소환진을 발로 건드려 보며, 입을 열었다.

"그렇게 됐습니다."

"큭큭, 잘했다. 원래 그놈은 나도 좀 손 봐주려 했거든. 주제를 알아야지 원, 쯧."

"3 간부님이 말입니까?"

"응, 간부 될 놈이 그렇게 가볍게 행동해서야 뽑아주고 싶겠냐고. 큭큭, 어차피 간부 아래 다 벌레 같은 실력인데. 지가 꼭 뭐라도 되는 거처럼."

"……"

말 없는 꼬마를 힐끔 바라보던 서동희가 픽 웃었다. 그러고는 소매에서 단검을 꺼내 내밀었다.

"받아."

"……이건?"

검을 받으며 의아한 표정으로 묻자, 서동희가 부드럽게 웃었다.

"그걸로 네 손목을 찔러. 깊게. 소환 의식이다."

"……."

손목을 찌르라니. 잘못하면 과다 출혈로 죽을 수도 있는 일 아니던가?

하지만, 꼬마는 고개를 끄덕이며 받았다. 사실, 김제하에게 들은 적 있었기 때문이다.

과거, 안개의 마을 네비아레에서 마르바스를 소환할 때 했던 의식이라지.

꼬마는 단검 받는 즉시, 과감하게 자신의 왼 손목에 꽂아 넣었다. 일순간의 망설임도 없이.

푸확! 후두둑.

아려오는 고통과 함께 선홍빛 피가 바닥에 흥건히 떨어져 내렸다.

"이야~ 과감한데? 나도 한 번은 머뭇거렸는데. 하여튼 보통내기는 아니라니까."

서동희의 중얼거림이 들려옴과 동시에.

두두두두…….

땅이 흔들림과 동시에 광풍이 불기 시작했다. 집이 날아가고 나무가 뽑힐 정도로 세찬 바람이었다.

으드득.

이에 잔뜩 힘을 준 꼬마는 무릎을 꿇은 채 버텼다. 쏟아지는 피와 강렬한 바람에 정신이 나갈 것 같았지만, 인내했다.

'이 정도 인내 없이 어찌 강해질 수 있겠어.'

자신이 존경하는 서머너 마스터 형도, 유아린 누나도 분명 그 강한 힘을 얻기 위해 엄청난 고난과 역경을 헤쳐왔을 거다.

그것에 비하면 자신은 날로 먹는 수준의 고통이겠지.

그렇게 몇 분이 흘렀을까.

스르르륵!

마을을 뒤흔들며 자신을 과시하던 바람이 한곳으로 모여 어떠한 형체를 만들어냈다.

시커먼 다섯 쌍 날개에 독수리 얼굴, 그리고 들고 있는 거대한 칠흑의 활.

꼬마는 심장이 철렁임을 느꼈다.

[위대한 업적을 달성합니다!]
[판데모니엄의 10악마를 발견하셨습니다.]
[감응력이 한 단계 성장합니다.]

"바르바토스……?"

"힘을 빼고, 그의 힘을 네 몸 안에 받아들여라."

문득, 무서워졌지만 꼬마는 천천히 고개를 끄덕였다.

'만약…… 이 악마에게 내 정신이 먹힌다면……?'

상상하기도 싫은 일이었지만, 꼬마는 믿었다.

'형이 죽여주겠지.'

절대 그럴 일은 없어야 하겠지만 서머너 마스터에 대한 강렬한 믿음이 있기에, 도전해 보는 것이기도 했다.

'어차피 누군가는 채워야 할 자리.'

만약 자신이 도전해서 회유하는 데 성공하기만 한다면, 엄청난 이득이 될 테니까.

"와라, 바르바토스."

이윽고 꼬마는 눈을 감은 채, 불어오는 바람에 몸을 맡겼다. 꼬마의 목에 걸려 있는 '화살촉 목걸이'가 유난히 빛나는 밤이었다.

6장

동이 튼 아침.

"흐아암."

진도윤이 기지개를 켜며 하품했다. 침대에 앉은 그는 가볍게 스트레칭하며, 가부좌를 틀었다.

사냥 가기 전, 두 시간 정도는 항상 감응력 훈련에 매진하는 그였다.

우우웅!

눈을 감으며 감응력을 활성화한 그는 조용히 엘라임을 불렀다.

"엘."

"웅웅, 일어났어?"

곧바로 날아오는 자그마한 요정의 모습.

"오늘은 천계 사냥이다, 준비해."

"응, 알겠어. 애들한테 말해둘게."

진도윤은 최근 마계의 '레이튼 숲'보다 천계의 '가드 웨스트'로 가는 빈도를 더욱 늘렸다. 마계에서는 경험치를 받을 수 없는 둠과 소울 콜렉터 때문.

천계는 레이튼 숲처럼 몬스터가 많지는 않지만, 그렇다고 둠과 소울이의 경험치를 포기할 순 없었다.

'궁극적으로 중요한 건 데몰리션이지만.'

발라크와 대화 이후, 진도윤은 결심했다. 데몰리션이 누군지, 또 얼마나 위험한지는 모르겠지만 한번 끝까지 키워보기로.

본능적인 느낌이었다. 데몰리션이 이 끈질기고 위험한 싸움의 핵심(Key) 포인트가 될 것 같다는 느낌.

'6성화를 이뤄내고 친밀도 100을 만들어야 한다.'

사실, 6성화는 문제없었다. 끝없이 사냥하다 보면, 언젠가 요구 경험치량은 채워지게 마련이니까.

문제는 친밀도였다.

[소환수 : '파괴룡 데몰리션'(★★★★★)]
[친밀도 : 38]
……(중략)

'아직 38밖에 못 채웠어.'

피닉스나 엘라임, 둠 나이트는 친밀도가 100이었지만 그건 무려 100년이나 함께 사냥했던 결과였다.

물론 100을 채우는 데, 10년이면 충분했지만.

"후."

그의 입에서 한숨이 새어 나왔다.

'녀석과 함께한 지 아직 1년이 채 안 됐으니.'

38이면 많이 채운 거지만 그래도 급했다. 친밀도가 100이 되면, 히든 조건 달성으로 스킬이 강화되기 때문.

'뭐, 열심히 사냥해야지.'

그래도 데몰리션은 단순해서 좋았다. 까다로운 피닉스나 엘과 달리 그냥 무작정 싸움만 시키면, 오르긴 올랐으니까.

두둥!

무게가 꽤 되는 훈련용 바위 수십 개가 허공에 떠올라, 유려하게 천장을 수놓을 찰나였다.

"마스터!"

밖에서 찾아온 익숙한 여성의 목소리가 들려왔다.

"유리아?"

툭.

바위를 가볍게 내려놓은 진도윤의 눈이 떠졌다. 그녀는 감응력 200을 채운 이후부터, 제프리와 함께 던전 사냥을 다니는 중.

이쯤이면 이미 사냥에 나서야 하는데 이곳엔 무슨 일일까?

"아침부터 웬일이야?"

"그게……."

유리아가 머리를 긁적이며, 손가락으로 뒤를 가리켰다. 그곳에 서 있는 미카엘과 나머지 사대 천사들.

"대천사들도 왔네?"

"응, 애네들이 할 말이 있대서."

"정확히는 가브리엘이다."

뒤에 있던 미카엘이 정정했다.

"가브리엘?"

진도윤은 굳은 표정의 남성형 천사를 바라봤다.

쟤는 또 뭐 때문에 저리 심각할까.

"······진도윤."

"무슨 일 있어?"

"오늘 아침, 운명의 흐름을 읽었다."

"······운명?"

가브리엘은 예언의 대천사.

"그래, 예언이 떨어졌다."

요컨대 대천사, 가브리엘의 예언은 단순했다.

일 년 안에, 삼계(三界)는 필히 무너질 것이다.

누가 무너뜨리는지 아니면, 어떤 방식으로 무너지는지 부연

하나 없는 짧은 문장.

"으음."

유리아가 눈살을 찌푸렸다.

"……필히 무너진다고? 그게 끝이야?"

그녀의 중얼거림에 가브리엘이 고개를 끄덕이며 대꾸했다.

"나도 그 부분이 석연치 않다. 도대체 그 누가 삼계를 부순 단 말인가. 판데모니엄이?"

"그러게, 판데모니엄이라기엔 말이 안 되는데? 걔네들은 이 세계를 가지고 싶은 거지, 부수고 싶은 게 아닐 거 아니야."

유리아가 혼란스럽다는 듯, 고개를 흔들었다.

"맞는 말이지……. 어쨌든."

가브리엘이 침대에 앉아 있는 진도윤을 쳐다봤다.

"그대에겐 꼭 알려줘야 할 것 같아서 온 거다."

"……"

진도윤은 눈을 감고 생각했다. 솔직히 말하면, 판데모니엄 말고도 하나 의심 가는 녀석이 있다.

'데몰리션…….'

발라크가 대재앙이라 표현했던 파괴의 종주. 확실히 미궁 끝자락에서 마주했던 그 녀석의 모습은 힘을 떠나, 끔찍한 공포 그 자체였으니까.

하지만, 녀석은 아직까지 자신의 소환수일 뿐이다. 서머너로서, 애정을 듬뿍 담아 키우고 있는 그런 소환수.

눈을 뜬 그의 입이 열렸다.

"가브리엘, 네 예언이 항상 맞는 건 아니었잖아?"

"아니."

가브리엘이 고개를 저었다.

"응?"

"그대의 존재로 인해 변한 것뿐이지."

"응, 그니까."

그거나 그거나다. 루시퍼의 배반으로 오랜 기간 봉인되어 있을 거란 예언도 분명 자신의 행동으로 바꿀 수 있었으니까.

즉, 진도윤의 눈앞에 정해진 운명은 없다는 뜻.

'굳이 문장 따위에 자신감을 잃을 필욘 없어.'

무조건적인 종말을 암시하는 예언 따위로 그의 행동을 막을 순 없었다.

"후, 슬슬 움직이긴 해야겠네."

"음? 움직인다? 그게 무슨 말인가?"

뒤에서 지켜보던 미카엘이 눈을 빛내며 물었다.

"쉴 만큼 쉬었잖아? 본격적으로 싸워봐야지. 악마들이든 루시퍼든."

발라크가 설명했던 대계(大界)에 대해서는 이미 대천사들에게도 설명해 둔 상태. 적의 계획을 알았으니, 이제 그에 대한 대비책을 준비해 둬야 하지 않겠는가?

"우리 역시 그것 때문에 할 말이 있었다."

"할 말?"

진도윤이 고개를 갸웃하자, 미카엘이 앞으로 나섰다.

"10악마들은 인간들을 이용해 인간계에 현신(現身)하기로 했다지?"

"그랬지."

"우리 역시 방법이 없는 건 아니다."

"오, 그래?"

진도윤이 눈을 번뜩였다.

대천사들 역시, 인간계에서는 본신의 10% 힘밖에 내지 못한다. 그렇기에, 추후 대악마들과 싸울 때 장소에 따라 불리할 수밖에 없는 입장이었는데……

"어떻게?"

"세계수의 힘을 빌리면 된다."

"세계수?"

"천계를 지탱하는 걸로 알려진 세계수는 사실 삼계(三界)의 균형을 지키는 신물(神物)이기도 하지. 마계 쪽에서 먼저 균형을 깨려 한 이상, 세계수 역시 우리의 부탁을 들어줄 수밖에 없을 거다."

"이야, 세계수가 그런 역할도 한다고?"

균형이 뭔지 신물이 뭔지 자세히 알 수는 없었지만, 진도윤은 감탄했다.

어쨌든 우리한테 이득인 내용이니까.

"판데모니엄이 왜 굳이 천계부터 점거했겠는가? 루시퍼에게 힘을 줘서까지 말이야."

"인간계에 편히 오려고?"

"그렇지. 정확히는 세계수를 통제하기 위해서였다."

"호오."

진도윤이 흥미롭다는 듯 물었다.

"그럼, 세계수에게 도움을 얻으려면?"

"천계를 되찾아야겠지."

"오케이."

짝!

고개를 끄덕인 그가 손뼉을 쳤다. 그러고는 굉장히 간단한 해결책을 내놓았다.

"그럼 됐네. 루시퍼부터 족치는 걸로 하자고."

어차피, 천계 탈환은 근시일 내 하긴 해야 했다. 언제까지 루시퍼 눈치 보며 사냥할 수도 없는 노릇이었고 이제 제프리와 유리아도 안전하게 사냥해야 하니까.

"정말…… 그래도 되겠느냐?"

우리엘이 주먹을 불끈 쥐며 물었다. 마침내 복수할 수 있다는 생각이 들어서인지 대천사들의 눈에서 의욕이 활활 불타고 있었다.

'짜슥들, 많이 기다렸나 보네.'

구출한 이후로, 이것저것 스펙 업 하느라 바빠서 어쩔 수 없었다. 이제 휴식도 할 만큼 했으니, 하나하나 처리해야겠지.

"아무렴, 배신한 놈치고 오래 살고 있잖아? 슬슬 대가를 치르게 해줘야지. 아, 다들 회복은 했어?"

비록 아세브라도로 인해 세졌다지만 루시퍼를 혼자 상대할 생각은 없다.

'대천사들도 나름 리스트릭트 멤버니까.'

활용할 수 있으면 활용해야 한다.

"물론……. 나, 북쪽의 우리엘은 진즉에 과거의 힘을 되찾았느니라."

불끈 쥔 그녀의 주먹으로 기운이 이글거리기 시작했다. 비록 10%밖에 안 되겠지만, 확실히 초반보다 강해져 있었다.

"저 라파엘은 아직이요. 한 일주일 정도 필요할 것 같아요."

"나 역시 일주일이면 된다."

라파엘과 가브리엘은 일주일이고.

"미카엘은?"

"비록 지금은 주인과 함께 레벨 업에 전념하고 있지만……. 나 역시 일주일이면 충분하다."

"오케이, 딱이네."

어차피 바로 갈 생각 없었다. 아무리 루시퍼가 새대가리라 해도, 저번에 당한 만큼 준비도 철저히 했을 터.

진도윤 역시 출발 전에 손 봐야 할 게 있었다.

"그럼, 그때까지 준비하자고."

유리아와 대천사를 떠나보낸 진도윤이 빠르게 준비를 마치자.

"진도유운! 진도유운!"

엘라임이 신속하게 따라붙었다.

"응?"

"어디 가려고? 원래 사냥 가려던 거 아니었어?"

"엥? 다른 데 가려던 거 어떻게 알았냐?"

진도윤이 눈을 휘둥그레 떴다.

"헹, 진도윤이랑 알고 지낸 지도 100년이 넘었는데! 척하면 척이지! 움직이는 거만 봐도 안다고!"

"허어."

그가 순수하게 감탄했다.

혹시, 엘라임…… 정령이 아니라 귀신 아닐까?

"그래서! 어디 가는데? 같이 가야지!"

"내가 설마 너흴 두고 가겠냐. 가기 전에 라스베이거스에 한 번 들르려고."

"아, 설마. 볼드윈?"

"응, 천계에서 어찌 될지 모르는데 선물은 주고 가야지."

진도윤은 원한도 원한이지만, 은혜를 갚는 것도 중요하게 생각하는 남자다.

리스트릭스 방어구, 둠 나이트의 검 등등. 그에게 받은 것이 많기에, 꼭 감사 표현을 하고 싶었다.

'다른 것도 아니고…… 가보라니까.'

이번에 대월로부터 받은 크림슨 드래곤의 뼈는 무려 볼드윈 집안의 가보다. 말 그대로 가문의 보물.

볼드윈은 대대로 물려야 할 것을 자신에게 선뜻 내어줬던 거다.

'흐흐, 좋아하겠지?'

볼드윈의 반응을 기대하며, 차원 문을 열었다.

스르륵!

이제는 자연스럽게 사용하는 순간이동기. 눈 한 번 깜짝할 사이에 주변 환경이 커다란 라스베이거스의 쇼핑몰로 뒤바뀌었다.

"오와, 진도유운!"

"응?"

"저거! 천계 상점 아냐?"

엘라임이 1층, 어느 한 곳을 가리켰다.

천사 날개로 이루어진 깔끔한 디자인으로 된 매장에 각종 화려한 아이템이 가득 찬 곳. 그곳에는 수많은 서머너들이 북적이고 있었다.

"여기가 성능도 가성비도 죽이는 곳이라며?"

"사람들이 너무 많은 것 빼고는 단점이 없지."

"이제는 3대 공방도 한 수 접어준다던데?"

"그럴 수밖에. 애초에 아이템들도 서머너 마스터가 공수해 오는 거라잖냐."

"허, 그 서머너 마스터가? 확실한 거야?"

"그럴걸? 그게 아니고서야, 저런 걸 어디서 얻겠어."

시끌벅적 떠드는 서머너들을 바라보며 진도윤은 뿌듯한 표정을 지었다.

'크으, 털보 녀석…… 저기 입점을 따냈다고?'

이곳은 세계 최고의 브랜드들의 모인 곳으로 입점하기가 하늘의 별 따기라 들었다.

'짜슥, 말도 없이……. 일 잘하네.'

정확히는 그간 바빠서 확인하지 못한 거지만 그래도 알아서 잘하고 있는 것 같았다.

'아마 수익금도 많이 쌓였겠지.'

얼마인지는 확인은 못 했지만 나중에 한꺼번에 정산받으면 된다. 털보가 그런 걸 은닉하는 성격은 아니니까.

지금 신경 써야 할 건 천계 상점보다는 루시퍼가 먼저다.

"가자."

"웅웅!"

진도윤은 곧바로 3층, 크림슨 본점 매장으로 이동했다. 이제는 단순해진 약식 절차를 밟고, 던전 속으로 들어갔다.

[E급 던전 '불의 대지'를 발견하셨습니다.]

"오오? 인간! 요즘은 자주 들르는구나!"

들어가자마자 볼드윈이 반갑게 진도윤을 맞이했다.

"자주? 허어…… 난 나름 오랜만에 왔다고 생각했는데, 조금 서운한걸?"

진도윤이 장난으로 맞받아치자, 볼드윈이 털털하게 웃었다.

"크하하하, 그렇지! 자주 오는 건 아니지! 앞으로 더욱 많이 찾아오게!"

"그럴 수 있으면, 그래야지."

앞으로의 전투에서 살아남을 수 있다면 말이다.

"허허, 그래서 이번엔 무슨 볼일인가?"

"꼭 일이 있어야 오나? 보고 싶어서 왔지."

"허허허, 이 친구. 낯간지러운 말도 할 줄 알았나?"

"농담이고. 줄 게 있어서. 소개해 주고 싶은 녀석도 있고."

진도윤이 준비한 '뼈'를 별거 아니라는 듯 툭- 던졌고 웃차! 냉큼 받아 든 볼드윈이 미소 지은 채, 그것을 바라봤다. 그러고는 이내 얼굴이 경직됐다.

눈이 휘둥그레짐과 동시에, 입은 떡 벌어졌다.

"이, 이, 이건……?"

볼드윈은 건네받은 '뼈'의 가치를 한눈에 알아볼 수 있었다.

왜 모르겠는가. 자신의 일생 동안 소중히 보관해왔던 보물인데.

무려 500년 전까지 자신의 일족이 모셨던 최후룡의 잔재. 그걸 기리기 위해, '크림슨'의 이름까지 따오지 않았던가.

"이, 이걸 어떻게?"

"어쩌다 보니, 구하게 됐어."

"도대체 어떤 일을 벌이고 다니면, 어쩌다가 크림슨 드래곤의 뼈를 구할 수 있단 말인가? 도저히 믿을 수가 없군!"

오랜 세월 동안 삶의 풍파를 겪었던 드워프가 그 투박한 손까지 떨 정도로 놀라고 있었다.

진도윤은 픽 웃으며 대꾸했다.

"영감을 위한 내 마음이야. 혹여, 이걸로 나를 위한 무언갈 만들 거라면 미리 사절한다."

이번엔 진심이었다.

옛날엔 상부상조의 느낌도 있었다면 지금은 진짜 마음에서 우러나오는 선물.

마음으로 준 것이기에, 대가를 바라지 않는다. 이번마저 보답을 받으면, 자신이 해준 성의로 또 보답을 받는 꼴이니까.

"······허어."

볼드윈은 좀처럼 진정이 되지 않는지 넋을 놓은 채, 뼈를 바라보고 있었다.

그라고 왜 모를까. 진도윤이 어떤 생각을 하고 있는지.

의리의 드워프답게 당연히 받은 걸로 멋진 무구를 만들어 주고 싶었으나 현재의 그에겐 딱히 필요한 것도 없어 보인다.

"정말······ 정말로 고맙네. 인간."

"고마운 건 나야, 영감. 아, 피닉스?"

"끼루루루!"

진도윤의 부름에 피닉스가 화려하게 날갯짓했다.

"온 김에, 화력 좀 더 채워 넣자."

스킬, 피닉스의 혼(S급). 일정 공간에 피닉스의 일부를 떼어 놓는 기술로 현재 크림슨 공방의 화력을 담당하는 불이다.

"······자네."

그런 진도윤을 바라보며 볼드윈은 본능적으로 깨달았다. 눈앞의 친구가 또 어딘가 큰 여정을 준비한다는 사실을.

그게 아니라면 굳이 최근 주입했던 불을 다시 채워 넣을 이유가 없지 않겠는가?

"또 위험한 도전을 하려는 겐가?"

"……흠, 영감 눈은 못 속이네. 역시, 삶에서 나오는 바이브는 무시 못 한다니까."

"……."

볼드윈은 쿨하게 인정하는 진도윤을 그저 물끄러미 바라볼 수밖에 없었다. 걱정되는 건 사실이었지만 한 번 결심한 이상, 끝까지 포기하지 않는 인간인 걸 알았기에.

'음?'

그러던 순간 볼드윈의 눈에 이채가 돌았다.

"저건?"

그의 시선이 닿는 곳에는.

"키이이이!"

볼드윈이 처음 보는 소환수, 소울 콜렉터가 있었다.

훌륭한 블랙 스미스는, 보는 것만으로도 좋은 금속의 재질을 알아보는 법. 볼드윈은 아세브라도를 이루는 철갑을 넋 놓고 바라봤다.

등골이 서늘해질 정도로 차가운 서리와 곳곳에서 느껴지는 원혼의 한기.

"허, 설마 이것은……?"

"아, 소개해 주고 싶은 친구가 있다 했었지? 그게 바로 이 녀석이야."

진도윤이 자랑스럽게 소울 콜렉터를 가리켰다.

"인간, 좀 더 가까이 가서 봐도 되겠나?"

"언제든지?"

"고맙네."

볼드윈은 더욱 가까이 다가가 녀석을 쳐다봤다. 정확히는 소울 콜렉터가 아닌, 아세브라도를.

"아아, 설마…… 정말로! 이게……?"

이윽고 영감의 눈이 감동으로 물들었다.

"말로만 전해 들어오던 천년한철이란 말인가? 내 죽기 전에 이런 금속을 볼 수 있다니!"

볼드윈은 가슴이 벅차오름을 느꼈다. 천년한철이 크림슨 드래곤의 뼈만큼 튼튼한 건 아니었지만 금속의 강도를 떠나 수백 년을 이어온 대장장이의 삶 속에서, 아직 다뤄보지 못한 금속을 찾을 수 있다는 사실이 그의 가슴을 뛰게 한 것이다.

'나 역시 옛 스승님께만 들었던 금속일진대.'

그럴 수밖에 없었다. 천년한철의 생산지인 니플헤임은 드워프가 일평생 갈 일이 없는 곳이니까.

진도윤이 물었다.

"오, 천년한철을 알아?"

"알다마다, 극한의 냉기 속에서 오랜 기간 스스로 자신을 단련한다는 전설상의 금속을 드워프가 모를 리 있겠나!"

볼드윈은 연신 감탄했다. 진도윤조차 처음 보는 그의 표정은 마치 새로운 장난감을 선물 받은 어린아이와 같은 모습.

'과연, 드워프는 드워프라는 건가?'

픽 웃은 진도윤이 뒷짐 진 채 시간을 내어줬다. 친우의 소중해 보이는 시간을 빼앗고 싶진 않았으니까.

볼드윈은 입맛을 다시며 소울 콜렉터 주변을 돌아다녔다. 처음엔 금속의 성능만을 파악하던 그의 눈에 곧이어 철갑옷 자체의 구조가 보이기 시작했다.

'나름 튼튼하게 만들어놨는데 구조가 완성도 높은 편은 아니야.'

까앙, 까앙!

휴대용 소형 망치를 들고 살살 두들겨 보기도 했다. 나름 이름 있는 장인이 만든 것 같은데, 그의 눈에는 부족할 따름.

"키이?"

소울 콜렉터가 살짝 움찔했지만 가만히 고개를 끄덕이는 진도윤에 별수 없이 몸을 내주었다.

진도윤이 다시 물었다.

"왜? 무슨 문제라도 있어?"

"……흐음. 금속은 굉장하지만, 갑옷은 보강이 좀 필요해 보여."

"그래?"

진도윤이 호기심을 드러냈다.

나름 판데모니엄이 전략 병기라고 내놓은 녀석인데 그런 약점이 있었다고?

"내 조금 보강해 주고 싶은데, 그래도 괜찮겠나?"

"……"

진도윤이 눈을 껌뻑였다.

솔직히 말하면, 도움을 받고 싶었다. 강해질 수 있는 길이니까.

'하지만.'

이내 진도윤은 고개를 절레절레 흔들었다. 불과 몇 분 전에 약속하지 않았던가. 이번엔 대가를 주지 않아도 된다고.

진도윤은 이미 내뱉은 말을 주워 담는 성격이 아니다.

그 마음을 눈치챘을까? 볼드윈이 입을 열었다.

"자네를 위해서가 아니라 나 자신의 욕망일세. 드워프로서 이런 금속을 만져보지도 못하고 죽으면 얼마나 억울하겠나."

"크흠."

진도윤이 헛기침하자, 볼드윈이 부드럽게 미소 지었다.

"게다가 우린 친구 아니던가? 친구 사이에 복잡한 계산은 집어치우게. 자네가 나에게 마음을 전달하고 싶은 만큼, 나 역시 자네에게 마음을 전달하고 싶어 하는 걸, 왜 몰라주는가?"

"방금은 날 위해서가 아니라면서?"

진도윤이 픽 웃었다. 결국은 볼드윈 역시 자신에게 부담을 주지 않으면서 도와주고 싶다고 말하는 거니까.

"그렇게까지 말해주니…… 나야 해주면 고맙지."

"허허, 잘 생각했네."

"근데 조심해야 할걸? 웬만큼 내성이 없고서야 만지기만 해도 동상을 입는다던데."

"허어? 인간!"

볼드윈이 양손을 허리에 짚고 호통쳤다.

"이 볼드윈을 뭐로 보는가! 극의에 오른 블랙스미스가 다루지 못하는 금속은 없네."

"그래그래, 영감은 최고의 대장장이지."

진도윤은 고개를 끄덕이며, 몰래 살짝 한숨을 내뱉었다.

'결국은······.'

또 도움받게 되는구나.

보강하는 데는 꽤나 오랜 시간이 걸렸다. 대략 3일 정도?

소울 콜렉터의 소환을 계속 유지해야 하기에 진도윤은 어쩔 수 없이 감응력 훈련에 매진할 수밖에 없었다.

'오히려 좋아.'

그동안 사냥에 집중하느라 감응력 훈련에 소홀했었다.

아침에 일어나서 두 시간, 자기 전에 한 시간, 하루에 세 시간 하는 게 다였으니까.

나머지 소환수들이 개인 훈련을 하는 동안 진도윤은 감응력을 통해, 열심히 돌을 날랐다.

그리고 이내.

[띠링!]

[특수 조건을 달성합니다!]

[아세브라도의 주인, 소울 콜렉터(★★★★)의 '천년 한철'(S급) 스킬이 변형을 이뤄냅니다.]

['천년 한철'(S급) → '크림슨 천년 한철'(S급)]

[니플헤임의 냉기와 크림슨 드래곤의 뼈가 만나 더욱 튼튼한 강도를 가지게 됩니다.]

"……오?"

진도윤이 벌떡 일어나 메시지를 확인했다.

오랜만에 보는 스킬 강화. 과거, 데몰리션의 '튼튼한 육체'(S급)가 '변화하는 육체'(S급)로 각성한 것처럼 소울 콜렉터 역시 각성을 이뤄낸 것이긴 한데…….

"크림슨 천년 한철? 영감 설마……?"

진도윤이 옅은 한숨을 내쉬었다.

보강해 주는 줄은 알았는데 설마 거기에 선물해 준 크림슨 드래곤의 뼈까지 섞을 줄은 몰랐다.

"아이고…… 영감. 가보는 그냥 가지고 있으라니까……."

괜한 미안함에 진도윤이 중얼거릴 찰나.

"허허허, 많이 기다렸나? 방금 끝났네."

온몸에 땀을 적신 채, 망치를 늘어뜨린 볼드윈이 멀리서 다가왔다.

"키이이!"

튼튼해진 갑옷이 마음에 드는 듯 우는 소울 콜렉터와 함께.

"허?"

이윽고 진도윤의 동공이 커졌다. 살짝 부담스러웠던 감정이 단박에 날아갈 만큼.

"멋있잖아?"

소울 콜렉터의 외형이 멋들어지게 변했기 때문이었다.

본래는 그냥 악마들이 대충 이어 만든 병기 같았다면 지금은 불그스름한 빛을 뿜어내는 위풍당당한 기사의 모습이었다. 둠 나이트에 비견될 만큼.

어느덧 진도윤의 앞으로 다가온 볼드윈이 뿌듯한 표정으로 입을 열었다.

"어떤가? 나는 마음에 꼭 드는데. 허허, 보강만 하려 했는데…… 이거 드워프의 본능을 참을 수가 있나. 그냥 자네가 준 선물까지 몽땅 섞어버렸네."

"영감……."

"덕분에 고맙네. 내 생에 또 이런 역작을 볼 수 있게 해줘서."

자신이 만든 작품을 역작이라 칭할 수 있을 정도의 자부심. 극의의 블랙스미스, 볼드윈만이 가질 수 있는 자신감이기도 했다.

"고맙다. 이거 뭐라 해야 할지도 모르겠네."

"크하하, 자네의 반응이 대장장이에겐 최고의 선물이라네."

볼드윈이 호탕하게 웃었다. 진도윤 역시 미소 지었다.

소울 콜렉터의 성능은? 실제로 싸워봐야 알겠지만 그냥 보는 것만으로도 엄청 튼튼해진 게 느껴졌다.

'이제 그냥 데몰리션이랑 같이 탱커로 써도 되겠어.'

이렇게 공격, 방어에 모두 능한 전천후 소환수를 또 하나 얻어낸 진도윤이었다.

"허허, 이제 가봐야 하는 겐가?"

"응, 그래야지."

진도윤이 고개를 끄덕였다. 그러고는 다시 한번 감사를 표했다. 그만의 방식으로.

"이번 여정에서 혹여 신기한 금속 얻게 되면 왕창 가져다줄게."

"크하하하, 그래, 그거지! 기대하겠네. 아, 그리고."

볼드윈이 씨익 웃었다.

"이번에도 위험한 곳을 가려는 거 같은데, 부디 살아남게. 저번처럼 마음 졸이게 하지 말고."

"당연하지. 날 뭐로 보고?"

자신감 하나는 누구에게도 밀리지 않는 진도윤이었다.

"크하하, 믿음직스럽구만!"

볼드윈이 그 모습을 흐뭇하게 바라봤다.

환하게 내리쬐는 태양 아래로 우뚝 솟은 건물 그것은 바로 루시퍼를 기리기 위해 지어진 가드노스 중앙 신전이었다.

그리고 그곳 내부 의자에는.

으드득!

여섯 쌍 날개의 루시퍼가 이를 갈며 앉아 있었다.

"……그 날파리 같은 놈."

루시퍼는 한 인간을 떠올리고 있었다. 파괴의 힘을 이용해 99,999점을 받아놓고 감히 자신에게 치욕을 준 채 도주한 인간.

그라고 모를까? 가끔 천계로 들러 사냥만 하다 도주하는 진도윤의 존재를.

처음엔 루시퍼도 잡으러 다녔다.

하지만 아무리 천계를 지배하는 그라도 천계의 사대 구역을 입맛대로 왔다 갔다 하는 인간을 단박에 잡아내기란 요원한 일이었다.

'내 아직도 그때 맞은 곳이 쓰라리구나.'

처음엔 눈이 돌아버렸지만 이제는 루시퍼 역시 진도윤의 위험성을 깨달은 상태였다. 최근 판데모니엄 측에서 전달받은 내용 때문.

'그놈이 봉인된 대천사 넷을 다 구출했다지?'

아무리 자신이 강하다 할지라도 대천사 넷과 그놈이 함께 덤벼들면, 장담할 수가 없다.

"크큭, 그렇기에 준비했지."

벌떡 일어선 루시퍼가 앞으로 걸어 나갔다.

저벅, 저벅.

홀의 끝에 다다른 그가 문을 활짝 열었다. 그러자 등장한 것은 바로 신전 꼭대기 층에 있는 발코니 그 밑으로는 자신의 명령으로 집합한 약 4,000여 명의 천사 대군이 전투를 준비하고 있었다.

"크크크."

루시퍼는 훈련에 임하는 천사군을 믿음직스럽게 쳐다봤다.

각 구역에서 1,000명씩 차출된 전투 천사들 기본이 네 쌍 날개 이상인 그들은 사실 천계의 주요 전력이라 할 수 있었다.

'아마 천계에 방문한 10악마 세 군단 정도는 이길 수 있겠지.'

물론, 막대한 피해는 보겠지만 그만큼 강력하면서도 집요한 이들이었다. 상처와 죽음을 도외시하고 오직 악(惡)의 정화를 위해 목숨을 버리는 저들의 전투 방식은 악마들조차 혀를 내두른다고 하니까.

'그놈은 분명히 이곳으로 온다.'

루시퍼가 그렇게 확신할 수 있는 이유는 단 하나.

대천사 넷의 존재였다. 미카엘, 우리엘, 라파엘, 가브리엘. 봉인에 갓 깨어난 그들의 머릿속엔 천계를 탈환할 생각밖에 없을 테니까.

"크크, 어디 할 수 있으면 해보려무나."

루시퍼는 자신했다. 아무리 대천사들이 막강하다 할지라도 자신과 함께하는 저 수많은 천사군단을 상대로는 소용없을 거란 걸.

'게다가 자신의 종족 아니던가.'

천족을 사랑했던 대천사들이 과연 천사들을 제 손으로 죽일 수 있을까? 자신은 악마의 편에 섰다지만, 저들은 그냥 멍청하게 세뇌당한 것뿐 아니던가!

'뭐, 멍청한 것도 악이라 하면 악일 테지만.'

이미 저 천사군은 구(舊) 사대 천사를 천계의 배반자로 알고 있기에 문제없다. 아무리 천사들의 구심점이었던 미카엘이 나타난다고 할지라도 눈에 불을 켠 채로 달려들겠지.

"이번에야말로 제대로 잡아 영원히 봉인시켜 버려야지."

루시퍼가 눈을 번뜩였다.

"거기에 더불어……."

그놈 진도윤이라 불리는 인간, 씹어 먹어도 시원찮을 인간.

으득.

루시퍼가 다시 이를 갈았다.

그놈은 특별 취급할 생각이었다. 감히 자신을 농락한 죄가 있기에.

"네놈은 영원히 잠들지 못한 채, 고통받게 해줄 것이야."

중앙 신전 꼭대기에서 읊조리는 루시퍼의 음성은 평소보다 유난히 차가워 보였다.

한창 전투를 준비하던 가드노스 중앙 도시. 화려한 신전에 다섯 쌍 날개의 천사 하나가 들어섰다.

가드이스트에서 차출된 그녀는 바로 기도의 천사, 셀라피엘. 과거엔 가브리엘을 섬기던 치유 천사였지만 이제는 루시퍼의 명을 받아 가드이스트를 통치하는 천사이기도 했다.

"흐음."

그녀는 손에 무언가를 소중하게 든 채, 가볍게 신전 내부를 탐색했다.

사실상, 천계를 루시퍼가 집권한 이후로는 처음 와보는 곳.

'지나치게 화려하구나.'

그녀는 뒤바뀐 루시퍼의 신전을 보며 눈살을 찌푸렸다.

인간계에서나 볼 수 있는 최고급 비단과 반짝이는 보석들로 치장된 건물. 세상 어떤 신전이 이러한 모습일까?

'본래 이곳은 우리엘의 신전이 있던 곳이었지.'

과거, 우리엘의 청렴한 모습을 존경해 왔던 그녀였기에.

실망감이 큰 셀라피엘이었다.

하지만 어쩌겠는가? 고결한 정신과 훌륭한 성품으로 수많은 천족들의 존경을 받았던 사대 천사는 이미 없다.

어떤 이유인지는 몰라도 그들은 천계를 배신한 채, 세계수를 공격했으니까.

'뭐, 마계의 소행이라 바득바득 우기는 자도 있었지만.'

그녀는 한 천사를 떠올렸다. 미카엘의 오른팔이었던 번개의 천사, 바라키엘. 그는 결국 그 사실을 인정하지 못하고 루시퍼에 의해 척살되었다.

'천계를 배반한 자들보다는 그래도 루시퍼가 낫지.'

저벅, 저벅.

셀라피엘은 걸음을 지속했고 얼마 지나지 않아 신전의 주인, 루시퍼를 마주할 수 있었다.

"셀라피엘, 왔느냐."

"명령하신 것, 구해 왔습니다, 루시퍼 님."

그녀는 자세를 바르게 한 채로 고개를 숙였다.

마음에 드는 상관은 아니었지만, 어쨌든 상대는 대천사. 무려 세계수로부터 여섯 쌍의 날개를 받아낸 천사다.

'인정할 건 인정해야지.'

세계수는 천계를 지탱하는 신물이자, 천신의 의지이기도 하다. 세계수의 뜻을 거부할 수 없는 것이 천사의 운명.

루시퍼가 입을 열었다.

"어디, 건네보거라."

"알겠습니다."

셀라피엘은 어둡게 빛나는 구슬을 루시퍼의 손에 조심스럽게 옮겼다.

"호오, 이게……"

루시퍼가 호기심 가득한 얼굴로 눈을 반짝였다. 천계의 통수권자인 그 역시 이 구슬을 보는 건 처음이었다. 애초에 천계에서 나는 아이템이 아니었으니까.

"과연, 하데스의 구슬이라는 건가?"

마치, 이 세상의 물건이 아닌 것처럼 혼탁한 기운. 그 오묘한 기운이 그의 가슴을 설레게 했다.

"그렇습니다. 루시퍼께서 말씀하신 대로 구(舊) 가브리엘 신전에 있었습니다."

"크흐."

루시퍼가 구슬을 만져보며, 만족스러운 미소를 지었다.

'이것만 있으면 이제 그놈도 도망가지 못하겠지.'

하데스의 구슬. 과거 가이아의 주도하, 천계와 인간계 신들 간 교류가 있었을 때 가브리엘이 선물 받은 기물이었다.

신의 능력 중 '공간'에 관련된 기술을 일정 기간 봉인할 수 있는 아이템. 대천사 모임에서 가브리엘이 언급한 적이 있기에 떠올릴 수 있었다.

'그놈은 신의 힘을 사용하니까.'

루시퍼는 알고 있었다. 그 쥐새끼 같은 놈의 원천이 가이아에게 있다는 걸. 정확히는 모든 인류가 가이아의 조각을 받아들인 것에 불과하지만.

"그래, 고생했구나. 찾느라 힘들었을 텐데."

"아닙니다."

"전투 준비는 잘하고 있느냐?"

"그렇습니다. 가드 이스트의 천사군은 언제든 악에 맞설 준비가 되어 있습니다."

"악이라……."

루시퍼가 재밌다는 듯 웃었다. 이미 4,000의 천사군에겐 과거 4대 천사들의 등장을 예고해 둔 상태.

"정말, 네가 모셨던 가브리엘을 네 손으로 공격할 수 있겠느냐?"

"물론입니다."

셀라피엘은 한 치의 망설임도 없이 즉답했다.

"솔직히 말하면, 가브리엘의 성품을 의심하는 건 아닙니다. 하나, 가브리엘이 세계수를 공격한 것이 사실인 이상, 그는 천계의 적. 응징의 대상일 뿐입니다."

"훌륭하구나. 다른 천사들의 생각도 동일하겠지?"

"모든 천사의 뜻 아니겠습니까?"

"그러하겠지. 크크, 좋다, 그럼 슬슬 나가서 싸워보자꾸나."

구슬을 품에 넣어둔 루시퍼가 자리에서 일어났다. 그 모습에 셀라피엘이 의문 어린 표정을 지었다. 그의 입에서 나온 단어가 '전투 준비'가 아닌 '싸움'이었기 때문.

설마, 루시퍼가 말했던 대천사들이 벌써 오기라도 했단 말인가?

"싸움 말입니까?"

"클클, 그렇다. 방금, 그놈들이 이곳, 가드노스에 도착했거든."

"……!"

파괴의 힘과 가이아의 힘을 동시에 가진 자의 향. 예전부터 냄새 하나만큼은 기가 막히게 잘 맡는 루시퍼였다.

"음?"

유리아가 고개를 갸웃거렸다. 진도윤과 함께 도착한 곳이 루시퍼가 존재하는 '가드노스'였기 때문.

"마스터."

"왜?"

"워밍업 없이 바로 가는 거야?"

"바로 가는 건 아니고, 기본적인 대형은 갖춰야겠지?"

진도윤은 눈으로 도착한 인원을 셌다. 총 4명의 대천사, 그리고 제프리와 유리아, 자신까지 해서 총 일곱.

'잘 도착했네.'

유아린은 일단 데려오지 않았다.

앞으로 모든 작전은 감응력 200 이상부터만 그전까지, 그녀는 개인 훈련에만 집중시킬 생각이었다.

"하아아, 씁쓸하도다."

뒷짐을 진 우리엘이 깊은 한숨을 내쉰 것은 그때였다. 그녀의 시선은 도시 중앙에 우뚝 솟아 있는 신전에 향해 있는 중.

진도윤이 다가갔다.

"넌 또 왜?"

"본래 이곳은 나, 북쪽의 우리엘이 통치하던 구역이었느니라."

"아…… 그랬었지."

"루시퍼, 그 천사의 탈을 쓴 악마가 저런 욕망으로 가득 찬 썩어빠진 신전이나 짓다니, 어찌 속이 타지 않겠느냐."

"뭐, 어쩌겠어. 이제 다시 본래대로 돌려놔야지."

"……그래야 하는데."

진도윤은 의아했다. 평소 불의를 참지 못하고 불타오르던 우리엘의 표정이 생각보다 괴로워 보였기 때문.

'아, 설마?'

그리고 곧이어 추측할 수 있었다.

'천사들인가……?'

그의 감응력에 분명히 잡혔다. 저 신전 주변으로 모여 있는 수많은 기운이.

'이거 만만치 않겠는데?'

하나하나의 기운은 평범했지만 그게 모이니까 장난이 아니다. 마치 하나의 군세를 맞이한 느낌.

아마 우리엘은 저 천사들과 상대해야 한다는 사실이 괴로운 걸 테지.

진도윤이 우리엘의 어깨를 툭- 건드렸다.

"마음 단단히 먹어. 어차피 이곳 천족들은 너희들을 배신자로만 알고 있을 테니."

"알고 있느니라. 후, 이 또한 천신께서 내려준 시련이겠지."

스릉!

우리엘이 업화의 칼을 뽑아 들었다.

"걱정하지 말거라. 그저 속이 탔을 뿐. 잘못된 것을 바로잡는 데 주저함은 없을 것이니라."

"잘됐네."

고개를 끄덕인 진도윤은 이내 멤버들에게 손짓했다.

푸념은 이쯤 하면 됐고 이제 슬슬 준비해야 할 시간.

"작전은 간단해, 저 신전으로 정면 돌파해 루시퍼를 찾아 죽인다."

"……."

정말 간단한 작전이었다.

"세부적인 명령이나 위기 상황 시 대처는 웬만하면 제프리 말을 듣고, 너희들도 군대를 이끌던 애들이니까 피치 못할 상황엔 알아서 판단력 있게 대처하면 될 거고."

진도윤의 시선이 루시퍼의 신전에 살짝 닿았다.

"대충 보니까 루시퍼 녀석도 준비 많이 한 것 같은데. 할 수 있겠지?"

진도윤의 말에 나선 것은 라파엘이었다.

현재는 유리아와 함께 힐러를 담당하고 있는 그녀.

"저희 천사들은 전적으로 은인을 따를 거예요. 다만."

"다만?"

"천사들이 너무 많아요. 그들은 아마…… 은인이 생각하는 것보다는 만만치 않을 거예요."

"뭐, 그렇기야 하겠지."

진도윤이 고개를 끄덕였다.

"하지만, 우리 역시 만만치 않잖아?"

그는 솔직히 놀랐다. 일주일간 기간을 달라고 했던 대천사들의 기운이 상상 이상으로 올라 있었기 때문.

어느 정도냐 하면, 대충…… 과거 카프리나 아그니는 가볍게 넘어설 정도?

특히, 미카엘이 압권이었다. 과거 아세브라도를 만났을 때만큼의 위압감이 느껴졌으니까.

'거의 10악마와 동급이라는 거겠지. 아니면, 그 이상.'

물론, 이곳이 천계라서 그럴 수도 있겠지만 확실히 과거와는 다른 분위기였다.

"물론 우리도 강해요. 하지만 천사들의 집요함은…… 직접 겪어보지 않는 자는 모른답니다."

"확실히 그렇긴 하지. 판데모니엄 조차 혀를 내두르는 게 천사군이니까."

미카엘도 고개를 끄덕이며 동조했다. 천사에 대한 자부심이 아닌 굉장히 씁쓸해 보이는 표정으로.

'호오.'

미카엘까지?

진도윤이 입맛을 다셨다.

그라고 왜 모를까? 같은 혈족을 죽여야 하는 그 아픔을.

"근데 어쩔 수 없잖아? 다른 방안이 없는걸. 아, 혹시 있나?"

"……."

"뭐, 기발한 거라든가, 필승법이라든가. 있으면 편하게 말해

봐. 참고할 테니까."

"……."

대천사들은 대답 없이 눈을 감았다.

사실, 그들이라고 별다른 방안이 있는 건 아니었다. 어차피 루시퍼를 죽이는 게 다가 아니다.

그가 지배하고 있는 세계수의 통제권을 얻어내기 위해서라도 천사군과의 충돌은 불가피하다.

어차피 싸워야 한다면 지금처럼 정면 돌파하는 게 가장 정석이었다.

"난 은인과 주인의 말을 따르겠다."

미카엘이 고개를 끄덕였다.

"잃었던 것을 되찾는 데, 희생은 당연히 따르는 법이니라."

"저 역시, 준비됐어요."

"이하 동문이다."

그가 나서자, 다른 대천사들 역시 각자의 기운을 끌어올렸다.

"좋아, 화끈하게 싸워보자고."

진도윤과 그의 동료들 역시 소환수를 꺼내려 할 찰나였다.

파앗!

"음?"

하늘에서 폭죽처럼 무언가가 터졌다.

자세히 보지는 못했지만 진도윤이 얼핏 보기로는 시커먼 구슬이었다.

"저게 무엇이더냐?"

우리엘이 물었고-

"……네비로스는 모른다는데."

제프리도 고개를 절레절레 돌렸으며-

다른 대천사들 역시 고개를 갸웃할 때.

"……!"

오직 가브리엘만이 입을 떡 벌리고 있었다.

"저걸 어떻게?!"

그는 단숨에 알아봤다. 저 구슬이 과거, 자신의 친우 하데스에게 받은 기물이라는 것을.

'신전 깊은 곳에 꼭꼭 숨겨놓은 것을 어찌…….'

가브리엘은 황당했다.

루시퍼에게 잠깐 말했던 기억이 있긴 한데 그걸 여기다 이용한다고?

'하필…… 은인이 공간 관련 능력을 사용하는 바람에.'

그는 미안한 감정이 솟구쳤다. 마치 자신의 기술로 아군을 공격한 느낌이랄까? 아무리 루시퍼가 사용했다 하더라도, 저 구슬은 결국 자신의 것이었으니까.

"……은인. 미안하구나. 저건 공간 이동을 막는 기물인데."

"나도 알아."

진도윤은 침착한 표정으로 고개를 끄덕였다. 사실, 저 구슬이 터지는 순간 그의 시야에 메시지가 떴었다.

[주의! 주의! 주의!]
[하데스의 구슬이 서머너 스킬을 하루 간 봉인합니다.]
[봉인된 스킬 - 차원 관리]

"고작 저런 걸로. 미안해할 필요도 없어, 가브리엘."

오히려 진도윤은 더욱 진하게 웃었다.

"루시퍼 그 녀석, 잔머리를 쓰려고 이상한 물건을 구해 온 모양인데. 참, 웃기지도 않지."

우-우-웅!

계속 걸으며, 진도윤이 감응력을 끌어올리자 소환수들이 우렁차게 튀어나왔다.

"끼루루루!"

"뀨웅!"

"키이이익!"

"진도유운!"

철그럭!

하나하나, S급으로 애정을 듬뿍 담아 키워온 믿음직스러운 녀석들.

그 위세는 분명 대천사들 못지않았다.

"차라리 잘됐어. 어차피, 오늘은 도망갈 생각 없었거든."

진도윤은 고작 저런 거 구했다고 즐거워할 루시퍼의 모습을 떠올렸다.

그러고는 생각했다.

'새대가리는 별수 없다니까.'

새하얀 홀.

한 남성체의 얼굴이 붉으락푸르락 달아올랐다.

"제기랄! 하데스, 그놈은 저딴 물건을 왜 천계에!"

화를 참지 못하고 흥분하는 그는 바로 어둠의 신, 에레보스.

"안 되겠다. 그놈 아직 타르타로스에 있지? 당장 불러와야겠어!"

하데스는 에레보스보다 한 끗발 낮은 티어의 신이다. 그가 S급이라면 하데스는 A급 정도? 단순한 예시일 뿐이지만, 그 S급을 판단하는 기준은 간단하다. 바로 태초부터 존재했던 신인가? 를 따져보면 된다.

인간계 신 중 태초부터 존재했던 신격은 총 다섯뿐.

가이아, 에로스, 에레보스, 닉스, 타르타로스.

이 중 에로스가 천계를 맡게 되면서 신들과 천사들의 관계는 더욱 긴밀해졌었다.

"아무리 그래도! 감히 신의 힘을 제약하는 기물을 대천사에게 넘겨?"

"워워, 에레보스 오빠야, 진정해라."

그의 옆에 위치하던 닉스가 말렸다. 하지만, 말리는 그녀의 눈빛은 걱정보다는 재미있다는 표정.

'진도윤, 그 아이가 위기에 처하니까 마음이 급해진 거겠지.'

닉스는 불과 몇 분 전 상황을 떠올렸다.

실제로 가이아와 에레보스는 그들이 천계를 탈환한다 했을 때도 크게 걱정하지 않았었다. 어차피 위기 상황이 오면, '차원관리' 스킬을 통해 빠져나오면 될 뿐이니까.

하지만 루시퍼가 수작을 부린 이후부터 지금까지 에레보스는 분을 못 이긴 채 계속 씩씩거리고 있었다.

'단순하긴.'

닉스는 그런 에레보스의 모습이 신선하면서도 귀여웠다. 불과 몇 달 전만 해도 못 잡아먹어서 안달이었던 진도윤을 왜 저렇게 아낄까?

밤의 여신, 닉스가 입을 열었다.

"오빠, 그냥 솔직히 말해. 그 아이가 걱정된다고."

"천만의 말씀! 무슨 소리 하는 거냐, 닉스. 난 단순히 하데스 그놈이 건방지게 신을 위협하는 기물을……."

"헹, 웃기지 마셔."

닉스가 코웃음 쳤다.

"애들이 가끔 천사들 만날 때마다 뭐 하나씩 건네주는 건 예전부터 있었던 관습인데 이제 와서?"

"……그건!"

에레보스가 발끈하려다 멈췄다. 닉스의 말에 틀린 부분이 없으니까.

사실 하데스뿐만이 아니라 대다수 신들이 그와 비슷한 물건들을 건네줬다는 걸 이미 알고 있는 상태였다.

"후우……"

에레보스가 돌연 숨을 내쉬었다. 그는 품위를 갖춘 최상위 어둠의 신 평안을 찾는 것도 순식간이었다.

"좋아, 인정하지. 하지만 하나는 짚고 넘어가자."

"뭘?"

닉스가 눈을 깜빡였다.

"그놈이 걱정되는 게 아니라, 아까운 거다."

"아까운 거?"

"나도 저 아이에게 투자했으니까. 내 힘! 내 감응력! 저놈이 죽으면 그게 다 무용지물이 되는 것 아니냐! 이건 명백한 투자자로서의 마음일 뿐이야."

"……퍽이나."

닉스의 입가에 미소가 지어졌다.

"그래도 보기 좋아. 언니보다 팔불출 된 그 모습."

"그게 아니라니까!"

"너무 걱정하지 마세요, 에레보스."

심지어 가이아마저 나섰다.

"가이아…… 너마저?"

"저는 현 상황을 그렇게 나쁘게 생각 안 해요."

"흐음, 그런가?"

차분한 가이아의 목소리에, 에레보스의 표정 또한 다시 진지해졌다.

"나쁜 밸런스가 아니거든요. 루시퍼와 천사군이 아무리 강하다지만, 그 아이 역시 못지않아요."

"아그니를 손쉽게 잡을 때부터 나도 인정하긴 했다."

"거기에 아세브라도도 있고 힘을 되찾은 대천사들도 있죠. 정령들도 있고요."

말 그대로 황금 밸런스.

눈앞 영상을 바라보는 가이아의 표정은 태연했다. 이제 그녀에겐 진도윤을 향한 완벽한 믿음이 있었다.

'지금껏 해결해 온 위기의 순간에 비하면, 지금은…… 그에겐 아무것도 아닐 거야.'

승리를 확신한 가이아의 표정을 보고 있자니 에레보스 역시 대답을 멈추고 자리에 앉았다. 그러고는 가만히 눈앞 홀로그램을 응시했다.

'원석……'

그의 눈에 아직 진도윤은 원석이었다.

'하지만.'

기대는 됐다. 앞으로 그에게 다가올 풍파들이 그를 깎고 깎아 얼마나 밝게 빛나는 보석이 될지.

"이겨내라."

묵직한 소리에 가이아와 닉스의 입가에 미소가 그어졌다.

오묘한 기운이 진도윤의 스킬 하나를 봉인한 그 이후.

촤르르륵!

그의 일행은 가드노스 성벽 앞, 평야를 사이에 두고 전열을 완비한 천사군을 확인할 수 있었다.

"……저게, 천사군?"

유리아가 입을 떡 벌렸다.

언제든 돌격할 수 있도록 날개를 활짝 편 진영. 거기에 엄청난 훈련량을 소화한 듯, 깔끔하게 각까지 잡혀 있다.

그 수 또한 엄청나니.

"장관이로군. 네비로스도 혀를 내두르는데……."

"내두를 만하지."

유리아와 제프리가 호들갑 떨었지만 진도윤의 표정은 변하지 않았다.

"준비해."

쿠구궁!

진도윤은 먼저, 데몰리션을 아주 큼지막하게 키웠다.

[스킬, 변화하는 육체(S급)를 사용합니다.]
['데몰리션'의 크기를 최대치로 올립니다.]

"크롸라라라!"

오래간만에 자신의 본 모습을 찾은 녀석이 우렁차게 포효했다. 데몰리션의 투기 어린 눈빛은 아군에겐 안도감을, 상대에겐 두려움을 가져다준다.

"우리도 보여주자고. 장관인 모습."

진도윤이 데몰리션의 크기를 키운 이유는 단순했다. 소수로 다수를 상대하기에 적합하니까.

저들이 아무리 튼튼한 방진을 이루고 있더라도 커다란 데몰리션의 발톱 한 방이면, 우수수 넘어갈 거다.

'게다가 녀석은 완벽한 탱커이기도 하지.'

과연 천사들이 창날로 찌르고 활을 쏘아도 데몰리션의 가죽을 뚫을 수 있을까? 아세브라도의 참격도 막아냈던 데몰리션인데?

"진도유운!"

"응, 엘."

"나랑 이프리트도 이번엔 제대로 싸울 수 있게 해줘."

정령왕의 돌을 사용하자는 말. 엘라임도 위기감을 느꼈는지, 본격적으로 자기 의사를 표현했다.

"그건 아직, 상황 봐서."

진도윤이 고개를 저었다.

돌은 비장의 무기이자 필살기다. 30분밖에 못 쓰니, 결정적인 순간이나 위기일 때 쓰는 게 맞다.

멤버들의 전열 역시 빠르게 갖춰졌다. 제프리와 유리아, 가브리엘, 라파엘이 후미에 위치했고 진도윤이 중앙. 그리고 미카엘과 우리엘이 양옆에서 칼을 뽑아 들었다.

피닉스와 둠 나이트, 소울 콜렉터 역시 전투태세를 마쳤다.

"후우."

진도윤이 호흡을 한 번 가다듬었다.

사실 그 역시 이 정도 규모의 전투는 처음이었다. 있다면, 예전 타르라크에서 크림슨 나이트와 싸울 때 정도?

하지만 그때와 지금은 다르다. 그때는 그나마 비슷한 수량이었다면, 지금은······.

'너무 많아.'

아군과 비교해 상대의 수가 너무 많다. 심지어 약자들도 아니다. 자신이 온 힘을 개방했음에도, 천사군의 움직임엔 미동조차 없었으니까.

"······."

적막이 흘렀다. 무겁게 내려앉은 공기와 아무런 소리도 들리지 않는 것 같은 완벽한 무음.

진도윤은 긴장감보단 신선한 기분을 느꼈다.

'이런 게 전쟁 전의 모습인가?'

중세의 많은 기사와 장군들이 느꼈을 그 기분. 말로 표현하기 힘든 오묘한 감정이 그의 심장을 뛰게 했다.

"······."

옆을 힐긋 바라봤다. 미카엘과 우리엘 또한 표정 없는 얼굴로 저들을 노려보고 있었다.

한 세계의 통치자였던 대천사들이 진도윤의 명령만을 기다리고 있는 모습이었다.

"호오오."

그렇게 기약 없는 침묵이 이어질 찰나 늘어져 있는 천사군 사이로 여섯 쌍 날개의 천사가 걸어 나왔다.

신기하게도 그의 목소리는 공간 전체에 쩌렁쩌렁 울리고 있었다.

"천계의 배신자들! 기어코 나타났구나?"

으드득!

옆에서 우리엘의 이 가는 소리가 들려왔다. 억울하게 자신의 자리를 뺏기고 배신자로 몰린 자의 한이 담긴 소리였다.

루시퍼는 회심의 미소를 지었다.

'아주 대놓고 죽여달라 발악하는구나.'

그는 저들이 이렇게 당당하게 들어올지는 꿈에도 몰랐다. 해봐야 암습이나, 기습을 꾀할 줄 알았지.

저렇게 정면으로 온다고?

"저길 보아라! 악의 기운과 파괴의 기운이 느껴지지 않느냐?"

루시퍼가 힘차게 외쳤다. 그 음성은 전열을 지키고 있는 천사들의 고막으로 또렷하게 들어가 박혔다.

"저게 바로 너희들이 존경해 마지않던 과거 대천사의 모습들이다. 목표를 이루기 위해 악과 손을 잡고 천계를 등져 버린!"

루시퍼의 일갈에 4,000의 천사가 일제히 고개를 끄덕였다. 과연, 틀린 말이 하나 없었기 때문.

분명히 눈앞 대천사들 주변엔 마계의 기운을 가진 이가 있었다. 네비로스, 둠 나이트, 아묘 등등…….

'어쩌다…….'

셀라피엘 역시 눈을 질끈 감았다.

자신이 모시던 가브리엘이 적으로 나타났으니 속이 쓰린 탓이다.

'예로부터 마계로 타락하는 천사들이 많다더니……. 하필 가브리엘이.'

꽈악!

셀라피엘이 주먹을 꽉 쥐었다.

어차피 변하는 건 없다.

"다들 칼을 높게 들어라!"

가드이스트를 이끄는 그녀가 외치자 다른 이들도 마지막 전열을 가다듬었다.

"가드노스의 긍지를 보이자!"

북쪽의 라구엘 또한 외쳤으며.

"배신자를 처단하고 천계의 평화를 되찾으리라!"

"악과 싸움에 있어 죽음은 두렵지 않으리!"

서쪽의 사리엘과 남쪽의 예후디엘 역시 나섰다.

"클클클."

그 모습에 만족한 루시퍼가 웃었다.

만약, 상대한다면 자신조차 위태로울 수 있는 천사군의 집결. 이제 상대에게 희망은 없었다.

'과연 아몬이라는 건가?'

10악마 중 일곱 번째 권좌로서, 힘의 크기만큼은 대악마와 비등하다고 알려진 자. 그자의 저주는 끔찍하면서도 위대했다.

'저 외골수들을 이렇게 쉽게 속이다니.'

사실, 천계의 모든 천족들이 대천사들을 배신자라 생각하는 이유는 바로 아몬(Aamon)에게 있었다. 저도 모르게 시전자의 말을 믿게 되는 단순한 저주.

하지만 단점 또한 명확하다. 다수를 상대로 하는 저주다 보니, 그만큼의 논리를 잃으면 저주가 쉽게 풀리게 된다.

루시퍼가 계속 저들이 '배신자'임을 강조하는 것도 그 이유에서였다.

'이번에 저들을 처단해야만⋯⋯.'

루시퍼의 미소가 짙어졌다.

'완전히 천계를 장악할 수 있게 된다.'

"⋯⋯."

칼을 뽑아 들고 적의를 드러내는 천사들을 보며 미카엘은 마음이 쓰라렸다.

'결국, 이렇게 되는구나.'

질 거라고는 생각하지 않았다.

'다만.'

앞으로 마계와의 싸움에서 큰 전력이 될 천사군을 자신의 손으로 처리해야 하는 게 슬플 뿐.

쿠구구구······.

저들이 칼을 뽑음과 동시에 파괴룡, 데몰리션의 입가에도 강대한 파괴의 기운이 뭉치기 시작했다.

'······진도윤.'

주인, 유리아의 친우가 본격적인 선제공격을 가하려는 것이다. 저 파괴룡의 광선이 닿으면 천사 절반 정도는 순식간에 날아가겠지.

가이아의 기운과 파괴의 힘이 섞인 공격은 자신도 막아낼 수 있을까 의문이 들 정도로 엄청났으니까.

"······."

미카엘의 머릿속이 더욱 복잡해졌다.

꼭 이래야만 할까? 더 좋은 방법은 없을까?

고작 아몬의 저주 하나 때문에 동족을 처참하게 날려야 한단 말인가?

"······?"

그 순간 어떠한 생각이 번개처럼 뇌리를 스쳤다.

마(魔)의 힘을 지닌 저주라면 혹시 가이아의 힘, 감응력으로 풀 수 있지 않을까? 가이아의 힘은 항마의 힘을 가진 것으로 유명하지 않던가.

그리고 그 감응력은…… 자신의 주인, 유리아도 가지고 있다.

"……은인이여."

결국, 미카엘이 입을 열었다.

"응?"

진도윤이 고개를 돌렸다.

"잠깐, 공격을 멈춰줄 수 있겠나?"

"갑자기?"

"나, 미카엘에게 한 번만 기회를 다오."

"……?"

진도윤의 고개가 옆으로 꺾였다.

"기회라……."

진도윤이 미카엘을 쳐다봤다. 맑으면서도 홀로 고상해 보이는 그러한 눈빛.

그의 시선을 담담하게 받은 미카엘이 입을 열었다.

"은인이여, 당장에라도 저들과 싸우고 싶은 마음은 잘 안다. 하나, 저들은 천계의 주요한 전력. 저들을 전부 죽이는 건……."

그의 여섯 쌍 날개가 고고하게 퍼졌다.

"추후 벌어질 10악마와의 싸움에서 큰 전력 하나를 잃는 일 아니겠는가?"

진도윤이 고개를 끄덕였다.

"맞는 말이긴 하지. 근데 어떻게 하려고? 생각이 있어?"

"설득해 보려 한다."

"설득……?"

진도윤의 이마에 골이 파였다. 이미 깊숙이 세뇌당한 천사들을 무슨 수로?

눈앞의 저 천사들의 눈빛만 봐도 당장에라도 공격하고 싶은 듯 살기가 줄줄 흐른다.

"진도윤."

옆에 있던 우리엘이 나선 것은 그때였다.

"응?"

"나 역시 미카엘의 말에 동의하느니라. 그대는 미카엘이 왜 가장 강한 천사라 불리는 줄 아느냐?"

"모르지? 그냥 세서?"

"아니."

그녀가 고개를 저었다.

"미카엘이 천사들에게 상징적인 존재이기 때문이니라."

"상징적인 존재……."

"수천 년 동안 모든 천사 위에 군림했던 존재. 천신, 에로스께서 가장 아꼈으며, 악마들을 두려움에 덜덜 떨게 했던 존재."

우리엘이 미카엘을 힐끗 쳐다봤다.

"그렇기에 모든 천사들은 마음속 깊은 곳에 '설마' 하는 마음을 가지고 있을 터. 그의 설득으로 10악마의 저주만 풀 수 있다면, 얼마나 좋겠느냐."

"……."

사실 손해 볼 건 없는 일이다. 어차피 실패하면 그때 가서 싸워도 되는 일이고.

그녀의 말마따나 정말 저 4,000의 천사군이 아군이 된다면 나름 든든하기도 하겠지.

'게다가 저놈.'

진도윤이 전방을 바라봤다. 허공에 떠, 비릿한 웃음을 짓고 있는 루시퍼의 모습이 시야에 담겼다.

'천사군까지 편성한 거 보면 나름 열심히 준비한 것 같긴 한데……'

만약, 저게 다 우리 편이 되어버리면 어떤 표정을 지을까? 괜스레 흥미로워진 진도윤이였다.

"좋아. 한번 해봐."

진도윤이 고민 없이 고개를 끄덕였다. 동시에 준비하던 '뉴클리어 브레스'를 잠깐 회수했다.

"고맙다, 은인이여."

진도윤에게 예를 갖춘 미카엘은 다시 허리를 곧게 폈다. 그러고는 당당한 걸음으로 저들 앞에 홀로 걸어 나갔다.

쿠구구…….

성스러운 기운을 뿜아내며, 칼을 바닥에 꽂는 그의 모습이 모든 이들에게 투영되었다.

"천사들이여, 들으라!"

루시퍼와 마찬가지로 공간 자체를 쩌렁쩌렁 울리는 음성.

그런 미카엘의 기운에는 분명, 유리아의 감응력이 담겨 있었다.

"으음……?"

전열에 있던 셀라피엘이 미간을 찌푸렸다.

-천사들이여, 들으라!

고막을 쩌렁쩌렁 울리는 그의 목소리가 두통을 일게 했기 때문. 주변을 보니, 다른 천사들 역시 마찬가지인 듯 인상을 찌푸리고 있었다.

"미카엘……?"

"미카엘이다."

"뭐, 할 말이라도 있는 건가?"

"……."

말단 천사들부터 과거 미카엘을 따랐던 사미엘까지. 무언가 착잡한 표정으로 미카엘을 바라봤다.

세계수로부터 인증받아 날개를 단 그 순간부터 우상으로 여겼던 존재를 적으로 맞이해야만 하는 안타까움이었다.

-모두! 나, 미카엘의 이야기에 귀를 기울이거라! 그대들은 지금의 천계가 무언가 잘못 돌아간다고 느낀 적이 없는가?

셀라피엘이 고개를 갸웃했다. 원래 같았으면, 또 무슨 술수를 쓰는 거지? 하며, 무시했을 말이다.

하지만.

두근, 두근!

그녀의 심장은 분명히 뛰고 있었다.

이유는 몰랐다. 그냥…… 그의 위엄 있는 목소리에서 나오는 오묘한 기운이 머릿속에 꽉 막힌 무언가를 게워내는 느낌이었다.

-세상은 나와 대천사들이 마계와 손을 잡고 천계를 배신했다 말한다! 세계수를 무너뜨리려는 우리를 저 루시퍼가 지켜냈다 말하지!

"그렇지?"

"맞는 말인데?"

"근데…… 믿기지 않긴 해. 그 청렴하시고 고고했던 분들이."

천사들이 웅성거리기 시작했다. 분명 맞는 말이긴 한데, 무언가 의구심이 들기 시작한 것이다.

"저놈이…… 설마?"

허공 위에 떠 있던 루시퍼가 얼굴을 구겼다. 미카엘의 의도를 눈치챈 탓이다.

10악마, 아몬의 저주는 논리가 무너지는 순간 깨어진다. 즉, 의구심이 생기는 순간 그 힘이 약해진다는 말이다.

"속지 마라! 뱀 같은 악마의 속삭임이니라!"

"루, 루시퍼 님?"

"천사군은 당장 귀를 막고! 저 악의 무리를 처단하거라!"

조급해진 루시퍼가 외쳤다. 하지만, 그보다 큰 소리가 더욱 생생하게 울려 퍼졌다.

-그리하면 묻겠다! 그대들은 우리 대천사들이 세계수를 공격하는 모습을 '직접' 본 적이 있는가? 왜 루시퍼가 그날, 현장에 있었던 천사들을 전부 척살했는지 생각해 본 적은 있는가? 도대체 그대들은 무얼 보고, 혹은 무얼 듣고 우리가 배신자라는 판단을 내린 것인가! 어떠한 이유로 루시퍼를 섬기는 것인가!

단순한 두 질문이었다. 하지만, 그 질문은 천사들의 마음속에 커다란 충격을 안겨줬다.

"그러게……"

"나는…… 왜 그렇게 알고 있는 거지?"

혼란스러웠다. 무엇이 진실이고 누구의 말을 믿어야 하는지. 그들은 머릿속이 깨질 것만 같았다.

루시퍼가 이어 호통했다.

"닥쳐라, 이 간악한 놈! 다들 내 날개를 보아라! 나는 세계수의 인정을 받은 통치자! 어찌 천사라는 것들이 세 치 혀에 놀아난단 말인가!"

-날개? 그것은 우리 대천사들 또한 마찬가지일지니, 저자의 말은 증거가 되지 못한다!

미카엘의 옆으로 나머지 대천사들이 걸어 나왔다. 우리엘, 가브리엘, 그리고 라파엘까지 그들이 달고 있는 날개는 분명한 여섯 쌍의 날개였다.

"저분들도 하얀 날개……."

"세계수가 아직 인정하고 있다는 말인데……. 어떻게?"

"뭐가 어찌 된 거지?"

천사들의 혼란이 가중됐다.

으득!

루시퍼가 이를 갈았다.

"그렇다면 보아라! 저놈들의 기운을! 그대도 천사들일진저, 저 악마의 기운이 정말 느껴지지 않는단 말이냐?"

제프리가 소환한 '네비로스'를 저격한 말이었다. 하지만, 미카엘은 당황하지 않았다.

-다들 기억하는가! 내 예전에 말했었지! 언젠가 천계가 위기에 빠질 때, 가이아께서 보낸 용사들이 이곳을 구하러 올 것이라고! 다시 한번 느껴보거라! 이게 악의 기운인지! 아니면! 우리 천계의 우군이었던 가이아님의 기운인지!

"아아아!"

그 순간, 셀라피엘의 머릿속이 확 트였다.

"기억이 난다! 기억이 나!"

과거, 미카엘이 분명히 말했었다. 그 당시, 모든 천사군에게 전달했던 메시지였으니, 다른 천사들 역시 기억할 거다.

'근데 왜…….'

셀라피엘은 멍하니 자신의 머리를 매만졌다.

'기억을 못 하고 있었지?'

바라키엘이 열변을 토할 때만 해도 잊혀 있던 그 기억이 왜 하필 미카엘이 말하자마자 떠오른단 말인가.

그녀는 알 수 없는 기시감에 손을 부들부들 떨었다.

-게다가 저 하늘 높이 솟은 신전을 보아라. 온갖 그득한 욕망이 느껴지지 않더냐? 언제부터 우리 천계의 통치자가 악마들이나 지을 법한 수준 낮은 건축물을 지었단 말인가! 이게 그대들이 생각하던 천계의 모습이 맞느냐!

미카엘의 언변은 또렷하면서도, 청자로 하여금 더 듣고 싶게 하는 어떠한 매력이 있었다.

-그대들은 기억하는가? 이천 년 전 천마 전쟁, 천 년 전 마계 대혈투까지! 우리 천사군의 최우선 목적은 언제나 천신의 수호였다. 하나, 현 루시퍼는 무얼 하던가! 현재 천신께서 천계에 있는 것도 아닌데! 왜, 루시퍼는 봉인된 천신을 구하기 위해 아무것도 하지 않는단 말인가!

한번 돌아보거라! 루시퍼가 천계를 장악하면서 어떤 것들이 변했는지. 그대들 마음속에 악마와 같은 욕망이 들끓는 것은 어찌 보면 당연한 일이다. 대다수 천족이 그대들이 증오해 마지않던 악마들과 똑같이 행동하는 것 또한 당연한 일이다! 통치자라는 작자가 천계를 가꾸기보단, 저 황금 신전처럼 자신의 부를 가꾸니 어찌 악에 물들지 않을 수 있으랴! 자, 다시 한번 생각해 보아라! 루시퍼는 그것을 바로잡기 위해 움직인 적이 있는가?

"……!"

틀린 말이 아니었다.

현 루시퍼는 무얼 하는가. 왜 루시퍼는 천신을 구하기 위한 어떠한 모션도 취하지 않는가.

천사들의 눈빛이 사시나무처럼 흔들리기 시작했다.

-천사들이여! 악의 사탕발림에 넘어가지 말거라! 뱀 같은 그의 혀는 그대들의 머릿속을 멍하게 하고, 그대들을 탐욕 속에 빠지게 할지니!

정신 차리거라! 그리고 또렷한 눈으로 다시 한번 바라보거라! 무엇이 잘못되었고! 무엇이 진실인지! 그대들의 눈으로 '직접' 판단하거라!

쿠궁!

미카엘의 웅변은 닫혀 있던 천사들의 마음을 계속해서 두들겼다.

"이 빌어먹을 새끼가! 닥쳐! 다들 뭣들 하느냐! 공격해! 공격하란 말이야!"

루시퍼가 격분하며 악다구니를 내질렀다.

따지고 싶었으나, 반박하고 싶었으나 할 말이 없기에, 그는 명령을 내리는 것밖에 할 수 있는 게 없었다.

하지만, 천사들은 움직이지 않았다. 그저 멍하니 미카엘을 바라보며 고뇌하고 또 고뇌했다.

그 순간 그들의 머리 위에서 시커먼 기운들이 빠져나오기 시작했다.

"……!"

루시퍼는 경악했다.

'아, 아몬의 기운이?'

분명 그들의 육체에서 빠져나오는 것은 아몬의 향.

저주가 풀리고 있는 것이다!

"맞아……"

"그러고 보니, 처음부터 그랬어."

"미카엘 님이 배신했단 걸 확인한 적은 없었지."

"난…… 왜, 무엇 때문에 그게 사실인 것처럼 알고 있었지?"

"게다가…… 천신님, 분명 천신께서 없는데, 왜 그것에 대한 의문을 품지 않았던 걸까……."

"어?"

"어어? 위를 봐!"

셀라피엘이 허공을 가리킨 것은 그때였다. 천사군들 머리 위로 뽑혀 나온 시커먼 기운이 그들의 눈에도 분명 보였다.

"악마의 기운, 마기……."

"저게 왜 내 몸속에?"

순간, 끔찍하게 괴롭히던 두통이 사라졌다.

그리고 뭉쳐 있던 기운들은 루시퍼에게 정확히는 그의 날개로 향했다.

"이, 이런!"

루시퍼가 당혹스러운 표정으로 날개를 펄럭였지만.

스으윽!

루시퍼의 날개를 향해 다가오는 아몬의 기운을 막을 순 없었다.

'자, 잠깐! 이러면 환각술이……!'

과거, 아몬은 자신에게 환각을 걸어뒀다.

일종의 악마술인데 세계수에게 인정받지 않고도 새하얀 날개를 유지할 수 있었던 비결이었다.

하지만.

스륵!

환각이 벗겨지자, 그의 여섯 쌍 날개가 시커멓게 물들기 시작했다.

"저, 저게 뭐야!"

"시커먼 날개?"

"마기! 마기다!"

"……."

천사들이 경악했다. 셀라피엘 또한 심장이 덜컥 내려앉았다.

'아아, 내가 지금까지 무얼 하고 있었던 걸까?'

가슴이 울컥함과 동시에 눈물이 또르르 흘러내렸다.

정말로, 정말로 천계가 악에 물들고 있었단 말인가? 자신의 의지조차 없이, 세뇌당해 악마들을 위해 싸우고 있었단 말인가?

-천사들이여, 이제야 진실이 보이는가?

그런 천사들의 가슴 속에 미카엘의 따듯한 음성이 울려 퍼졌다.

라구엘도, 사리엘도, 예후디엘도 오랜만에 듣는 우상의 음성에 뜨거운 눈물을 흘렸다.

그들에게 잠식되었던 슬픔과 분노가 향하는 곳은.

"이…… 간악한 종자!"

"어찌 같은 천족끼리 이런 짓을!"

"상종 못 할 배신자!"

"네놈이 진짜 배신자였구나!"

루시퍼에게 향할 수밖에 없었다. 대장들의 칼날이 전방을 등졌다. 이윽고 모든 장병기들이 중앙에 떠 있는 루시퍼를 겨눴다.

"쓰레기 같은 놈."

4,000여 명의 천사들이 눈물을 흘리며 한 존재를 바라보는 그 모습은 그야말로 장관.

"……이런 터무니없는?"

루시퍼의 눈에 당혹감이 서렸다.

"우와."

엘라임이 탄성을 내질렀고.

"이야, 미카엘! 말 잘한다!"

유리아 역시 굉장히 뿌듯하다는 표정으로 짝짝짝, 손뼉을 쳤다.

진도윤 역시 고개를 끄덕였다.

별다른 논리는 아니었지만 왜 우리엘이 미카엘보고 천사들의 상징이라 했는지 이해가 가는 순간이었다.

'미카엘이기에 통한 거지.'

만약, 그가 아니었다면 저 살기를 뿜어내던 천사군이 말을 듣기나 했을까? 무슨 말을 하든, 귓등으로 흘렸을 가능성이 크다.

'어쨌든.'

팽팽하던 균형이 미카엘 덕에 깨져 버렸다. 이제 루시퍼가 어떠한 수를 쓰던, 지기는 힘들 터.

진도윤은 여유롭게 팔짱을 끼고 전방을 응시했다.

"진도유운! 쟤 날개 색 좀 봐!"

그 주인에 그 소환수 아니랄까 봐. 엘라임 역시 상황을 여유롭게 관전하고 있었다.

진도윤이 픽 웃으며 답했다.

"그러게, 원래 날개가 시커멓다는 건 나도 좀 놀랍네."

"우와아, 천사들이 완벽하게 포위했어. 근데 저들로 루시퍼를 잡을 수 있을까?"

엘라임이 살짝 걱정된다는 투로 물었다.

"흠."

솔직히 거기까지는 모르겠다. 아무리 승기를 꽉 잡고 있다 해도 루시퍼에게 풍기는 기운은 극도로 위험했으니까.

'예전에도 놈이 방심하지 않았다면, 당하는 건 나였을 테지.'

하긴, 루시퍼가 약하다는 게 말이 안 된다.

비록 10악마의 도움이 있었다지만 홀로 천신과 사대 천사가 지키는 천계를 장악한 녀석이다.

"모르겠어, 기운의 합은 천사군 쪽이 더 우세한데. 뭐 싸움이란 게 기운으로만 점칠 수 있는 건 아니니까?"

우우웅!

진도윤 역시 슬슬 준비했다. 여유를 가진다 해도, 봐줄 이유는 없었다.

'게다가 저것도 결국 경험치일 텐데.'

마무리는 자신이 지어야 했다.

"은인이여."

앞서 있던 미카엘이 다가온 것은 그때였다. 그는 칼을 든 채, 당장에라도 뛰어나갈 것 같은 표정으로 입을 열었다.

"천사군의 피해를 최소화하고 싶다. 직접 가서 싸워도 되겠는가."

얘는 왜 아까부터 제 주인을 놔두고 모든 의사 결정을 자신에게 묻는지 모르겠지만.

뭐, 리더로 인정한다는 거니까 상관은 없었다.

"물론. 힘겹게 얻은 전력인데. 지켜줘야지. 같이."

고개를 끄덕인 진도윤이 루시퍼 쪽으로 천천히 걸음을 옮겼다.

자, 이제 본격적인 사냥 시간이다.

to be continued